琴断口

杨晓升／主编

中国言实出版社

图书在版编目(CIP)数据

　　琴断口 / 杨晓升主编. —北京：中国言实出版社，
2014.10
　　ISBN 978-7-5171-0908-2

　　Ⅰ.①琴… Ⅱ.①杨… Ⅲ.①中篇小说—小说集—中
国—当代②短篇小说—小说集—中国—当代 Ⅳ.
①I247.7

　　中国版本图书馆CIP数据核字（2014）第237981号

责任编辑：史会美

出版发行　**中国言实出版社**
　　　　　地　　址：北京市朝阳区北苑路180号加利大厦5号楼105室
　　　　　邮　　编：100101
　　　　　编辑部：北京市西城区百万庄大街甲16号五层
　　　　　邮　　编：100037
　　　　　电　　话：64924853（总编室）64924716（发行部）
　　　　　网　　址：www.zgyscbs.cn
　　　　　E-mail：zgyscbs@263.net
经　　销　新华书店
印　　刷　北京温林源印刷有限公司
版　　次　2015年8月第1版　　　2015年8月第1次印刷
规　　格　710毫米×1000毫米　1/16　15.5印张
字　　数　246千字
定　　价　35.00元　　ISBN 978-7-5171-0908-2

目　录

1

幸福生活。生活在这个时代的女性应该如何自处，作者用自己的方式提出了疑问。

王良的理想

　　王良的理想是娶个贤惠的媳妇好好过日子，他真的娶到了媳妇，而且还是漂亮媳妇。但是他的媳妇缺乏他所想像的贤惠，她要考大学，考不上大学她也要进城，总之，她并不甘心做他的媳妇，她要用各种方法摆脱这样的命运。问题是，王良仍然坚持着他的理想，于是悲剧产生了……

桥的意外断裂，了断了一场三个人的爱情。死了的那个，被人长久同情；活着的，却被压抑在死者的阴影中。爱情、友情、亲情、世俗、伦理，到底哪个更强大？

琴 断 口

方 方

一、冰凉的早晨

夜里什么时候下的雪，没有人知道。雪不大，细粉一样，在南方温暖的冬天里落地即化。地上没有结冰，只是有些湿漉。这份湿漉让干燥的冬天多出几丝清新。空气立即就显得干净，吸上一口，甚至有甜滋滋的感觉。

天没亮，杨小北推了摩托车出门。走前他披了件雨衣。摩托开出半里路，雨衣也没湿多少。以杨小北的性格，这样的粉细雨雪，根本无需雨衣。因为雨衣很厚，套在身上笨得像熊。但是米加珍说，往后你要为我好好照顾自己，不准生病，不准受伤，不准饿肚皮，不准瘦。米加珍有点小霸道，也有些精灵古怪。杨小北偏喜欢她这个样子。杨小北心里想，呵呵，小时候就最喜欢桃花岛的黄蓉，现在遇上一个，岂不正中下怀。所以杨小北本来已经推车出了门，耳边忽响起米加珍的声音，便又折转回家，取了这件雨衣套上。爱情有时候就是容易让人莫名其妙。

杨小北从他的住处到公司的路上，要过白水河。白水河的水像别处的水一样，既不白也不清亮。杨小北原先看报上说现在已没有一条干净的河流，他还不信。自第一次看到白水河，他就信了。白水河上游造纸厂排放的污水早将河水染得乌黑。河两边原本有许多垂杨柳，因为水的缘故，也都在慢慢枯死。有一天米加珍指着那些杨柳说，树比黄花瘦。说得杨小北大笑，心里越发喜欢这个女孩。而那时，米加珍的男朋友是蒋汉。

白水河上架着一座桥，20 世纪 90 年代初期修建。米加珍的外公总说，没修桥时，水是清的，修完了桥，就站在桥上看着水变黑。米加珍最早向蒋汉转述这番话时，蒋汉笑，说你外公尽瞎扯，这跟修桥有什么关系？明明是造纸厂污染的嘛。米加珍觉得蒋汉说得在理。可她再向杨小北转述时，杨小北却说，你外公说得不错呀。因为有了桥，交通便利了，才会有人在那里开家造纸厂。因为开了造纸厂，河水才渐渐发黑。每一件事的背后，其实都有无数你意想不到的原因。你外公脑子虽然糊涂，但他的眼光还是比别人看得更深一层。米加珍高兴了，觉得更深一层的是杨小北的思想。

但是白水河上的这座桥，却在这个下着小雪的夜晚悄然坍塌。垮桥的声音，有如惊雷，在这个雪花飞扬的冬夜，却只如一声轻微的咔嚓，居然没有被人听到。

白水桥北岸是工业新区，刚刚搬进去几家公司。杨小北所在的白水铁艺公司进驻新区已有一个多月。天寒地冻，一路无人，正是飙车的好时候，但因天下雨雪，路有点打滑，杨小北耳边又尽是米加珍的声音，所以他骑着摩托并没有风驰电掣。他像以往一样开上了白水桥。风是冰凉的，但杨小北的心里却热热乎乎。他觉得自己有着用不完的力量，这一切，都源于米加珍。是米加珍的爱情，令他天天都热血沸腾。杨小北想，眼下，正是他人生最紧要的时候，虽说紧要，他却如此幸福。米加珍已经决定离开蒋汉，从此成为他的女友。现在他只需以胜利者的身份跟蒋汉摊牌。

然而，幸福的杨小北却没有像以往一样顺利地驰车过桥。行至白水桥中部，他突然觉得天旋地转，蓦然下栽，几乎不及思索，便听到轰的一声，然后他落进河里。

杨小北在瞬间失忆。不知道是过了几分钟还是几秒钟，总之他清醒过来时，全身都痛。他环顾四周片刻，明白了三件事：第一是他还没有死；第二是白水桥垮了；第三是雨衣救了他。第一件事让他倍感庆幸，第二件事却令他震惊无比，而第三件事则让他心里充满感恩。如果不是米加珍再三叮咛，他何曾会穿这件雨衣。而如果他没穿这件雨衣，在这个寒冷的早晨，他或许已经走进了另一个世界。白水桥裸露的钢筋将雨衣勾挂住，使得他得以漂浮在水面。

杨小北慢慢地爬上了岸，失魂落魄地站在河边。朦胧间他看到白水桥垮成了一个"厂"字。只是那一撇没那么陡峭。"厂"字的下部已经伸进水里。杨小北的摩托车就卡在一块破碎的水泥板边。一半在面上，一半在水里。

杨小北觉得额上有些疼，他伸手抹了一把，手上立即黏黏糊糊。之后他又抬了下腿，腿也痛得厉害。他知道自己已然受伤。他恐怕这伤会感染，殃及身体甚至面容，耳边米加珍的声音又响了起来。于是，他顾不上摩托车，尽着自己最大气力，一瘸一拐地穿越小路朝医院而去。

杨小北离开不到五分钟，另一辆摩托以相同的方式也栽了下去。骑摩托的人是蒋汉。蒋汉没有杨小北的运气，他的头扎在杨小北掉下去的摩托车把手上，当即昏迷。只几秒钟他的摩托车便沉入水底，沉重的车身勾挂着蒋汉的棉衣，将他也带到水下。

很快，第三辆车开了过来，这是一辆小汽车。像前面的杨小北和蒋汉一样，他也掉了下去。这个倒霉蛋叫马元凯。马元凯没有被摔晕，因为他买的是一辆二手的桑塔纳。前车主出过车祸，车门一直不好用。这个坏门在最关键的时候自动打开。马元凯莫名被甩了出来，落在水泥块上。他的腿大概是断掉了，疼得钻心。他不禁嗷嗷地狂号。大约正是这剧痛，令他无法昏迷。

发现自己的跌落原是桥垮了，马元凯吓了一跳。四周无人，他号了几声，知道眼下只能自己靠自己。于是他忍着钻心的痛，拖着断腿连游带爬上了岸。在他离开断桥时，不经意间看到落在那里的摩托车。马元凯认出那是杨小北的。想起昨晚和蒋汉一起喝酒，想起蒋汉因失去米加珍的痛苦神情，马元凯愤然想，摔死你老子一点也不心疼。

马元凯在河边捡了根粗树枝，拄在手上，走走停停，沿着土坡上了桥。这一刻，天还黑着。黎明前的黑暗真是有些漫长。马元凯想，他妈的，我这样回去要走到几点啊？想罢，又想在他之前落水的杨小北，不知他是怎么回去的？一想到这个，马元凯突然觉得自己真不能走。因为，如果他走了，后面再来车呢？他的车门是坏的，别人难道也会像他这样？必定要被闷在车里。设若来的车是辆班车呢？马元凯汗毛都竖了起来，他竟情不自禁打了个寒噤。他想他就是天大的胆，也不敢看到河上到处漂着死人。

马元凯不走了，他坐在了路中间，等着过来的车。不到十分钟，果然一辆卡车轰轰而来。马元凯拼了命爬起来，伸出手呼叫着，停车！停车！司机以为是一个想搭便车的，便不理，想要绕过立在路中间的马元凯。马元凯大为生气，待卡车从他身边擦过时，举起手持的树枝，照着卡车猛抽了一下。卡车司机恼怒了，停车下来，一句话没说，伸手便推马元凯，嘴上叫骂着，你找死啊！

马元凯根本不经推，当即倒下。嘴上哎哟哎哟地放声大叫，声音甚是惨加珍心里就仿佛有了依靠。这个靠山就是蒋汉。

而蒋汉和杨小北，他们是两个多么不同的人。

睡在隔壁的外公突然哇啦哇啦大叫着，棉衣也不穿，就往门外跑。外婆惊喊道，加珍，快来帮我。看你外公怎么啦！

米加珍的思路断了，她披了衣服跑出屋，抵住大门，帮着外婆将外公拖到床上。外公呜呜地哭，嘴里咕噜咕噜不知道说些什么。米加珍只听到几个重复不断的字，完啦完啦。怎么办啊。米加珍说，什么都完不了！就是瞌睡被你闹完啦。快睡觉吧。外公患着老年痴呆症，已经逐渐严重。他经常会有些奇思异想。

回到房间，米加珍断掉的思路没能续上。她有些困，打了几下呵欠，想起杨小北那张明朗的面孔以及他热情的话语，又记起自己对杨小北的承诺，便简单给蒋汉复了个短信，说我心里会永远为你留一块地方，但是现在，我们当最好的朋友，好吗？发过后心想，不知道蒋汉会不会太难过，不然请他吃顿饭？想完一转念，又驳回自己，难道请他吃了饭，他就会舒服？如果不舒服，又该怎么办？米加珍在这一派的胡思乱想中，昏昏睡去。

再次醒来，依然因为手机。这是好朋友吴玉的电话。吴玉在电话里哭。哭了半天说不出话。米加珍烦了，说到底什么事呀，总不会是马元凯死翘翘了吧？吴玉是马元凯的女朋友，吴玉很爱他，每天像警察盯小偷一样把他盯得死死。吴玉这一刻才把眼泪后的语言说出了口。吴玉说，不是马元凯死了，是蒋汉死了。

米加珍惊遽而起，蓦然间，她想，难道蒋汉自杀了。但她立即否定了自己，因为蒋汉不是那样的人。米加珍用很大的声音说，你瞎说什么啊。小心我用砖头拍死你！吴玉又哭道，是真的。白水桥垮了，蒋汉正好过桥，掉了下去。马元凯也掉下去了，不过他没死，只是受了伤。还有一个人掉了下去，也是骑摩托的，警察一直没有捞到尸体。

米加珍此刻忽想起蒋汉的短信，她的心立即成了一团乱麻。脑子里根本就没有忆起另一个骑摩托的人会不会是杨小北。米加珍爬起来，胡乱套上衣服，脸没洗，牙没刷，疯似的往白水桥跑。外婆追了几步，说加珍，怎么了？米加珍没理她。外公一边说，我说了吧，出大事了。完了。垮桥了。外婆说，你什么时候说过了？外公说，昨天半夜呀。我要去扛桥哩。外婆说，你个老糊涂。

米加珍赶到时，蒋汉的尸体已经装入黑色的盛尸袋。两个警察抬着他，要送他到车上。公司老总，也就是蒋汉的叔叔，正在旁边，见米加珍跑来，他红着眼睛，沉痛地说，珍珍，没想到是汉汉。米加珍扑过去，扯着盛尸袋，放声大哭，嘴里说，不是他，不会是他，他不会死。让我看看。肯定不是他。

旁边尽是公司熟人。有几人议论道，呵，是米加珍，蒋汉是她的男朋友。他们都快结婚了，好可怜。

警察强行将尸体装上了车，鸣了一声喇叭，开走了。米加珍跟在车后，拼命地跑，跑得摔倒在地。她到底没有见到蒋汉的面容。趴在冰冷的地上，她的眼泪和地上的碎雪混在了一起。她觉得自己的心在这一刻已被冻僵，也被摔碎。

见到米加珍这个样子，很多人都跟着她哭。这个冰凉的早晨，让无数人肝肠寸断。

二、两个人的哭和一个人的疼

米加珍脑袋已然乱套。她不知道自己应该怎么办。卡车司机听说这个死掉的蒋汉和救他的马元凯自小就是死党，又听说米加珍是蒋汉的女友，立即动了侠心。他把卡车的大喇叭按得震天响，闯出一条路，拖了米加珍就上车。卡车司机说，丫头，在这里哭没有用，我送你去殡仪馆。你想办法再见他一面。

米加珍便是在卡车上接到杨小北的电话。米加珍说，你今天没去上班吗？杨小北说，是啊。我病了，正在医院打点滴。你来一下好不好？米加珍突然想起蒋汉的短信，心里先是一紧，然后又松了开来。还好，杨小北没事。米加珍说，好的，我晚点就来。米加珍没敢说蒋汉的死，她想如果说出来，杨小北一定会很有压力，他又正病着。

殡仪馆的人无论如何也不让米加珍见蒋汉的尸体。说现在看了，心里难受。等开追悼会时，化了妆，再看也不迟。卡车司机听此一说，反过来劝米加珍了。卡车司机说，被水泡过，又受了伤，样子很可怕，看了一辈子刻在心上，一辈子都会过不好。米加珍想起蒋汉满是温情的眼睛和永远露着敦厚笑容的脸，心说，蒋汉再难看也是帅哥。米加珍哭道，我就是要把他一辈子刻在心头。卡车司机说，你莫哭。我跟你想办法，不过，往后你心里堵，莫怪我哦。

　　米加珍到底见到了尸体，果然不成人形，完全不是她所认识的蒋汉，甚至她看不出是什么人。中午吃过饭，那副肿胀的面孔一直在眼前晃，米加珍便吐了。吴玉惊叫道，你莫不是已经怀了蒋汉的孩子？米加珍说，我看见了，那个死人不是蒋汉。吴玉摸了摸她的头，说你发烧么？

　　米加珍一直不认同尸主就是蒋汉这一说。因为她看到的那张肿胀的面孔根本就和蒋汉不同。尽管从尸体衣服上摸出来的钱包和证件都是蒋汉的。可米加珍坚持说，也许早上有人打劫抢了蒋汉的衣服呢？难道我们这条路上还少吗？警察说，你说不是蒋汉，那蒋汉人呢？米加珍说，你就不兴他一个喷嚏打出去，脑子热了，买张机票出门玩去了？警察有些恼怒，说人都死了，你还在这胡搅蛮缠。米加珍说，你这个警察，讲不讲理？吴玉急了，说米加珍，我对你真没话说！连公司老总也就是蒋汉的叔叔都一脸惊诧地望着米加珍说，珍珍，要不要给你找个心理医生？

　　米加珍最生气蒋汉叔叔这句话。她想，别人怎么说都行，你是汉汉的亲叔叔，怎么能说这种话？

　　其实米加珍是真病了。她发着烧。夜里起来拉外公时就穿少了衣服，早上匆忙出门披了棉袄却忘记在里面套上毛衣。凉风一直吹到她的心底，把她凉了个彻底，她却浑然不觉。米加珍最终还是被送到了医院。吴玉守着她，一边陪她打针一边哭。吴玉说，米加珍，我晓得，你这回伤心伤狠了。

　　杨小北一直等到点滴打完，也没见米加珍来。他有些失落，又有些愤懑。心想不是说好的吗？他给米加珍打电话，结果没人接。他不明白怎么回事，满怀怅然，觉得放在自己心里天一样大的爱情，她居然如此轻看。

　　杨小北走到白水河，想找民工把自己的摩托车捞起来。走近桥边，见河岸蹲了一圈人，断桥的边缘还放了几个花圈。河水倒是像以往一样，黑着面孔，无声流淌。杨小北一问，方知蒋汉和马元凯都跌下了桥，两人一死一伤。

　　杨小北大惊失色，一直淡然着的心突突地跳得厉害。他什么话也不敢说，因他想起正是他约蒋汉提前半小时到公司门外的白水河边谈事情。是他要为米加珍向蒋汉作一个了断。他要告诉蒋汉，米加珍真正爱的人是他杨小北。而蒋汉和米加珍两个人曾经有过的感情已是过去时。

　　正是这个邀约，送了蒋汉的命？杨小北念头到此，呼吸都沉重起来。他想，我的天，难道我的人生沾血了？

这天，杨小北也没有去找米加珍。他整晚都睡不着觉，睁眼闭眼，都能看到蒋汉的脸在跟前晃。仿佛时时在对他说，杨小北，你已经抢走了我的米加珍，难道还不够吗？

直到几天后的追悼会上，杨小北才和米加珍见了面。两个人都脱了原形似的，憔悴仿佛从脸到脚。熟识的同事都不由得惊叫。然后议论，说米加珍和杨小北都是有情有义的人。蒋汉是米加珍的男朋友，他的死，让米加珍几乎九死一生，而杨小北是蒋汉的哥们，为了蒋汉的这个死也真是伤了肝胆。不然，几天不见，两个人都成了这样？又有议论说，这个蒋汉也是！一个大冷天，黑咕隆咚的，跑公司去做什么呢？人家杨小北早早去公司，是因为新加工的那个活儿催得急。而马元凯去早，是为了头天的发货单忘了交下去。他蒋汉一个屁事没有，赶死赶活地起个大早，这不是给自己找了个死么？如果死的是杨小北和马元凯，还算因公殉职，蒋汉呢？没人让他掐着黑上班，死也真是白死。

杨小北和米加珍都听到了这样的议论。他们互相望望对方，眼睛里都有泪光，心里却想的不是一样的事情。杨小北想，你这一死倒省事，可你知道吗？我心里承受的压力将会比你的死还要重啊。米加珍却想，还有谁知道杨小北约蒋汉去河边的事呢？

蒋汉在众人的眼泪里，被送进了焚化炉。当他以灰的形式出来时，他的影子也渐渐淡出米加珍眼眶。米加珍不时地凝望杨小北，因杨小北头上雪白的纱布和一瘸一拐的腿，令她心疼。

追悼会完，杨小北约米加珍到一僻静处相见。两人走近，一句话没说，便抱在了一起。然后就哭。一直哭，直哭得天色昏暗，眼泪都快冻成了冰。

杨小北说，谢谢你的雨衣，是它救了我。不然我也死了。米加珍说，你的伤怎么样？疼不疼？你要好好休息几天才是啊。杨小北说，我没事。我知道蒋汉死了你心里难过。米加珍说，所以我没有去医院陪你。你会生气吗？杨小北忙说，怎么会？我先不知道。如果我知道了，我定来陪你，这样你就不会病那么重。

两人都太年轻，第一次经历身边朋友猝死的事，这个死亡与他们还有所牵连，以致他们除了痛苦，还有惊吓和愧疚。于是说话之间，又哭了起来。

杨小北没有提他约蒋汉到河边的事。米加珍也没有提。这是一道伤痕，正龇牙咧嘴血肉淋漓着，谁又敢去碰一下呢？

马元凯没有参加蒋汉的追悼会。他怕自己承受不了那一刻。

马元凯的大腿骨头断了，小腿也有好几处骨裂。手术医生说你小子也了不起，腿断成这样，居然还撑在路中间拦车。马元凯说，不然我也爬不到医院呀。反正腿也断了，不如当个英雄，救救人好了，顺个便的事。医生笑了，说你把话讲得好听点，登上报纸就会成为豪言壮语。

但马元凯还是没有把话说得好听。马元凯跟女友吴玉说，我要是会把话说得好听，我早进政治局了。吴玉白他一眼，说怎么没跌坏你这张嘴？马元凯嘎嘎地笑道，不是靠这张嘴，能把你骗到手吗？跌坏了嘴，往后谁亲你。吴玉说，想亲我的人多的是。马元凯说，那倒是。你吴玉骚起来也蛮有魅力。不过，你这张脸上如果沾了别人的口水，我可真保不定那家伙的嘴还会不会完好。吴玉一撇嘴，说就你现在这样子，动都不能动了，还敢说大话。我警告你，如果你的腿瘸了，我可不一定继续跟你好。马元凯便笑，说我要是腿瘸了，才懒得跟你好哩。屋里来个野男人，我拿棍子怎么撵都撵不上，那我才亏得大。一屋的病人都被笑翻。气得吴玉直翻白眼。

然后才告诉他河边的情景。

听到在他之前摔下去的人是蒋汉，并且已然被摔死的消息时，马元凯惊愕得恨不能撞墙。他记起那辆半插在水里的摩托车，心疼真是剧烈无比。他想，或许我当时跳到水里摸人，就能把蒋汉救起来。可是，我为什么却没有呢？一连几天，马元凯都被这事折磨着。

追悼会的前夜，马元凯躺在床上，望着窗外被夜气稀释了的灯光，心想，蒋汉你这个狗东西，你块头比我大得多，肉长得比我厚，怎么骨头就这么不结实呢？老子这样的瘦撇撇摔下去都爬得起来，你怎么就爬不起来？想过后，眼泪便流了出来。蓦然间，一个念头闪电一样击打了他。他被自己这想法吓着：因为摩托车是杨小北的，我认出来了。又因为很讨厌他，所以，对于他，是死是活我完全没有兴趣？

难道不是吗？马元凯额上的筋都跳动了起来。

但是杨小北却没有死，死的是他最好的朋友蒋汉。只有蒋汉知道，他马元凯没有了这个朋友，未来的日子该会多么寂寞。他们两个几乎是一起玩大的。两家的父母是同事，两人同住一个工厂宿舍，筒子楼里门对着门。蒋汉家煨排骨汤，从来不少他的一份，而他妈妈做红烧肉，自然也有蒋汉的一碗。从幼儿园到高中，还一直同着班。只是后来上大学，蒋汉学了设计，而他学了管理，才各走各路。毕业后，蒋汉的叔叔在南方发了财，回家办了个铁艺公司，把他们两个招了去，说是要培养子弟兵。结果他们一个成了业务员，一个成了设计师。下班后，依然有事没事在一起耗。两人觉得彼此的相处，就像左手右手一样。中学时代，他们两个常与低班的米加珍一起写作业。米加珍住在工厂宿舍另一栋楼里。有一天他说，我长大讨老婆就得是米加珍这样的女孩。蒋汉立即说，你的嘴巧，人又活络，你再去另找一个吧。米加珍就由我来照顾，她外公早就托给我了。马元凯听蒋汉这么一说，竟很感动。因为蒋汉自认自己是不如他的。于是拍胸慷慨道，没问题，就让给你。我保证对米加珍一秒钟的念头都不闪。米加珍晚毕业三年，在蒋汉的央求下，也与他们成了同事。现在蒋汉却死了。死前的头三天一直为米加珍要跟他分手而痛苦。马元凯陪他喝酒时还骂他，说早知你没本事抓住米加珍，不如当年我自己上。不然现在哪有他杨小北的戏？骂得蒋汉心情沮丧，连连喝闷酒。想起这个场景，马元凯恨不能扇自己嘴巴。这张臭嘴，害得蒋汉掉进水里时脑袋装着的竟是他的一堆骂。而他摔到桥下，看到的是杨小北的车，却全然没有想到他的朋友蒋汉竟与他近在咫尺。马元凯心里的那份痛感，远超出他断了骨头的大腿。甚至他觉得蒋汉是因他而死。如若他不那么讨厌杨小北，或许是个陌生人，他都有可能贴近水面，看看有没有人需要他的帮助。

　　结果，他却什么都没有做。

　　马元凯瞬间觉得自己伤痕累累。除了腿，更惨烈的是他的心，如同破碎。他一直提不起精神，老觉得少了蒋汉的生活不是他眼前真实的生活。马元凯住了半个月医院，又在家养了两个月，拆下石膏时，腿没有养好，瘸了一点。心更是没有养好，碎开的缝迟迟不肯愈合。他生活的所有缝隙都有蒋汉的痕迹，关于蒋汉所有的一切，就像田野的野菜，每天都在那些缝隙里生长，以致马元凯不知自己的难过会到几时转淡。

　　马元凯走出家门时已是春天。河边的青草将两岸涂上一层淡绿。桥还垮在那里。听说这是座腐败桥，政府准备重新修建。站在断桥处，马元凯先痛骂一顿修桥的人，然后再骂自己，最后还骂了蒋汉。马元凯说，蒋汉你这个笨蛋呀，你用了二十几年对付活，却只用几分钟去对付死，你划得来吗？河人恼，便忙不迭上前把他听琴的感觉说与俞伯牙听，讲到高山流水之意时，俞伯牙知道自己遇到了知音。这个段子传了出去，闻者莫不感慨。于是好事者便将这地方取名琴断口。琴断口附近还有琴断小河。琴断小河北面有一个土丘，说的是俞伯牙第二次再来汉水寻知音钟子期时，不料钟子期已然过世。俞伯牙闻知呆了半天，然后便把他的琴砸了。那小丘原本不成山形，为纪念俞伯牙和钟子期心息相通的情意，又有好事者将那小丘叫了碎琴山。

事情已经过去上千年，因为好事者留下了地名，便使这故事得以流传千古。每个来此地无论是旅行或是居住的人，都会好奇地问，为什么叫了这个名字？这一轮一轮的追问，问得尽人皆知。而当地人在一轮又一轮的答复中难免添油加醋，传说中的一滴水，便一轮轮地涨成了河。后来有人指着这河，说这就是文化。凡事一文化，又更容易让人津津乐道，却无人去体会这一断一碎间的余味。

米加珍、马元凯和蒋汉三人都是在琴断口长大。一生下来，他们便对俞伯牙和钟子期的事滚瓜烂熟，仿佛在娘胎就已听熟了这个著名的传说。三个人的父母同在一家耐火材料厂工作。这工厂在武汉也颇有名气。米加珍的外公当年亦从这里退休。他当过科长。管过别人的人虽然已老但嘴却更碎，见到小孩子在一起玩时，就唠叨说这个有关知音的故事。小孩全都听得发烦，纷然说，才不当知音哩，还要去学弹琴，有什么好玩，不如踢球。只有米加珍，因为热爱外公，有一次为讨外公欢喜，便问了一句，什么才是知音呢？非要学弹琴吗？外公说，知音就是彼此知道对方心意的人。学不学弹琴无所谓。马元凯忙说，那我晓得了。我跟汉汉是知音，因我知道汉汉将来想要米加珍当他的老婆。蒋汉亦忙说，我也晓得元凯的心意，他也想要米加珍当老婆。米加珍那时还小，有点糊涂，说你们都不晓得我的心意吧？我想要你们两个都当我的老婆。说得米加珍的外公哈哈大笑，笑完说，我们家珍珍最有出息。然后又自我感叹，其实两人相距遥远，不知根底，才会成知音；如果住得近，哪能成知音，只会成敌人。一番话，令小孩子们懵懵懂懂。马元凯说，怎么会成敌人呢？米加珍的外公说，等你们长大了，就晓得，其实人人都是敌人。越近越是。那时候，米加珍外公的老年痴呆还没露一点头角。

但后来，米加珍成了蒋汉的女朋友。她知道是马元凯主动退出的，虽然她也喜欢马元凯的俏皮，但她还是成为了蒋汉的女友。外公说，元凯嘴巧，但汉汉踏实，过日子还是踏实点好。米加珍觉得外公说的是。于是，感情的天平转到蒋汉这边。马元凯便成了他们两个的哥们。

他们都是平常的人。而日子在平常人那里，就顺着季节往下走。不疾不徐，不知不觉。

有一天，杨小北来了。

杨小北的大哥与蒋汉的叔叔是大学同学，在武钢当着工程师。有一天同学聚会，在饭桌上杨大哥跟蒋汉的叔叔说起他父母离异，弟弟住在哪家都不舒服，不如到南方来跟着他，彼此也有个照应。杨小北学的是设计，铁艺公司效益不错，想让他先在这里待一阵，有点工作经历，也挣点钱，再看下面怎么发展。话说得很诚恳，蒋汉的叔叔便点头表示了同意。

铁艺公司所在地已经出了武汉边境，坐落在邻县。图的是租金和人工便宜。虽然离汉口闹市中心远了一点，但距琴断口倒不算太远。派去武昌南站接杨小北的人是马元凯。理由很简单，马元凯有车。米加珍要顺道回琴断口家里取些衣物，而吴玉与马元凯正处在热恋期间，于是，她们俩便搭便车一起进城。

到了武昌南站停车场，吴玉和马元凯一致要求米加珍去车站出口等人，不要在这里当电灯泡。米加珍心知他们俩想在车上热乎，笑了笑，便下了车。马元凯喊道，接到人，就领他在武昌南站绕两圈再回来。米加珍说，休想。马元凯说，你别忘了，你跟汉汉好的时候，我蹲在外面替你们看过门。这样的深恩大爱，你要尽全力报答。米加珍说，呸呸呸！

米加珍没见过杨小北，又没有准备写了名字的牌子。看到乘客们河一样地流出来时，她不知道怎么办才好。于是便动用了最原始的法子：大声叫喊。

出了站台的杨小北正张望着有没有接他的人。突然听到有清脆的声音高叫着他的名字，暗想，哪有这么接客人的？也没有回应，只是循声而去。他一下子就看到了米加珍。

杨小北拉着行李，一直走到米加珍的面前。见米加珍还在喊，便说请问你叫什么名字？正在找人的米加珍蓦然遭此一问，想都没有想，脱口道，我叫米加珍。答完才醒悟，连珠炮似的反问道，你是什么人？为什么要问我的名字？你想干什么？杨小北不回答她，也像刚才米加珍叫他一样大声叫道，米加珍！米加珍！

米加珍说，喂，你什么意思啊？杨小北说，你像招魂一样喊我的名字，我得喊回去才是。阎王爷派小鬼来阳世抓人，听到我的名字这么响亮，万一顺手带上了我，我还不找个垫背的一起走？米加珍脸上露出惊喜，说你就是杨小北？惊喜完后，立马一努嘴，说你们北方人的嘴就是油。杨小北说，别攻击整个北方人。不然你一过黄河，满地的北方狗追着你咬。米加珍笑了起来，说我骂的是人，又没骂狗，关它们北方狗什么闲事啊。杨小北也笑了，说狗不管闲事，养它干啥呢？

一见面便顶嘴，倒是把两个人的心情顶得愉快起来。米加珍想，这个杨小北好有趣。杨小北也想，这女孩真可爱，一起共事，想必愉快。

两人说笑着向停车场而去。那天的米加珍穿着一条白色的无袖连衣裙，头发披在肩上，发顶一侧夹了一只淡蓝色的卡子，像只蝴蝶一直停在那里。跟杨小北说话时，头一偏，黑发便荡起来。杨小北忍不住侧过脸不时地望望她。这是杨小北以往从未有过的动作。米加珍眼睛不算太大，但非常明亮，她说不说话，脸都有笑意，柔和而温暖。杨小北来的一路，不知前程如何，心里怀有几分冷冷的忧郁。而现在，米加珍的明亮，恰如阳光，瞬间将他的忧郁融化，甚至让他的内心立即变得安静和愉悦。他想，大哥的选择看来是对的。

走到停车场门口，杨小北说，你自己开的车？米加珍"啊"地大叫一声。杨小北吓了一跳，说怎么了？米加珍停下了脚步，说我哪里会开车。是马元凯开的，他才是真正接你的人。我们等下再过去吧。杨小北说，为什么？米加珍说，马元凯跟吴玉在车上亲热。他们俩恋爱正在高峰期，我们要给他们一点时间。杨小北有点哭笑不得，说这点时间也不浪费？米加珍笑道，没谈恋爱吧？谈过的人就晓得，离开公司的每一分钟都很宝贵。杨小北说，你好像是老手了。米加珍说，老什么手呀。我那一位，是跟我一起玩大的。从头到尾我就他一个。好像还没怎么谈，就已经是老夫老妻的感觉。真是亏死。杨小北说，这么说是青梅竹马了？米加珍说，比这还过分。他说我一生下来他就来我家盯我了。还说我是他抱大的，在他身上撒过尿。也就大我三岁，小时候牵着我玩过几次，而我对他有完整印象是上小学以后的事，但现在全成了他的资本。马元凯说他投资的是期货。真气死我了。杨小北说，太好玩了。他是做什么的？米加珍说，跟我一样，做设计呀，我们三个同行。办公室都在一间屋子。杨小北说，真的？那他要小心我成他的情敌哦。米加珍瞪大眼睛望着杨小北，突然说，你别吓唬我！杨小北哈哈大笑起来，说怎么会吓唬到你呢？吓唬到他还差不多吧？

米加珍也笑起来。笑完，心里似乎动了一动。

这一天，仿佛就是为米加珍和杨小北准备的。马元凯把车开到琴断口，停在一间酒吧门口，转身说，米加珍，你们俩在这里歇一下，我让吴玉陪我去家里取点东西。你要的东西我帮你带过来。说话间，他挤了下眼睛。米加珍知他用意，笑笑同意了。

结果他们一去便是两个小时。米加珍和杨小北坐在酒吧里什么都聊到了。米加珍知道杨小北的父母离异又各自再婚了，他还没有女朋友，只有一个哥哥在这边工作。而杨小北也知道米加珍的家里除了父母外，还有外公外婆。外公外婆担心米加珍只身在外吃不好喝不好，便在米加珍的公司附近租了房子。米加珍平常就跟他们住在一起。米加珍的男朋友就是与她一起玩大的男孩子叫蒋汉。米加珍说他时，用了很亲昵却又有点不屑的语气。杨小北听了出来，他们认识太久，彼此信任相互依赖，却没有了新鲜和激情。

后来说到没话了，杨小北目光投向窗外。突然他看到路边上醒目的路牌，上面写着"琴断口"。米加珍一下就猜到他的想法，立马说，这地方就叫琴断口。杨小北说，这名字有意思。

一个米加珍从儿时就听烂了的故事，被翻出来说了一遍。杨小北听罢居然十分感动。连连说，哗，原来有这么感动的传说。我虽然知道知音这个词，但还真不知道有这样浪漫的故事。这给我天上人间的感觉。米加珍说，你认为这世上有知音吗？杨小北说，当然有。两个人可以不是朋友，不曾讲过话，甚至不认识，但通过其他媒介，比方音乐，或者画图，或者文字，却相互知心，相互欣赏，那是多么好的感觉啊。一个人一生若有这样的一个知音，也算没有白过。米加珍笑了，说牙酸了没？说这样的话，真俗。杨小北也笑了，说女孩子不是最喜欢听这种肉麻话吗？我在家时练了好几套哩。米加珍笑了起来，说到了我这儿，一点不管用。我的耳朵已经早被马元凯和蒋汉训练得刀枪不入了。杨小北说，那好，回头我再练几个新招式来对付你。米加珍笑道，你只莫练葵花宝典就是。杨小北大笑起来，嗡嗡嗡的，声音响彻整个酒吧。米加珍嘘了一下，说别笑得这么夸张。杨小北说，你也是金迷？米加珍说，除了蒋汉，我们都是。杨小北又大笑了起来。笑完说，我发现，我跟你就是知音。米加珍撇撇嘴说，怎么会？我外公说，隔得远，对方活在自己的想当然中，才有可能成为知音。距离近了，人人都是你的敌人。

越近越是。所以这世上，并没有真正的知音。杨小北惊异地"哦"了一声，然后说，你外公好深刻。米加珍也惊异了一下，说真的吗？

米加珍和杨小北的交情，便是从这天开始。仿佛有意无意间，他们俩平常的对话，就比别人多出一份默契。

杨小北很快也成为蒋汉和马元凯的朋友。加上吴玉，五个人年轻人常在一起吃饭以及游玩。骑着摩托车到更偏远的地方兜风。杨小北和马元凯都有一张能说善侃的嘴，只要他们俩开口，针尖对麦芒，机锋迭起。让爱笑的吴玉和米加珍常笑得嗓子疼。她们的声音，像是一串一串地喷涌而出，有如飞鸟盘旋在上，久久地占据空间。马元凯便说这就是霸权主义的笑声，像乌云笼罩。长时间待在这样的乌云之下，是人生的凄凉。杨小北说，错。女人的笑更似阳光，铺天盖地，生活在这样的阳光下，永远只有快乐和温暖。于是两个女人都一起赞美杨小北臭屁马元凯。在许多这样的时候，蒋汉都只是敦厚地看着他们的快乐，抿嘴微笑，也不多话。他总是沉静的，跟随他们一起，有时候甚至感觉不到他的存在。马元凯常说，蒋汉最有大将风度。对女人擅长实行大国不抵抗政策。

十个月风平浪静地过去了，似乎什么事情都没有发生。但时间常常很害人，它会让有些东西在不知不觉中滋长，下种发芽出苗长叶，猝不及防间，你发现这个你并不知道的东西已然结苞，并且即将开花。

有一天，杨小北和米加珍清早加班，半路相遇。那时杨小北刚买了摩托车。杨小北说，上车，免费。米加珍省了脚力，便也高兴，立即跳到他的车座上。杨小北启动时，因为经验不足，车耸动得有些厉害，原本只抓着杨小北衣服的米加珍身体朝后一仰，险些掉了下去。她尖叫了一声，下意识地扑到杨小北的背上。正值夏初，米加珍只穿着薄薄的连衣裙。当她的胸脯贴上杨小北的背心时，杨小北惊了一下，仿佛被电击打，全身涌入一股热流。杨小北只说了一句，坐稳，抱紧我。然后便是风驰电掣般的一段路。米加珍抱着杨小北的腰，头抵在他的背上。两人一路没有再说一句话。下车时，杨小北的心一直跳，他低下嗓音对米加珍说，这是我从没有过的幸福时刻。说话时，他瞥了米加珍一眼。米加珍的目光正好接到了杨小北的这一瞥。两个人的目光对视的时刻不过三秒，随即绕开。但他们却浑身战栗，仿佛对方的那一瞥是根火柴，瞬间点燃了他们。

从这天起，他们相处得不太自然。各自都有了心思，是深深的心思。没人察觉的时候，他们寻找彼此的目光。找到了，又躲闪到一边，让那股燃着的火焰在心里空烧。日子也因此变得像在火上煎熬。米加珍的笑声渐少，眼睛里常有忧郁，而杨小北在马元凯邀约出去玩时，也尽可能回避。无人觉出他们的变化，只有他们自己心知。

有一天，蒋汉的叔叔派他们一起去汉口送样品。路上，米加珍不太跟杨小北说话。他们头一次见面时的有说有笑恍如隔世。回来时，途经琴断口，米加珍要回家取点东西，叫杨小北先回去。杨小北说，我陪你。米加珍断然拒绝，说不必了。米加珍下车后，只走了几步，却发现杨小北跟在她的身后。米加珍说，不是让你先回吗？杨小北说，我陪你一起走，天就会塌下来吗？米加珍有些生气，说天不会塌，可我愿意一个人走，不行吗？正说时，杨小北看到了琴断口的路牌，突然想起米加珍跟他讲过的俞伯牙断琴弦的故事，想起关于知音的话。杨小北心里涌动着，便说，我记得我那天说错了话。我跟你的确不可能成为知音。而是……而是……米加珍说，是什么？杨小北说，正像外公所说，我们彼此知道对方心意，但我们距离太近，所以，我们不会成为知音，我们是……是……米加珍说，杨小北，你别跟我绕弯子。我来告诉你，我们是敌人。杨小北说，不，我们不是敌人，我们是傻瓜。米加珍一下子烦了，说我跟你讲清楚杨小北，蒋汉是我的男朋友，我们已经好了很多年。杨小北说，我知道，你们比青梅竹马还要早。我们第一次见面你就说过。米加珍说，我迟早是要跟他结婚的，而且快了。杨小北说，我知道。你也说过。米加珍说，知道就好。知道就要管住自己。杨小北说，我一直在管，现在还在努力地管着。我对自己说，朋友妻，不可欺。米加珍没好气道，我不是他的妻，我还没嫁给他！杨小北说，就算你已经嫁给了他，我问我自己，我能管得住吗？所以我也问你，你米加珍能管得住吗？你管得住自己的心吗？

米加珍没有说话。眼泪却不管不顾地往外流。杨小北伸出手，替她抹了一下脸，低声说，是不是？你也管不住。米加珍这时哽咽起来。杨小北说，我真的没办法。我天天想你。米加珍泪眼汪汪地望着他，说我也是。杨小北便冲动地将她拥抱在怀，两个人的眼泪瞬间就混淆在了一起，咸涩程度完全一样。米加珍说，我们可以吗？它可能会改变几个人的命运。杨小北说，我不是故意的，我并不想破坏你们。我也很喜欢蒋汉，但我没有办法，我控制不了自己。命运的改变，常常就在你根本就没有察觉的时候。爱情的力量太强大，它天天在催我犯罪，我宁可成为一个罪人也要爱你。米加珍为他这句话感动着，她哽咽着说了一句，那我就陪你一起犯罪。

这段地下的爱情在悄然间盛开花朵。春夏秋冬，四季走过，花朵依然旺盛开放却又不动声色。蒋汉似乎心有所知，却又以全然不知而面对。他只是对米加珍更仔细更体贴更大度。在这样的呵护之下，米加珍的感情不停地在两个人中间摇摆。她爱杨小北。杨小北让她兴奋让她激动让她战栗不安，这种感觉使生活变得激情四射，格外有意思。但她却并没觉得蒋汉有什么不好。蒋汉让她沉静让她踏实让她高枕无忧。这么多年来，蒋汉一直是她心里的一棵树。

米加珍的摇摆，更是漫长的一段时光。杨小北一直等待着。杨小北说，我等你拿定主意。因我相信爱情。

这句爱情的豪言壮语表白在秋天。

而当冬风吹来，细雪落下时，桥断了。蒋汉由此退出，退到没有人看得见他的地方。地下的爱情，虽然就此破土而出，花开鲜艳，但却因被血泪浸染和浇灌了一场，开放的花朵便总是散发一种或痛楚或凄迷的气息。

米加珍有一天想，这会是罂粟吗？很美丽，却也有毒。她把这想法说与杨小北听。杨小北想了想，没有否认，只是说，让我们一起留下美丽，努力排毒。

四、新婚的夜晚

新桥终于修建起来了。外形比原先的旧桥要漂亮许多。政府让一位副市长亲自挂帅督阵。副市长说，这桥无论如何要百年不垮。大家都信副市长说的话。因为市里专门请了修长江大桥的队伍来修这小小的白水桥。米加珍有天上班路过河边，她去看桥，结果听到一个施工员发牢骚，说让他们来修这样的小桥，简直是高射炮打蚊子。

每一个人都看得出白水桥太结实了。米加珍的外公在通车那天专门上去踩了几踩，他踩着脚说，早修这么结实，汉汉怎么会掉下去跌死？本来他是我的外孙女婿。前面那个修桥的，你要赔我的人。米加珍外公说这话时，许多人都在旁边。杨小北也在。他正和米加珍手拉着手地站在桥栏边看桥下的水。河里的水依然发黑，与造型漂亮并且意气风发的新桥相比，显得无精打采。人们都朝杨小北和米加珍嘻笑张望。杨小北脸上便有些挂不住。米加珍感觉到了，上前去拉她的外公，嘴上说，外公你瞎闹个什么呀。米加珍的外公脸一犟，说我讲的句句是实，几时瞎闹了？有熟人听了笑，说旧人不去，新人不来，加珍又给你找了个更好的外孙女婿。米加珍的外公说，哪里有更好的？汉汉就是最好的。我们加珍睡都跟他睡了，别的人关我家什么事？

米加珍外公的话令桥上的人全都开怀大笑。仿佛这是比新桥落成更大的快乐。笑声融在风中，落进水里，激起一些涟漪。杨小北当即面红耳赤。米加珍更是气急败坏。她毫无办法。外公是个病人，你去跟他搭白，还不知道会惹出什么更让人难堪的话来。

米加珍拉着杨小北逃之夭夭，一直跑到公司的墙根。她两眼噙着泪。杨小北坚决地说，米加珍，我们结婚吧，马上就结。米加珍原本想明年再结婚，可她被杨小北的坚决所感动，于是回答说，好吧，我们结婚。

婚期立即决定了下来。杨小北在米加珍外公外婆的租房附近另租下房子。他们每天都忙着布置新居。看着这屋子一天天的变化，一天天的饱满，米加珍突然觉得自己的心却是在一天天发虚，一天天发沉。她每一分钟都在想，我要不要去告诉蒋汉一声呢？也当是作一个彻底的道别。连连数日，她都心有不安。

有天下班，路上恰遇马元凯。马元凯说，听说你要结婚了？跟杨小北。米加珍说，是呀。你来参加婚礼吗？马元凯说，这种事，我跟蒋汉从来都是结伴而行，蒋汉不去，我当然也不会去。

米加珍心里顿了一下，有些怅怅然，说你这又是何必。马元凯说，你办喜事的时候，我得去陪蒋汉坐坐，这个时候，他肯定最伤心。米加珍说，你不要说这样的话。马元凯说，我不说，就没人会说。你也不去向蒋汉告个别？米加珍说，我是在想。只是这阵子还没有得空。马元凯说，没得空也得抽空。现在就走，上我的车，我陪你一起过去。米加珍见他如此一说，便抬腿上了他的车。

米加珍上车的时候，杨小北正好坐着的士过来。他哥哥送给他一台42英寸的液晶电视机。送货的人将电视机抬进客厅，小心放在柜子上。立即，屋里便有熠熠生辉感。杨小北很兴奋，心想米加珍见了一定开心得要死，便打了一辆车去公司，好接米加珍去新房看看。杨小北还有另外的小算盘。他暗思着，米加珍一高兴，说不定晚上就会留宿在那里。米加珍有点守旧，每次杨小北想要留她一起过夜，都得想个主意，以便既自然又巧妙地留她下来。晚上一起享用新电视机，最为名正言顺。

杨小北赶到公司门口，还没下车，便见米加珍钻进马元凯的小车。杨小北心里咯噔了一下，虽然没有生气，但也有几分不解。他想米加珍下了班会跟马元凯去哪呢？杨小北叫的士跟着前面的车。当看到车朝琴断口方向拐弯，杨小北知道了，他们一定是去蒋汉的墓地。杨小北想，大概米加珍想去跟蒋汉道个别，又担心他不高兴，所以约了马元凯。其实，他完全不会去吃一个死人的醋，甚至，他觉得自己也应该去跟蒋汉打声招呼。毕竟他与蒋汉也朋友了一场。当然，还有更重要的，杨小北想起那个寒冷的早晨，他发出的邀约。他给蒋汉打电话，说你提前半个钟头出来，我在公司河边等你。由我们男人来作个了断，不必让米加珍烦心。蒋汉说，好。这是蒋汉最后的声音。每次想到此，杨小北都忍不住要打寒噤。

果然杨小北看到马元凯的车开到蒋汉墓地附近停了下来。两人一下车即朝蒋汉的墓走去。杨小北便也忙下了的士，跟在他们后面。他原想喊住他们俩，表明他的心迹，但声音没有出口，却又缩了回去。他担心米加珍会误以为他在跟踪她，而他的本意显然不是如此。

米加珍站在蒋汉的墓前，开口说，汉汉，我今天特意来跟你道个别。再过几天，我就要和杨小北结婚。我知道你不会生我的气，但我也要请你不要生杨小北的气。虽然那天是他约你到河边去谈事，害了你现在睡在这里，可他不是故意的。他也掉到了河里，他也差一点没命。我知道你对我好，你最爱我，我的心里永远都会留一块地盘给你。

马元凯突然别着脸，盯着米加珍说，什么意思？什么河边谈事？米加珍怔了怔，犹豫片刻，还是说了。米加珍说，那天杨小北要加班，他急着想跟汉汉了断我们的关系，就让汉汉提前半个钟头去公司的河边碰头。刚好……那天就出了事。

马元凯的声音立刻就像炮弹轰爆。他大声道，汉汉那么早跑去公司，就是为了应杨小北之约？米加珍低声说，嗯。马元凯声音更大了，说照这么讲，汉汉是因为杨小北的原因才死的。米加珍说，怎么可以这么说？汉汉是因为桥坍塌了才死的。马元凯说，可如果杨小北不是急着去抢汉汉的女朋友，汉汉会死？米加珍说，有谁会想到桥刚好垮了？马元凯说，至少杨小北间接地害死了汉汉吧？他怎么一点都不内疚？居然赶急赶忙地要和你结婚？你呢？还有心情去爱这个人？他要结婚你就心安理得地跟他结？你就算不拿汉汉当你的男朋友，可他自小陪你一起长大，怎么护你怎么宠你，你想都不想一下？你跟那个杨小北亲热时，脑子里就不会冒出汉汉的影子？米加珍生气了，她也放大了声音，说马元凯，这是我自己的人生，我想跟什么人结婚是我的事，没你说话的份。

杨小北倚在一棵树后，清楚地听到他们这番对话。马元凯的话像散开的弹片，每一个字都击中了他。而更让他纠结的是米加珍居然早已知道是他约蒋汉前往河边的事，知道蒋汉死于他的邀约。他颓然地坐在树下，心口有点堵。觉得米加珍既然知道一切，却装着什么不知道的样子。以致他从来没有对米加珍说出邀约之事。其实只要米加珍轻轻问一句，他就全都会说给她听。但是她却绝口未提。他怀着一丝侥幸，不想让他们的感情夹杂半点阴影，于是也没说。一直以来，他在米加珍面前都是阳光真诚的形象，他希望自己在米加珍心里是完美的。而现在，米加珍难道不会认为他其实是个虚伪小人？难道她不会在他批评一些恶习、阐述做人道理时，心里偶发几丝冷笑？

这天晚上，杨小北没有找米加珍，他甚至也没有打电话告诉她电视机的事。崭新的电视机静静地立在柜子上，它在杨小北眼里业已可有可无，仿佛刚进皇宫便遭冷遇。杨小北独自坐在客厅的窗边，漫想心思。这份心思，无边无绪，一团混乱，因其间夹杂着血，便有点沉重和无奈。

婚礼如期举行。这是在一个明媚的春天。

米加珍的爸妈做点小生意，家里还算殷实，所以也大办了酒席。杨小北父母离异，又都在北方乡镇，路途遥远，便没有过来，只是他的大哥做了家长代表。米加珍的爸妈忙着进货，并不想抽空招呼亲家，倒觉得亲家不来更好。而米加珍更是无所谓，没有公公婆婆到场，她反而轻松。米加珍的外公外婆先前还一肚子意见，说哪有媳妇过门，公婆都不到的。米加珍便劝他们，说婚礼都在我们这边举办，当他们家嫁儿子好了。外公外婆听此一说，细想想，觉得这样子自家还赚了。外公便称杨小北是上门的外孙女婿。

杨小北和米加珍的公司同事去了不少。场面还真是喜气洋洋，仿佛没人想起断桥的伤痛，也没有人想起米加珍的前男友蒋汉。杨小北和米加珍虽然各各怀着点心思，但被这喜气一冲，心思也仿佛轻了下来。

作为米加珍的闺蜜，吴玉自然是伴娘。吴玉酒量大，喝多了喜欢闹酒。

米加珍事先叮嘱又叮嘱，让她少喝。但吴玉那几天心情正不爽，事先是答应了，但喝时还是没能控制住自己。尤其旁人老跟她提马元凯。不断有人问马元凯怎么没来。一听这名字，吴玉就一大杯酒灌下去。吴玉刚刚跟马元凯分手。分手虽是她提出的，但马元凯也答应得很痛快。没别的理由，马元凯腿瘸了。吴玉说，我吴玉怎么说也算一个有艺术气质的美女，怎么能嫁给一个跛子？一起逛街，整条马路都不像是平的。

米加珍和杨小北去吴玉那一桌敬酒时才知道他们分手的事实。米加珍很惊讶，便劝吴玉，说马元凯人好，腿瘸也是为了救人造成的，又不是天生如此。吴玉趁着酒劲，嚷了起来，说你们家杨小北怎么不去救人？他要是像马元凯这样守在桥上拦下别的车，蒋汉会死吗？马元凯会瘸吗？我会跟马元凯分手吗？你知道我很爱他，可是我到底不能嫁给一个瘸子呀。吴玉说着，竟放声大哭起来。

吴玉的话仿佛点破什么，酒桌上顿时鸦雀无声。杨小北的脸色瞬间惨白。米加珍看看杨小北，又看看婚礼现场，一脸惶然。蒋汉变形的面容便在这里浮出在米加珍的眼前。

后来的情况便有些怪异。只要杨小北和米加珍敬酒到哪一桌，那一桌原本叽叽喳喳的讲话声便中断下来。大家都用很客气很矜持的语气向他们祝贺，仿佛稍一随便，便会伤着他们。杨小北感觉到了。米加珍也感觉到了。他们俩都有点不自在，仿佛自己欠了大家，这一刻的敬酒不是喜庆而是在赔罪。结果，杨小北的每一口酒都像是含着苍蝇。

这天夜晚，虽是新婚，客走之后，杨小北和米加珍却都没了做新人的欢愉。躺在床上，杨小北全无激情，亦无欲望。他眼睁睁地望着天花板，脑子里交集着吴玉说话的样子以及当时同事们的表情。他想，这个话题，他们一定议论过很多次，不然不会出现那样的气氛。

睡在他身边的米加珍突然说，小北。杨小北说，嗯？米加珍说，你在想什么？杨小北担心米加珍不悦，忙答说，在想你。说完佯装热情地伏到她的身上。以往杨小北很容易让自己和米加珍顺利抵达佳境，在那一刻，他总是很满足地想，有米加珍的人生是多么幸福。但这个新婚的夜晚，杨小北无论如何都无法让自己成功。他进不去米加珍的身体，于是有些急，一急更加手忙脚乱。米加珍累了，说算了，也不在乎这一天。

杨小北翻倒在床上，脑子里依然是酒桌上人们的神情。杨小北说，他们是不是经常这样议论我？米加珍说，别想这些。杨小北说，你是不是早就听过这些议论？米加珍说，这些人嘛，喜欢瞎说，不必理睬。杨小北说，你怎么不告诉我？米加珍说，我告诉了你，你心里会舒服吗？

杨小北没再说话。他完全睡不着，甚至不觉得身边有新娘。他只是想，是呀，为什么那天我没有像马元凯一样守在桥边呢？不然，蒋汉不会死，马元凯也不会瘸。而米加珍照样会跟我结婚。那一念之间，我为什么就没有想到后面还有人呢？怎么就没有记起我约了蒋汉呢？想到这些，他的心便很疼。为自己，也为蒋汉和马元凯。

其实，这也是米加珍的一个最没心情的夜晚。就算是结婚这样的大喜，也全然没有她曾经憧憬过的欢乐。她脸上虽然笑得灿烂，心内却阴云密布。此一刻夜深人静则更是如此。身边的新郎官就仿佛一个布袋躺在那里，没有温度也没有气息，虽有却无。吴玉的话，像是膨胀的充填物，把她的内心空间全部塞满，一丝缝隙都没留。她的每一口呼吸，都令它的膨胀更甚。米加珍想了一遍又一遍，每一遍想的都是：杨小北要是守在桥边救下蒋汉该有多好，如果救下了蒋汉，马元凯也不会瘸腿，吴玉也不会跟他分手。而我照样会与蒋汉分手，全身心地去爱杨小北。今天的大喜，以蒋汉的大度和马元凯的潇洒，他们都会参加。那时的她，该会多么开心。可是杨小北，他为什么没有呢？

月亮很亮，天很清朗。两个新婚的人躺在床上，不做爱也不说话。各各满腹心思，杂乱无章，却全是因为另一个人。那个人已经死了许久，可是他的阴影潜伏在空气里，飘荡在这个屋子的上空，久久不肯散去。

五、婚后的第一块石头

马元凯没有出席杨小北和米加珍的婚礼。在他们结婚的那天，他回到琴断口。他心里有说不出的感受。用复杂和糟烂来形容，都远不足够。米加珍并不是他的女友，但她却曾经是蒋汉的未婚妻。他们三个一起长大。凭了这点，参加她的婚礼，本是理所当然。米加珍打电话时，声音都在哽咽，她一直说，你要来。你必须得来。

但他还是没有去。他放不下蒋汉。在独生子女的年代，他们就是亲兄弟，从不分彼此。如若去到这样的婚礼上，他恐怕自己失控。因为在他心里，米加珍身边站着的新郎，只能是蒋汉。假如不是蒋汉，那就应该是他自己。而现在，蒋汉死了，可爱的米加珍身边竟是另一个毫不相干的人。这个人，为了得到米加珍，令蒋汉失去性命。若是没他，蒋汉会依然活着，婚礼会依然举办。如果那样，这场婚礼该是一个怎样快乐的日子呢？他和蒋汉一定都会喝得大醉。他完全能够想象得出蒋汉那张幸福的面孔。

而这一切，全因那个叫杨小北的人得以改变。

这个人却是他马元凯从火车站接来的。是他为了泡吴玉，让初来乍到的杨小北长时间与米加珍单独相处。是他把米加珍推到杨小北面前，让他成为蒋汉的对手。这个对手取得了最后胜利。对于蒋汉来说，他马元凯既是朋友，但也是罪人。

怀着一份深重的愧疚，马元凯去看望蒋汉的父母。蒋汉是家中独子，很多年前两个老人就认定米加珍是他们的儿媳。如今，儿子死了，米加珍另嫁他人。马元凯知道，在这样的日子里，两个老人不会平静。

马元凯拎了袋水果，去到蒋家。一进门，便仿佛被刺了一下。刺他的是这个家的淡然和清冷。蒋汉的照片挂在墙上，露着他一向满面敦厚的笑容。唯这份笑容，使那一面墙，若有阳光。马元凯在照片前站了一下，恍然觉得蒋汉根本就在隔壁房间等着他。然后听他用夸大其辞的语气嬉笑怒骂。蒋汉却只是笑，偶尔冷幽默一句，将他们说话的内容提升到另一境界。

两个老人没说什么，甚至连米加珍的名字都没有提，只是细述往事。说到恶作剧时，脸上还有笑意。马元凯坐在客厅里静听他们的追忆，连蒋汉的房间都没有进。偶尔的笑声，干巴巴的，像是自娱自乐，令他的压抑几达窒息。马元凯逃跑似的离开蒋家。出门来，他想，这个家，真是完了。

第二天清早就听说一个消息：蒋汉的母亲夜里睡不着，吃了大量安眠药，被急救车拖进了医院。马元凯吓了一跳，他想这是故意的呢还是无意？他匆忙赶到医院，蒋汉的母亲正在急救室洗胃。马元凯坐在医院的走廊上，想了又想，竟把自己想得怒气冲天。他给米加珍打了一个电话，冷冷地说了一句，回琴断口来吧，蒋妈妈吃药了，正在医院抢救。

米加珍被这个电话惊得魂飞魄散。不顾杨小北是否同意，也不顾他们当天即将出发蜜月旅行，她换上鞋，奔出门，打了车便赶往医院。在的士上，米加珍方打电话给杨小北，告诉他，到医院去照顾蒋汉的母亲是她唯一要做的事。晚上是否能回家，她也不清楚。米加珍生恐杨小北不悦，强调了一句，汉汉的死，我们到底有责任。

杨小北没有说什么。放下电话，静默了几分钟。昨夜的痛苦还没缓解，新的困扰又找上门来。可是细细一想，蜜月旅行与生命相比，毕竟还是太轻。他当即去旅行社取消了行程，无非损失定金以及被旅行社的人絮叨了一顿，仅此而已。回来时已是中午，杨小北有点饿，便到路边的小店要了一碗牛肉面。面店是两口子开的，人已是上了中年。男人下面，女人跑堂，一副乐呵呵的样子。一个小半导体放在满是油腻的木架上。里面正说着相声，男人随着相声不时哈哈大笑出声。

这份快乐，溢满小店，却并未感染到杨小北。反倒是令他的郁闷加重。昨天他刚刚结婚，他的家庭生活，本应该就像这对中年夫妇一样，简单快乐并且知足。然而，米加珍却用强调的语气说：汉汉的死，我们到底有责任。杨小北想，一定要这样强调吗？

夜晚，米加珍果然没有回来，只是打来一个电话，说蒋妈妈虽然被抢救过来，但精神和身体状态都很不好。她必须留在医院里陪伴她。说罢，她又小心翼翼道，我只能这么做。这份责任我们必得承担。

杨小北顿了一顿，还是没有多说什么，只是要米加珍注意自己的身体，别太累着。

一个人的晚上便有些无聊。尤其还正做着新郎，这份无聊便更是显示出它的漫长和浓厚。杨小北早早地躺在床上。床有两米二宽。是在他的坚持下才买下的大床。他说他要在这上面进行永远不停息的世界大战。米加珍说，摊这么大个场子，难不成想要第三国参战？说得两人一起大笑。现在，这个战场上却只他一个人。躺在上面，床更显大，孤零感便一点点占据空地，将他包围。杨小北脑子里一直想着米加珍先是强调、后又小心翼翼的话。这些话中都提到两个字：责任。

杨小北想，是一个什么样的责任呢？是米加珍放弃蒋汉而爱上了我，还是我约蒋汉出门导致他死亡？更或是我从河里爬上岸后，没能守在桥头拦下他？哪一个责任是最重大的？而这责任会不会一辈子折磨我们这个婚姻？

最后一问，他把自己问出一身冷汗。真若如此，他又该如何是好？

第二天一早醒来，米加珍还没回来。杨小北躺在床上给米加珍打电话。米加珍说还在医院。杨小北说，就你一个人守夜？米加珍说，还有马元凯陪着。杨小北说，就你们两个？米加珍说，蒋伯伯头夜完全没有休息，已经撑不住了。我让他回家休息一下。杨小北说，他们家其他人呢？米加珍说，他家就只一个其他的人。他在地底下躺着。

杨小北一时无言以对。

睡意已没了。杨小北见天还早，一个人无聊，便索性去上班。骑着摩托过白水桥时，行人稀少。杨小北脑间浮出旧事。恍然间，他仿佛觉得当初自己爬上岸，一瘸一拐地穿小路去医院，感觉中似有一辆行驶着的灯光向桥边快速移动。这灯光从杨小北眼边扫过，在黎明前的黑暗中格外显眼。杨小北已然不知这场景是自己的幻觉，还是真有其事的回忆。但不管是什么，那移动灯光的，定是蒋汉。那是蒋汉骑着摩托去赴自己的邀约。这个邀约，成了他的死亡邀请。杨小北过桥时，手有些抖。他反复问自己，我真有罪吗？还是我把自己想出罪过来了？

公司很平静，一切如常。只是当杨小北出现在人们眼前时，大家似乎微惊了一下，目光中都有一种疑问，仿佛他的出现是个意外。

吴玉说，你们不是去蜜月旅行了吗？杨小北笑笑说，因为有事，没有去成。吴玉说，米加珍呢？她在哪？你们两个吵架了？该不是因为我乱讲话吧？杨小北说，怎么会。吴玉说，对不起，杨小北。我不该喝多的。其实也不能怪你。你没守在桥上也不是什么大不了的错。那个时候，谁都只想到赶紧去医院。你千万不要为这个跟米加珍吵架。杨小北说，我重申一句，我们没有吵架。吴玉说，啊，那就好。昨天我们这里展开了关于你和米加珍的大讨论。杨小北说，讨论什么？吴玉说，讨论你跟米加珍的婚姻能不能长久。杨小北心里便咚了一下，嘴上却淡淡问道，你们的结论是什么？吴玉说，没有结论。因为意见不一。杨小北说，那你呢？吴玉说，我？我希望你们白头到老。杨小北说，那就谢啦，我们一定会白头到老。吴玉说，不用谢，我是为了我自己。因为你们离了婚，马元凯一定会去找米加珍。我不想他们俩在一起。杨小北有些吃惊地望着吴玉，而吴玉却以挑战的目光回敬着他。杨小北说，你认为他们俩相爱过？吴玉说，当然。米加珍是马元凯让给蒋汉的。杨小北说，你大概没有好好谈过恋爱。如果是真爱，没有人会将自己的爱人让给别人，如果让了，那根本就不是爱情，只是玩玩而已。就像你和马元凯，你们只不过玩玩罢了，没有爱情。而我和米加珍，我们是真正的爱情。谁也不可能分开我们。杨小北一脸认真地说完后，懒得再跟吴玉继续搭白，掉头而去。他背后传来吴玉的声音，喊，你真以为这世上有真正的爱情？你好幼稚。不然爱情怎么都是悲剧！

杨小北的脑后仿佛刮过一股寒风，一直凉到他的心底。他镇定了一下自己，心说，吴玉的话居然总是会刺到我的骨头。

原以为平常的日子就会像河水流着一样，从容而平静，就算间或有几块小石头，小小惊起点微澜，生活却也依然会以它持之以恒的方式继续前行，一直流到长江，汇入阔大的流域，形成水波不兴的一派大家风度，宽广并且包容。当杨小北和米加珍关系还处于地下隐蔽时，这是杨小北多次向米加珍描述过的婚后生活。米加珍深表认同，还补充说，就像她在琴断口看到外公外婆和父母的生活一样。磕磕绊绊加争争吵吵地一路同行，到了双鬓斑白，两人不再有碰撞，倒是相互谦让，谁也离不开谁。杨小北和米加珍想要的就是这样的未来。

但是，眼前这生活却将杨小北的想象击碎。汹涌而来的日子并非如舒缓流水，倒更像是呼啸而来的石头。并且，第一块已经砸中了他。

被砸中的还有米加珍。

米加珍万没料到在她新婚第一天，蒋汉的母亲会自杀。之后，蒋汉的母亲反复说，她不是特意的，她只是睡不着，只好去吃安眠药，可还是睡不着，就又爬起来吃，也不记得吃了多少，结果就吃多了。但是背着米加珍，她却跟马元凯说，她知道她家蒋汉多么喜欢米加珍。只要一提米加珍，他满脸就笑开花。有一回看电视，见到电视里问一个男人：如果妈妈和老婆同时掉到河里，你会先救谁。蒋汉在旁边说，妈你不要生气，如果是我，可能会忍不住先救米加珍，再来救妈。因为妈妈一定会原谅我。蒋汉的母亲回答说，我不会生气。因为如果你不救加珍，你自己也活不下去。我宁可没有自己，也不能没有儿子。蒋汉的父亲为这事还臭骂了他一顿。蒋汉的母亲边说边抹着眼泪。这个日子，本是她的蒋汉最幸福的时刻，但他却一个人默默地躺在地底下，孤单单地被冰冷的水泥所覆盖。

马元凯告诉米加珍这些话时，米加珍一直抹眼泪。她知道，就算蒋妈妈是无意，却也是因为她的惊扰。因为她的一纸婚书，如利刀彻底切断她与蒋家的亲缘。蒋家原本在此之后，有四口人，以后还会增加或延续。而现在，没有了蒋汉，这个世界将会很快结束蒋家，像删除文件一样，从此没有他们的痕迹。米加珍哽咽着说，我懂蒋妈妈的心。如果是我，恐怕也会这样的。

马元凯说，往后，我是蒋家的儿子，你是他家的女儿。他们家的事，就是我们两个的事。我们要替汉汉为蒋伯伯和蒋妈妈送终。米加珍说，就这么说定了。以后，我是他们家的女儿。我让杨小北当他们家的女婿，他一定会同意的。马元凯说，你算了吧。我估计蒋妈妈看到杨小北，就会来气。米加珍说，不至于吧。蒋妈妈心地很善良。马元凯说，这不是善良不善良的事。他们已经知道汉汉为什么大清早就出门。难道你以为他们心里不为这个生气？等于是杨小北把汉汉约上了断头路，杨小北没死，而汉汉死了。有这个前提，他们见了杨小北会有好脸色？米加珍没回答，心里却在为杨小北叫屈。杨小北又怎会知道桥断了呢？他自己也摔下去了呀！

见米加珍没说话，马元凯说，更何况，杨小北明知汉汉紧跟着他要过桥，却没有留在桥头拦下他来。依我看，他心里可能巴不得汉汉死掉，不然，他哪有现在这样的快活日子？米加珍脸涨得通红，大声说，马元凯，你胡说！杨小北不是这种人，他只是没有想到而已。马元凯说，好，就算我是胡说，那他杨小北是不是太自私了？他只想他自己，就一点没有想到后面还会有人紧跟着他过桥？就算没记得蒋汉，可还有其他过桥的呀！

米加珍回来的一路，蒋汉母亲的话和马元凯的话交替回响在她的脑海，这些话在她的心里碾来碾去，碾得她的心阵阵疼痛。

米加珍知道自己开始流血。

六、为鱼而哭

米加珍和杨小北的婚姻生活以艰涩开始，渐进平淡。虽然流血带伤，但两个人的心里都很清楚，那些事情业已过去，重要的是自己的现在和未来。他们心照不宣，一起努力地修复这道深深的伤口。

杨小北依然骑着摩托上班，只是车后永远都坐着同一间办公室的杨太太米加珍。每次过桥，米加珍都会紧张地抓着他的腰，而杨小北但逢到此，亦会心有余悸，情不自禁放慢速度，仿佛担心新桥再一次坍塌。

有一天黄昏，阳光斜照在窗前，淡黄色的，给屋里添了些暖意。杨小北和米加珍坐在沙发上，一边翻阅报纸杂志，一边聊起这感受。杨小北说，其实我知道白水桥绝不会再垮，可是我就是条件反射。这已经由不得我自己了。米加珍说，我也是呀。每次一到那里，心就狂跳，我跟自己说，都过去了，没事了，可它还是不听。我还问过马元凯有没有这样，按说他也应该有障碍的。马元凯却说他没有。还说我们是做贼心虚。这家伙，真是混账。

杨小北的心蓦然就阴了下来，仿佛马元凯的话是一阵风，这风刮过来一大片浓云，呼啦啦就遮蔽了他的心空。米加珍见杨小北的脸色变得阴沉，忙说，你不要理睬他，他那张嘴一贯就是这样损。杨小北淡淡一笑，说我不理睬他，他就不存在吗？

两人本来聊得很好，因为马元凯的话，气氛变了味，聊不下去了。天黑下来，太阳落山，暖意也消失。头上的节能灯，照得满屋通亮，炽白的光下，两个人的脸色都白得惨然。

杨小北满心萧瑟，便不再多言。电视剧开始了，古装戏，皇帝和佳人的爱情故事。一屏幕都是眼泪。两人都在看，但其实谁都没看进。回肠荡气的剧情变得索然无味。米加珍想，不是很大度的吗？怎么这么小气了？而杨小北则想，这话就算马元凯说了，你又何必这时候说出口？两个人都把事情放在心里想，却都没有讲出来。电视剧演完了，杨小北说，算了，睡觉吧。米加珍也说，好吧，睡觉吧。

夏天到来的时候，白水河更黑了。风一吹，扬起阵阵恶臭。走近河边，气味更是刺鼻。米加珍的外公有一天外出迷路，走到那里，一个人坐在河边痛哭流涕。河边的树正在慢慢死去，只青草生命顽劣，倒还碧绿着。米加珍外公哭道，这是白水河呀，怎么可以这么臭呢？我的鱼呢？都臭死了吗？哭得鼻涕眼泪一大把。一个路人以为老头要寻死，打了报警电话。结果过来两个警察，问米加珍的外公为何而哭。米加珍的外公说，水好臭哩。我在这里打过鱼，现在鱼都被臭死了。我哭鱼。警察笑了，说你打鱼回家，把鱼吃掉了，那时你有没有哭？外公说，鱼喜欢我。我抓它时，它活蹦乱跳。鱼不喜欢被臭死。两个警察越听越想笑，知这老头脑子有些不清楚，便问他住在哪里。米加珍的外公根本不睬他们，却还是哭，又说鱼儿好可怜，都被臭死了，怎么办呢？两个警察问不清米加珍的外公住在何处，便只好将他带到派出所。

在派出所，米加珍的外公依然不停地哭泣。他哭白水河不清了，又哭它太臭，最后还是哭鱼，说白水河没有鱼，怎么叫白水河。哭得整个派出所的警察都发笑，所长忙不迭地派出几个人查找他的家属。好容易电话问到米加珍那里，米加珍吓了一跳，丢下手上的活儿，连忙赶去派出所。杨小北那天出差去了荆州，公司便让马元凯开车送米加珍过去。米加珍的外公见到米加珍，立即忘记了白水河的鱼。他拉着米加珍的手兴高采烈地对警察说，这个丫头我认识，她是我的宝贝。然后他看了看马元凯说，你是汉汉？你回来了？说罢又对警察说，这是我的外孙女婿，叫汉汉，也是我的宝贝。马元凯忙说，外公，我是马元凯。米加珍的外公又说，哦，原来我们珍珍嫁给你了呀。也好也好。你爸妈都是我车间的。米加珍制止了他的话，对警察说，他有病，就只会乱讲话。警察说，我们知道。说罢便把米加珍外公哭鱼的事讲述了一遍。米加珍又好气又好笑，却也流了眼泪。警察说，老人家心地很善良。不过，对这样的老年痴呆症患者，你们要注意，一是不能让他单独出门，二是要在他的衣服上缝上家庭住址和电话，万一丢失，也好送回去。米加珍一一点头答应。

回家的路上，米加珍的外公不停地对马元凯说，你有汽车啊。是给我们家珍珍买的吗？珍珍你好福气。米加珍扯了一下外公，说不是的，是元凯自己的车。我没有这个福气。米加珍外公说，元凯是你男人，他的车还不是你的车？米加珍又扯了下外公，说外公，我的男人是杨小北。你不要乱讲好不好？米加珍外公茫然地四下张望，说杨小北是谁？我认不认识他呀？

开着车的马元凯便哈哈大笑，说外公真是好眼力。米加珍的外公也高兴地跟着他一起笑。米加珍气得咬牙切齿，却也无可奈何。

那天也是巧，一个记者去派出所办户口，听说有个老头为白水河的鱼痛哭不已，便跑过去看热闹。米加珍外公的眼泪突然让他感动。于是他跑了几天调查，写了一篇关于白水河污染的调查报告。文章登上了报纸。米加珍外公哭鱼的事成为文章的引子，报上甚至还配发了米加珍外公抹眼泪的照片。市里领导看到报纸，心情沉痛，开会说不能让我们的老人为河里的鱼流眼泪，一定要治理白水河。

文章发表时，米加珍外公已经回家大半个月，他早就忘记了这件事。突然有一天，隔壁左右的人都来看望他。米加珍的外婆也莫名其妙。一问才晓得，米加珍的外公糊糊涂涂地哭一场，竟哭上了报纸。

领导开腔说了话，事情就会办得迅速。至于怎么办或是如何办得更合理，都是次要。重要的是在办就行。这时候的执行者通常都没理智。治理白水河立即开始了行动。先是关闭了印刷厂，断绝污水源。然后河两岸的排污孔一一被堵塞。最后，开始在河边植树种草，说是要把这里的河岸变得像花园。

印刷厂的地皮卖给了一个房地产开发商。开发商很快圈地修墙。围墙上画了一个有着小桥流水的豪华居民小区。周边一大片杂乱的住房都被圈进小区的版图。转眼之间，在此地住了几十年的居民全都面临搬迁的局面。先前大家还兴高采烈，但获悉搬迁补偿费奇低之后，兴高采烈便换成了义愤填膺。有一伙人暗中呼吁居民联合起来抗拒搬迁。待真要出头组织时，却连呼吁者都退缩在后。枪打出头鸟，早有古训这么说过，明白者谁又愿意挨这一枪呢？更多的居民都是老实巴交之人，见官就怕见强就让地过了一辈子。可为一根针与邻居天翻地覆吵架，却不敢为一幢房跟来势凶猛的开发商顶撞。架不住各种人士的层层动员以及威胁利诱，纵是满腹委屈，最后还是自认倒霉为妙。

米加珍和杨小北租住的房东家也在搬迁之内。房东有亲戚在市里工作，便十分抗拒这样的动迁。认定开发商仗势欺人，克扣补偿款项，于是决意要当钉子户。房东欲拉杨小北一起行动。因为杨小北为结婚将这套租房进行了装修。他本计划在这里住上几年，攒点钱再买一套自己的新房。孰料才过不足半年，便要另寻住处。虽然他的装修花销并没多少，可只住半年，到底还是很吃亏。倘要再去寻房，再次装修，也分外伤人脑筋。杨小北对此也恼火透顶，随着房东一起破口大骂。骂完后回头跟米加珍说，瞧瞧，这事竟然是外公惹出来的。好像搬起石头砸了自己的脚似的。米加珍说，怎么可以怪外公呢？外公只是心疼白水河的鱼罢了。杨小北说，可是外公多事干吗？他这一闹腾，害多少人家鸡犬不宁。

米加珍觉得杨小北的话也不是没道理，可还是觉得不悦，暗想，外公是个病人，你难道不知道？这样一想，不悦感便又加重。

恰好那天马元凯为行业设计评奖的事打电话给米加珍，电话里听出米加珍心情不对，便问出了什么事。米加珍犹豫了一下，还是将杨小北抱怨外公的话说出了口。马元凯说，放屁！怎么能怪外公？白水河的鱼都死光了难道也是外公弄的？外公是个有大爱的人，所以才会为白水河的鱼担心。他杨小北就只会操心一点蝇头小利。这种自私的人，我讲都懒得讲他。

马元凯的话并没有让米加珍释然，倒让她的心情更加恶劣。米加珍说，马元凯，杨小北是什么样的人，我比你清楚。他根本不是那种自私自利的小人。马元凯说，不自私？他要不自私，汉汉会死吗？米加珍厉声道，你太过分了，你怎么不说那桥是杨小北炸的？马元凯说，好好好，你的老公你护着。我只护着汉汉，没有他，你不晓得，我好寂寞。米加珍心软了，说往后你别再讲这种话。过去的事情我只想让它过去。马元凯说，我也愿意这么想。可是它过得去吗？汉汉虽然化成了灰，可灰上面却摞着一座坟。你能当它不在？

这一天，米加珍都在想马元凯的话。杨小北去武昌与客户商讨铁节灯架的尺寸，下班后米加珍一个人回家。她慢慢走到白水河边，河水依然黑如墨汁，臭气从河面一直蹿上岸。每天都有清除污秽的船在河上工作。据说再过一阵，河水便会渐渐返清。米加珍想，她和杨小北的婚姻，是相爱的两个人的结合，不能让过去的事情一直影响他们。他们两人共有的那道伤，也须尽快痊愈。

米加珍过了河，心里的想法愈加坚定。她推开屋门，却见杨小北正在忙碌。餐桌上摆着米加珍爱吃的菜。杨小北腰缠围裙，说怎么回来这么晚？米加珍有些吃惊地看着他。杨小北笑道，感动了吧？米加珍怔了几秒，才说，当然感动。你怎么回来这么早？我以为今晚会吃方便面哩。

杨小北走近她，拉着她的手，低声说，对不起，我不该埋怨外公，外公是个病人，根本不关他的事。是我不理智。我错了。我知道你对外公的感情。所以我抓紧时间，一分钟也没有休息，拼了命赶回来，好用实际行动认错。米加珍说，路这么远，你这样会太累。杨小北说，我不累。因为我爱你，所以我不累。

杨小北的一席话，令米加珍热泪涔涔。米加珍说，我回来晚，是因为我走到白水河，坐在那里想了许久。杨小北说，想些什么？他的神情有些紧张。

米加珍说，我想过了。不要跟房东一起闹了，我们搬家吧。搬到河对岸去。杨小北惊异道，不想住这边了？不是说一定要住在离外公外婆近的地方吗？米加珍说，虽然是这样，可是每天要过桥。一过桥，就仿佛有人在提示，这里曾经发生过什么。好像身上的伤口，夜里复原了，可早上过桥时，又让它裂了开来。我不想这些伤心的往事干扰我的心情。我想让那一切赶紧过去。

杨小北的心一下子激动起来，他紧紧拥住米加珍。这样满带激情的拥抱自他们结婚后，几乎再没有过。杨小北想，这正是他深爱着的米加珍。通情达理的米加珍。深明大义的米加珍。米加珍伏在他的肩头哭了起来。其实她不明白自己为什么要哭。但除了眼泪，米加珍不知道应该如何表达她的心情。最后米加珍说，因为我爱你，所以我要好好珍惜我们的生活。杨小北亦哽咽道，我也这样想。我们要赶紧忘掉那些事，不然，我们都会累得活不下去。

米加珍的外公外婆一百个不愿意米加珍住到河对岸去。外婆说，住在这边，离外公外婆只几步路，外公天天都可以看到你。现在住远了，外公找你该怎么办？但米加珍执意要搬走。米加珍说，我会经常过来看望外公外婆的。每个星期至少回来一次。米加珍的外公说，三次。要回来三次。外婆说，珍珍翅膀硬了，让她自己去过吧。米加珍听外婆这句话，鼻子酸酸的。但外婆的话是对的。

公司附近都是新修的小区。杨小北很快找到他们所需要的房子。两室一厅，坐北朝南。房间的家具一应俱全，他们几乎不需添置什么。只要扛了被子过来，即可生活。也因为此，房租便比河对岸的民房要贵出许多。米加珍有些犹豫，担心房租过高，生活压力会太大。但杨小北坚定不移。杨小北说，这可以让我更加努力赚钱，我保证绝不会因为房租贵而降低我们的生活质量。

米加珍对杨小北的回答非常满意。

他们在新房子里，像新婚一样。这天没有过桥，晚上突然觉得心里很松快。于是两人都很兴奋。杨小北提议早早洗澡上床，米加珍依允了。他们就像初谈恋爱时那样疯狂，一直到彼此都筋疲力尽。杨小北抚着米加珍说，我感觉好像今天才结婚。米加珍说，真是的，我刚才也这么想。

七、失败是因为我还活着

米加珍搬去新居不久，米加珍的外公突然上吐下泻病得爬不起床。米加珍和杨小北便赶紧请了假，将他送进医院。医生说，以后他的体质会越来越弱，脑袋也会越来越糊涂。身边必须要有得力的人照顾。米加珍的母亲想了想，说珍珍已经成了家，不再需要你们照顾，不如回琴断口吧，这样我和珍珍爸爸也好照顾你们。外公外婆虽然舍不得米加珍，但米加珍已经长大，有了自己的男人，实在不需他们作靠山，也就只好搬回到女儿家。但是，每个周末，米加珍得回来看望外公外婆。外公已经糊涂得不会提要求了，但外婆知道外公的心，这要求是外婆提出来的。米加珍自然满口答应。

最初的时候，杨小北总是和米加珍一起去琴断口。杨小北骑摩托，米加珍戴着头盔坐在后面。有一天，杨小北在宿舍里停摩托车，一个老人家盯着他看。他有点莫名其妙。问老人家，你是在看我吗？老人家说，你这个年轻人，长得也蛮好的，怎么能害死汉汉又抢走他的珍珍呢？正欲走进门洞的米加珍听到这话突然转回，她拉开杨小北，训斥老人家道，你少瞎说，汉汉死跟我们没关系。老人家有点紧张，忙说，大家都这么讲，又不是我编的。

这一天，杨小北一直很消沉。他不想说话，心乱如麻，只觉得生活的石头，又开始朝他砸来。无论米加珍怎么安慰他，全都无济于事。杨小北说，难道这里的人都这样看我的？米加珍说，怎么会？实事求是，汉汉的死，跟你无关啊。杨小北说，老人家说，大家都这么讲。米加珍说，你不要信他的。他老了，瞎说八道哩。杨小北说，你这个话是实事求是吗？

米加珍没法回答。她想了想，然后说，干脆，你不用每个星期都陪我来，免得见到那些人，白白惹些烦心事。杨小北说，可是怎么跟你家里人交代呢？米加珍说，对了，公司要推选作品参加行业设计大赛，就说你在家忙着参赛。怎么样？我爸妈只要听说在忙事业，绝对会全力支持。杨小北说，这样行吗？米加珍说，百分之百。反正又不是说谎，的确有这件事，蒋经理下周就会宣布。

正如米加珍所说，公司果然宣布要选送作品参加行业设计大赛。据说奖金很高，还说，如果中奖，作品很可能会被汉阳一家豪华小区选用做标志性图案。所有的镂空大门、围墙以及别墅装饰门窗，都会以这个图案为主。这是一次很重要的比赛，成功则名利双收，公司也会接下一笔大单。杨小北仔细看了看设计要求，觉得自己有实力为此一搏。

米加珍却放弃了竞争。米加珍说，我们家有杨小北一个人参加就可以。我要全心全意为杨小北做好后勤。大家便都笑说米加珍看来是个贤妻良母式的人才。只有吴玉说，米加珍说漂亮话，知道她怎么设计都不如杨小北，不如摆个高姿态。杨小北帮着米加珍辩解，说才不是哩，米加珍以前在公司也得过好多奖。她这次是为了我全力做事才放弃的。吴玉笑道，以前的奖，还不都是蒋汉帮的忙。蒋汉牺牲自己时间，把最好的创意送给米加珍，自己留个次的。所以每次都是米加珍得奖。这个我太清楚了，不然米加珍工资哪里涨得上去？蒋汉说，米加珍得奖，比他得奖更让他开心。

杨小北不信，问米加珍可是真的。米加珍默然半天才说，是真的。蒋汉就是这样的人，他就愿意这么做。但你不必如此，你跟他不是一类人，你不必违背自己的心愿。杨小北说，我当然不会这样。说完却想，那么，我是哪一类的人呢？我的心愿又是什么？或者，我就是那种不愿意为别人作自我牺牲的人？想罢，他心里有点乱。

吃过晚饭，米加珍在洗碗，杨小北坐在沙发上，还是想着这句话。他想了又想，觉得米加珍说的话是对的。他的确不是蒋汉那种人。他的确不愿用自己的设计成果署米加珍的名字以买她的欢心。如果他靠这种方式来获取爱情，那么这样的爱情迟早变质。米加珍离开蒋汉，应该就是最好的说明。想到这里，杨小北心下释然。睡觉前，他对米加珍说，我想过了，我们还是应该实事求是，有什么能力就做什么样的事。你同意吗？米加珍一边拉扯被子一边笑说，我同意。这还用得着想吗？我先就说了你不是蒋汉那种人，你不必违背自己的心意。

对于米加珍心不在焉的回答，杨小北多少有点失望。他想，米加珍并没有理解他真正的想法。

杨小北决意全身心投入设计。这是他来铁艺公司第一次真正显示实力的时候，所以他必须全力以赴。更何况，这里还关联到经济收入。如果获了奖又为公司争得了项目，他的年度奖金应该可达十万元。这样，他很快就攒够买房的首付款。

周末的时候，杨小北也不用到琴断口米加珍家去了。米加珍全家人果然都说，男人干事业顶要紧，加珍一个人回来就行，你忙你的。在米加珍回家的时候，杨小北便去青山。他在哥哥家住一晚，然后到省图书馆查看资料。在读书和查看资料的过程中，他突然涌出许多的想法和创意。他不停地画，想寻找最能触动他的东西。他有时竟会因为自己的某一个构思而长久激动。

这个时候的米加珍一身轻松地在父母家休息。米加珍平常上班，回家还要做饭洗碗，洗衣搞卫生也是她的事。杨小北不是不想帮忙，但他自小住宿学校，根本不会做家务。一旦行动，不是丢这个，就是砸了那个。米加珍见他做不好，自己断后的事情更加麻烦，便索性免了他的劳动权。米加珍对自己全揽家务活并没有意见，因为她觉得女人应该这样。在她家里，她的母亲就是这样生活的，她的外婆也是这样生活的。所以米加珍觉得自己照顾杨小北也是理所当然。

只是回到家里，米加珍还是觉得很累。这里是她无所顾忌任性撒娇的地盘，有时候，她也会哎哟哎哟地叫唤得响。米加珍的母亲说，哪里需要你每个礼拜都回家看外公外婆呢？就是想让你回来休息两天。我们珍珍从小到大什么时候做过家事。一结婚居然要去伺候男人，真是让外婆和妈妈心疼死了。外婆也跟着说，如果是汉汉，我们珍珍就享福了。汉汉什么家事不会做？汉汉的菜也炒得好，比我都强。米加珍的母亲说，是啊，有一回汉汉还给我们珍珍烫头发，那个技术好得呀，我都看傻了。

家里人说的都是实话。以前米加珍跟蒋汉在一起玩的时候，大多都是米加珍看电视或是跟马元凯两人闲聊，然后等着蒋汉做好饭菜，喊他们上桌开吃。蒋汉的厨艺不错，专门去餐馆跟人学过。马元凯笑他说，这是专门为了让米加珍吃得舒服去学的。蒋汉心静，还学了许多生活手艺。有一次米加珍喜欢的一款皮包被划破了，蒋汉便拿过去修补。他在破的地方另寻彩色软皮做成装饰，结果比原来的还要有味道。蒋汉就是这样的人，他的生活就是围着米加珍转。米加珍虽然觉得很享受，却也总是不满他的胸无大志。她爱上杨小北，或许正是与此有关。对于家里人老提蒋汉，米加珍会沉浸在往事中想上一想，但经常也会烦。有一次米加珍对着家里四个老人说，我宣布，以后这个家里不准再提汉汉两个字。因为我现在的丈夫是杨小北。我们要忘掉过去，好好生活。米加珍的父亲马上表态，说珍珍说得对。我们不能老是把汉汉搬出来说，影响珍珍的心情。米加珍的外婆也同意了，说是啊，日子还是现在的紧要。

米加珍回家的时候，大多是坐的公共汽车。有一天，出了厂门，还没走到汽车站，遇到马元凯。马元凯正开着车。他在米加珍身边停下，大声说，米加珍，到哪去？米加珍说，回家。马元凯说，哪个家？米加珍说，琴断口。马元凯说，正好，我也回去，免费搭你吧。米加珍高兴道，真的啊！我好运气。说罢便上了马元凯的车。

米加珍好久没有坐马元凯的车了。马元凯又换了新车。米加珍说，比原先强多了。马元凯说，强什么强呀，腿不行了，踩不下离合器，就只能开自动挡。这种傻瓜车，开起来真没劲。米加珍说，男人就是好显摆。开个车，简单方便就好，却偏要让手脚忙个不停，好像这样才显得有聪明才智似的。马元凯大笑，说那是当然。不过再聪明也不如你们女人。脑子一算计，什么都想清楚了，男人却半天没醒过来。米加珍说，你这是在说我，还是说吴玉？马元凯说，扯什么吴玉。要说吴玉那丫头比你还是要聪明点。米加珍说，怎么讲？马元凯说，因她很清楚自己要什么，所以她放弃我；而你不知道自己要什么，所以你选择杨小北。米加珍说，我当然知道我要什么。我要爱情，因为爱情能创造一切。马元凯说，看看，就说你是傻吧！但吴玉却明白，爱情不是一切，也创造不了一切。米加珍说，那是她不明白真爱到底是什么。马元凯说，不，她是对的。爱很伟大，但爱情却很脆弱。不信你走着瞧。米加珍说，你不恨吴玉？马元凯说，当然不恨。因为我认为她的想法是对的，所以我很高兴地同她分手。这世上，有无数的困难，不是靠爱情就可以克服。你信不信？米加珍很干脆地回答说，不信。马元凯说，要不多久，你就会信。

这之后，米加珍就经常在公共汽车站的附近遇到马元凯。

马元凯单身一人，每周回父母家，也是理所当然。米加珍很快意地坐他的便车，两人在车上轻松地聊天，当然也聊许多的往事。他们共同经历的岁月太长，几乎是从小到大，因此，不论聊什么都容易有默契。

有一天，米加珍刚上车，马元凯递给她一个文件夹，淡然道，看看这个。米加珍打开来一看，都是设计草稿。那熟悉的构图和笔画，甚至纸墨上散发出来的气息，一下子就撞击了她。米加珍说，是汉汉的！马元凯说，还用问吗？我清理汉汉的遗物时收集起来的。汉汉有许多没完成的构想。米加珍说，你的意思是？马元凯说，我可不是想帮你，或是你家杨小北。我没有这么高尚。我想让汉汉也参加这次的设计比赛。我想请你替他挑出有创意的作品，然后完善它。我们对外说是他生前画好了的。汉汉以前没得过奖，因为都帮你做了。你是否也还他一次人情？其实也是最后一次。

往事一下子就浮现而出。米加珍，过来签个名！蒋汉大声喊叫的声音也犹在耳边。蒋汉经常画完图，然后由米加珍懒懒地走过去签署上自己的名字。想到此，米加珍说，好的，交给我吧。马元凯似乎有些惊讶，说你就这样答应了？米加珍说，难道还要怎么样？马元凯说，我好感动，看来你还记得汉汉的好。米加珍说，你以为就你一个人是他的朋友？

米加珍心知自己没有能力为蒋汉做得更好，更何况她的实力远不抵杨小北。但她并不想让杨小北帮忙，因为这会让杨小北深有压力。评选必有胜负，她不愿杨小北输，却又很想蒋汉能有机会出头。设若蒋汉得了大奖，这个奖项或许能减轻她对他的负疚。

为了这个，米加珍又有点烦。可这件事她还必须得做。生活就是这样，它永远不会遂你心愿，却只能让你听从它的调配。

米加珍想了又想，便去找她的同学。她的同学都是学设计的，有几位水平也相当高。米加珍求到一个陈姓同学门下。陈同学深知米加珍与蒋汉的过往，一口答应。蒋汉有一幅将蝙蝠变形的构思。线条干净简单，乍看只是抽象美丽的曲线，细看却是变形的蝙蝠。寓意吉祥，很合中国人意。米加珍看中了这一幅，陈姓同学也觉得不错，便拿回家，在此基础上，进行了细节修改和完善。再拿给米加珍看时，效果很令米加珍惊喜。

米加珍将完成的画稿交给马元凯。米加珍说，你拿去交吧。我没有告诉杨小北。马元凯一边大为夸奖，一边说，米加珍就是米加珍，汉汉也算没有白爱你一场。说完马元凯顿了一顿，盯着米加珍，又说，如果告诉了杨小北，他会杀了你？米加珍说，多一事不如少一事吧。

评选是在一个阳光明亮的下午。公司只有一个参赛名额。设计小组和公司高层都参与了投票。第一轮投票结果，杨小北和蒋汉的作品在众多设计中脱颖而出，分别得票第一第二。杨小北将凤凰变形，华丽而雅致，细节处理，尤见精湛。大家纷论说，这样的图案在什么样的背景下都会大受欢迎。设计室几个业务骨干，一致认定杨小北更胜一筹。

杨小北坐在窗下，落在他脸上的阳光很明媚。他面带微笑，这笑容里有着明朗、健康以及自信。听得同行议论，他满心喜悦。这是他的用心之作，以他自知自明的判断，他的作品当会顺利胜出。

第二轮投票即将开始。突然有一个人说，我觉得应该侧重选送蒋汉的。因为这是他最后的机会。无论对死者还是对活人，都是一个安慰。杨小北诧异了一下，觉得这话未免过分。刚想回答，却另有一个声音说，我也同意。更何况，与蒋汉竞争的是杨小北。杨小北的才华埋没不了，但蒋汉却永远埋在了泥土之下。

杨小北听出来了，说这话的人是马元凯。马元凯的目光挑衅似的望着杨小北。杨小北原想说几句什么，待话到嘴边，却觉得面对这样的场面，自己已无话可说。

第二轮投票结果很快出来，令人大跌眼镜的是杨小北只得了一票。现场顿时一阵感叹式的"哦"，然后便又一片寂静。大家的目光都在寻找杨小北。

明亮的阳光已经斜出窗口，此刻的杨小北有如被阴影笼罩。众人的目光，像是聚光灯，令他觉得刺眼。他慢慢地站起来，脸上很平静，仿佛早已料到答案无非如此。他淡淡地笑了一笑，说这是大家选择的结果，我不会有异议。因我知道我失败的原因不是作品不好，而是我还活着。

坐在角落里的米加珍紧张地望着他。听到他的话后，她的眼里充满泪水。杨小北讲完后，朝米加珍投去一眼，他看到她正泪光盈盈。

这天的夜晚，杨小北有些躁，翻来覆去睡不着。米加珍见他如此，温柔地偎过去，说你今天的话讲得很好。重要的正是，你还活着。杨小北说，你觉得这事对我公平吗？米加珍说，当然不公平。只不过，从另一方面来说，我们心里会为此而宽慰许多。杨小北说，你这样想？米加珍说，是。杨小北说，那么，你的那一票，是投给了活着的我，还是给了死去的他？米加珍说，我投给了你。杨小北说，那唯一的一票，是你投的？米加珍说，我想是吧。

杨小北的心仿佛一下子放松许多。他搂过米加珍，说够了。我只需要这一票就够了。其他的，对我来说，又有什么意义？米加珍说，你这样想就好。这一回，权当我们向蒋汉赎罪吧。杨小北说，你真觉得我们是戴罪之身？米加珍惊异道，难道不是？蒋汉到底是因我们而死。

杨小北松开了米加珍，他心底突然涌出一股深深的失望。他不知道为什么他会这么失望。他说不出理由。然后他就进入了他的情绪低落期。

那些无处不在的阴影每天压迫着他的心，令他窒息。同事们的眼光，有如探照灯，能照亮他内心每一个死角。他很畏惧这些光。但只要一转过脸，他仿佛就能听到他们的议论：如果不是杨小北，蒋汉哪里会死？又说，杨小北巴不得蒋汉死掉，这样他就能把米加珍弄到手。还有说，杨小北早知道桥要垮，特地这天约蒋汉去谈事。杨小北经常觉得自己的背脊，已然被无数手指戳烂。

周末的时候，虽然他已不再忙碌，但他依然没有随米加珍去琴断口。他常常茫然地一个人坐在窗前，仿佛在想什么，却又什么都想不出来。数不清的苦恼折磨着他的心，他却不知这苦恼来自何处。

这个周末，米加珍又回了家。杨小北早上懒得起床，躺在床上漫无边际地想事。突然有电话来找米加珍。杨小北告诉对方，米加珍回娘家去了。对方说，你是杨小北吗？杨小北有些惊讶，说是啊。你是哪位？对方说，我是米加珍的同学。然后他报出了自己的名字。

这是一个在业内颇有影响的名字。杨小北便说，哦，陈先生啊。我看过你的作品，非常喜欢。对方亦笑道，我也早听说你是个才子。说罢请杨小北向米加珍转达他的歉意。这次的行业大赛，蒋汉的"福"字系列在终选时没能入围，一个奖项都没能拿到。他感到非常抱歉。杨小北有点奇怪，说你为什么要抱歉？对方说米加珍拿了蒋汉的草图给他，对他抱有很高的期待。结果，他没有帮助蒋汉成功。杨小北惊讶道，蒋汉的草图？蒋汉的作品是你画的？对方说，你不知道吗？哦，是这样，蒋汉有一个构思意向，米加珍请我帮他完成。想让蒋汉这次能获奖。又说毕竟他们俩相爱了一场，而蒋汉的死她也有责任。我理解米加珍，也很想让蒋汉这次能胜出，只是运气不好，还是落选了。杨小北说，原来是这样。

放下电话，杨小北原来觉得窒息的心仿佛堵得更加厉害。米加珍拿了蒋汉的草图去请人帮忙，居然一个字都没有跟他说过。难道害怕说出来他会阻止？又或者怕他窃取蒋汉的构思？他在她心目中是怎样的一个人？既然米加珍如此希望蒋汉得奖，那么，他那天所得的唯一一票是否真是米加珍所投？

杨小北觉得自己在朝着一个无底的深洞下坠着。

八、再一次头破血流

一连几天，杨小北都阴沉着面孔，与他的往日，全然不同。大家都以为是他的作品未被推荐的缘故。有一天杨小北上厕所，听到隔壁女厕有两人在高声说话。一个说这几天光看杨小北的脸色就够了。另一个说，杨小北真是太小气了。再说蒋汉的作品又没得奖，他应该得意才是。

这边的杨小北想，小气的是我还是他们？

米加珍也觉得杨小北的情绪低落不在道理。心想这事也犯不着气成这样吧？但米加珍嘴上并没有说什么，倒还是百般地安慰他。杨小北对于这个安慰，也不辩解。连米加珍都不能理解他，他又何必多说。

杨小北的心情低落显然不是因为参赛作品的落选。其实大家都知道他的作品更好，这就够了。他的困扰，乃是因为他不知道自己这一生是否能够摆脱蒋汉，是否能够依靠时间冲刷掉蒋汉之死落在他和米加珍之间的阴影。这个人至少到现在都仿佛一直站在他的家里，或微笑或沉吟或冷眼或哀伤地望着他们。他呵出来的气息，一直弥漫在杨小北和米加珍之间。于是，人人都能感觉得到他的存在，人人都会不时提示着他的死亡。是谁邀约他大清早过河？是谁没有在这条死亡之路将他拦下？是谁致使他从此一去不回？这个阴魂未散的人，令他和米加珍永远生活在愧疚之中，想到他便有诚惶诚恐之感。而他们原本明媚的爱情，也因之而变得疑云层叠。

这一切，杨小北想，只是因为他邀约了蒋汉，只是因为白水桥恰好坍塌，只是因为他没有抱伤留在桥头守候。于桥来说，只是凑巧；于他来说，完全无意。但周边所有的人都一次次传达给他一份难以承受的责任。杨小北想，这样的责任，又叫我怎么能扛得起呢？

终于有一天，郁闷中的杨小北，想到了离开。只有离开这里，离开曾经有蒋汉出没的地方，才会让他摆脱覆盖在他头上以及他的家庭那道深浓的阴影。南方有明亮的天空，有青绿的原野。阳光清风，足以照亮他和米加珍之间的暗角。南方也有事业的前景，以他们俩的专业，自可打下一片江山。

杨小北一旦起了这个念头，心里竟兀自冒出一份兴奋。他试探着跟米加珍商量着南行。但米加珍简直连想都没有想，便一口回绝。杨小北愕然道，你怎么想都不想一下呢？米加珍说，这有什么好想的？我哪里能离开这里？我家有四个老人啊。我是他们的心头肉。让我离开他们，不就是挖他们的心。杨小北说，别说得这么夸张。多少人都是独生子女，人家还不是一样在外面闯荡江湖？米加珍说，我家不同。我是外公外婆一手带大的。我要一走，估计他们俩隔不了几天就死掉了。你又不是不知道。杨小北有些不悦，说你有没有替我想想？你觉得我在这里待着会舒服吗？我每天都觉得蒋汉就像是跟在我身后，人们看我的时候，同时也在看我身后的那个人。我哪有一分钟的自在？米加珍说，你这个话才是真的有些夸张。蒋汉死都死了，你还跟他计较什么？杨小北说，他要是活着，反倒是没事。正是因为他死了，才让活着的我无法舒服。米加珍说，算啦。不就是一个比赛吗？何必这么耿耿于怀？下回你画个更好的就是，反正蒋汉也不可能再与你竞争。

杨小北听到此，扭头而去。

这天的夜晚，杨小北想到了只身南行。他暗思，这样最坏的结果会是怎样？和米加珍离婚？想到这个，他的心居然痛得一阵抽缩。他知道自己很爱米加珍，一心想要跟她过一辈子。然而，在这里，在当下，他却有点过不下去的感觉。

杨小北为着自己离开还是留下备受折磨。留是痛苦，走亦是痛苦。两份痛苦，旗鼓相当。正当他来来回回地琢磨时，有一天，米加珍一脸兴奋地回来，见了他便扑上去。什么也不说，一副害羞不过的样子，那神态令他想起他们初谈恋爱的时光。杨小北说，怎么了？米加珍说，恭喜你，你要当爸爸了。

　　杨小北心空像是被点放了焰火，轰地一下，然后一派璀璨。他的惊愕迅速地变成惊喜。杨小北说，真的？是真的吗？男孩还是女孩？米加珍在他的脸上拍了一下，说傻瓜，现在怎么会知道是男是女？只是说已经怀上了。杨小北便将米加珍抱起来转了一圈。高兴道，我要当爸爸啦！太好了！从今天起，我要好好为我的儿子赚奶粉钱。米加珍叫道，放下我。小心流产。我想要个女儿。杨小北说，都一样都一样，男孩女孩我都宝贝。

　　杨小北最低落的时刻，居然就这样过去了。

　　新生命的到来，挽救了杨小北的心情。他想，其他的，就算是天大的委屈抑或冤枉，又算什么？自己的骨肉至亲才是最真实的存在。他是为了证明父母的爱情来到这个世界。他特意让父母的一纸单薄的婚书，变成一条浓浓的血缘纽带。让两个没有关系的人，真正成为亲人。他是多么伟大。为了他，杨小北想，我必须放下一切，好好爱惜米加珍。因为我的孩子是通过她的生命渠道来到我的身边，我的生命因了这孩子得以延续。有了他，我这一生一世都不会孤单。

　　杨小北转眼就回复了以前阳光般的明朗。他的心里突然分外充实。他想，算什么呢？米加珍将来是我孩子的母亲。她的一切我都能够原谅，别人怎么说我都不必在乎。有了米加珍和孩子，我的人生也足够饱满，这世界给我的也足够多了。

　　从这天起，米加珍开始了她皇后般的生活。杨小北几乎不让她做任何事。米加珍说，不做事，傻瓜一样坐在那里，孩子在肚子里也会变傻。杨小北说，那就做一点雅事。比方散散步种种花到阳台上去看看鸟。米加珍哭笑不得。夜晚睡觉，杨小北打算睡在沙发上。米加珍说，为什么？杨小北说，我睡觉喜欢蹬腿，我怕踢着你的肚子，伤了孩子。米加珍笑得几乎软倒。杨小北忙扶住她，说慢点笑，哪有这么好笑。小心把孩子笑抽筋了。米加珍更是笑得不能自制。好半天，她才说出话。米加珍说，杨小北，你要正常一点。你不要把我和孩子都当成了豆腐。两人交涉半天，杨小北同意睡在大床，但各睡各的被子。杨小北说，我委屈十个月，把我的特权让给我的宝宝好了。见杨小北如此热爱孩子，米加珍觉得自己的幸福感比新婚时更加强烈。

　　冬天又来临了。这年的冬天没有雪。阳光一直晴好。米加珍虽然腹已隆起，但穿着厚厚的棉衣倒也不是十分明显。杨小北担心米加珍上班辛苦，又担心天冷容易感冒，想要米加珍留在家里专心养孩子。米加珍却说，让我一个人在家里，那还不闷死我了？四周静悄悄的，什么声音都没有。将来小孩子恐怕连话都不会讲。

米加珍依然上着她的班。

这天的清早，虽然没有下雪，但天还是寒冷得厉害。米加珍刚进办公室，马元凯突然冲进来。米加珍有些诧异地望着他。马元凯颤抖着说，蒋妈妈睡不着觉，又多吃了安眠药。这一回，没有救过来。米加珍尖叫了一声，手上拿着的包，咚地就掉在地上。

同一办公室的杨小北从他的桌前几个大步跑过来，大声说，出了什么事？米加珍说，蒋汉的妈妈……死了。杨小北怔住了，说为什么？马元凯说，还用问吗？心痛！杨小北说，是自杀？马元凯说，没说是自杀，只说睡不着，多吃了安眠药。米加珍开始哽咽，边哽咽边说，今天是蒋汉的祭日，已经三年了。说罢，她的哭声变大。周遭的同事都围了过来，闻讯大家纷然感叹生命的脆弱。

杨小北没有说话。他的心也开始痛。几年前那个下着细雪的早晨又一次浮现在他的眼前。白水河里黑色的水，断桥，还有恍惚的灯光。三年了，这一切，就是这样一直追随着他的生活，亦步亦趋。

马元凯说，我现在过蒋家去，你去吗？米加珍哭道，当然去。她说时望了杨小北一眼。

杨小北拉了她到办公室走廊的尽头。杨小北说，你要干什么？米加珍说，我要过去，我得送她一程。杨小北说，你不要去！你怀着孩子，不要去那样的场合。米加珍激动道，那是蒋汉的亲妈啊！我能不去吗？杨小北说，你现在是特殊情况，没有人会怪你。米加珍说，我不在乎别人怪不怪，我在乎的是我的心。杨小北说，你的心我理解。可我在乎的是你的身体和我们的孩子。那里的氛围不好，你一哭一难过，出了事怎么办？米加珍说，怎么会？我身体很好。杨小北说，身体好也不行。你的命不属于你一个人，我不能让你去。米加珍说，这不是你让不让的问题。是我必须去。无论如何，我都得去。

杨小北板下了面孔。杨小北说，你完全可以请你家里的人帮助料理。再说不是还有马元凯吗？以你现在这样的状况，哪能去那样的地方？你扪心想想，是过去重要，还是未来重要。米加珍见杨小北真生气了，走过去，将头靠在他的胸口，轻声说，当然是未来重要。但你要理解我。对于蒋家，我是罪人。不然蒋妈妈不会走到这一步。如果我不过去送她，你叫我这辈子如何得以安心？杨小北推开她，说我们需要下一次决心，或者说一次狠心。把与蒋汉相关的所有一切，都排挤出我们的生活。不然，我们这辈子都没办法过好。这次正是机会。因你怀着孩子，你不出现，理所当然。这孩子正是来拯救我们的。米加珍说，但是再怎么排挤，也排挤不掉我们以前的生活。蒋汉最亲密的人，除了他的父母，就是我。你能排挤得掉吗？杨小北说，我能。如果我们真正相爱，就能。只要我们合力，就能。米加珍说，我真的很爱你，而且远超出对蒋汉的爱。但像今天这样的结果，也都是因为这份爱而引起。我们有了爱情，但也不能不承担它的后果。这就是事实。

杨小北挡不住米加珍，眼睁睁地看着她跟在马元凯身后出门。冲动中，他欲追出去陪伴米加珍，但却被同事拦下。一个同事说，杨小北，你算了，蒋家的人看到你难道会好受？有你才有蒋汉的死，难道你忘了？另一同事亦说，是啊。米加珍这么做，更主要的还是替你赎罪。

有你才有蒋汉的死。替你赎罪。同事很随意就说出这样的话来，就仿佛说着一个全世界都已认定的不容置疑的事实。

生活依然不是平静的河流，再怎么努力，飞扑而来的还是石头。它们全都砸在杨小北的头上，令他头破血流。

冬日的阳光惨白地落在窗边。杨小北走过去，对着阳光照看着他的双手，似乎想要通过这样的凝视，发现上面是否真的有血。

九、可见爱情很脆弱

意外的事到底发生了。

米加珍在办完丧事回家的路上，所乘客车被一辆货车追了尾。震动虽然大，但并没有人受伤。只是有孕在身的米加珍流产了。

杨小北闻讯疯一样奔去医院。他很想大发一通脾气，然后大哭一场。但见米加珍业已哭得两眼通红，便强制自己冷静了下来。米加珍面带惶恐，不停地对杨小北说，对不起对不起。杨小北没有作声。米加珍说，你怎么不说话？杨小北说，我还能说什么呢？这时候在医院的过道，杨小北看到了马元凯。自蒋汉死后，一直对他抱有敌意的马元凯，此刻的眼里露出善意。马元凯递给他一支烟，又拍拍他的肩，说放松点，别太难过，这是意外。杨小北闪了一下，他不想马元凯以这样的亲热拍他的肩头。杨小北推开他的烟说，意外也是一个生命。马元凯怔了一怔，说当然是生命。你们还可以有，人家却没了。那也是生命。后面的五个字马元凯是咬着牙一字一顿地说出来的。杨小北因此也咬着牙，一字一顿道，所以，我就没有难过的资格吗？我就不能因此而生气吗？

米加珍没有住院，当晚米加珍的父母便接她回到琴断口的娘家。米加珍的外婆一边抹眼泪一边熬鸡汤。杨小北在那里坐了坐，觉得自己在此，反而碍事，便起身告辞说，我也帮不上忙，还是回家好了。米加珍的母亲说，你要放宽心。我们会好好照顾家珍。想开点，你们俩还年轻，日子还长，孩子总会有的。杨小北说，我知道。

摩托车像以往一样风驰电掣。路边的树在眼角边快速地移动。在南方，虽已是冬天，树上的叶子却也不会完全落尽，只不过失尽春夏的盎然生机，露一派萧瑟或是苍凉而已。有点像杨小北此刻的心情。杨小北沮丧到极点，他想，有些事，不是你努力，就能做得到。

一个人回到家，趴在床上，杨小北放声哭了一场。

米加珍在娘家休息了一个礼拜。她每天都会给杨小北打电话。她在电话里跟杨小北说，她可以回家来调养。杨小北说，随你便。但米加珍每一次提及回家，她身后的一家子人，都极力反对。米加珍的父亲说，你那里有家里舒服吗？你回去还要给杨小北添忙。米加珍的母亲说，如果养不好身子，下一胎难得怀上。米加珍的外婆却哭兮兮道，必得养好身子才准走。今年一定要再怀上。不然，你外公就会认不识自己的重孙子。

米加珍的外公已经痴呆得更加厉害。他什么都忘了，只认得几个家人。米加珍把家里人的话转达给杨小北。杨小北说，你听他们的就是。孩子要不要，再说吧。我无所谓。杨小北的淡然，令米加珍心里生出某种预感。她想，不知道自己是否还有机会与杨小北一起共同生养小孩。

米加珍回来的那天，又开始下雪。雪有点大，一片一片的，很快白了大地。衬托着白水河黑色的流水，铺白的原野更显得明亮。米加珍的父亲专程送她回来，杨小北此刻还没有下班。打电话过去时，说是公司有活要赶进度，所以无法提前回来。米加珍的父亲便说，干活有老婆重要吗？米加珍说，没关系。公司的事就是这样。说罢，心里有几分怅然。她想，她和杨小玉留在车上。望着他们的背影，吴玉说，我还是有点难过。马元凯说，生活还要继续。吴玉说，你会爱上米加珍吗？马元凯说，也许吧。吴玉说，你的腿瘸了，米加珍结过一次婚。你们俩现在还蛮般配哩。马元凯顿时哈哈大笑起来。

杨小北和米加珍刚上小路，笑声传到他们耳里。米加珍说，他们一定在笑我们。杨小北说，我们两个是很可笑。米加珍说，其实是生活本身很可笑。杨小北说，是呀，我们不过是生活里的佐料罢了。

走着时，杨小北突然看到了那块有着"琴断口"三个字的路牌。他想起来这里的第一天米加珍坐在酒吧跟他讲述有关知音的故事。他们当时还聊了些什么？米加珍的外公说，距离近了，你身边的人都是你的敌人，越近越是。看来真是说对了。

米加珍突然说，那一次你说，命运的改变，常常就在你根本就没有察觉的时候。这话，现在全都应了。杨小北说，是吗，我说过这样的话？我也记得你说的一句话。米加珍说，我说了什么？杨小北说，你叫我不要练葵花宝典。可是从今天起，我就要开练葵花宝典了。

杨小北说完，大笑出声。米加珍也大笑了起来。笑着笑着，他们眼里都溢出泪水。

春节过后，米加珍收到杨小北从南方寄来的信。杨小北说，不想发短信，也不想传电子邮件，就想用我的手写封信给你，让你感觉一下我的气息。我一切都好。套用外公的话，我们以前距离太近，彼此是敌人，现在相距遥远，我想我们可能会知音。

米加珍拿着信，看了又看，看得满心怅然。暗想，我的生活未必需要知音，但我必须要有一个爱我的人。这个人还会是你吗？

米加珍无法回答自己的问，她在信角写了个编号"1"，然后将信扔进了抽屉。

作者简介

方方，本名汪芳，女，1955年生于南京，祖籍江西。曾在武汉当过四年装卸工。1978年考入武汉大学中文系，在校期间始发小说。毕业后分配至湖北电视台。1989年调入湖北作家协会，现为湖北作家协会专业作家、湖北省作家协会主席、中国作协全委会委员。小说《风景》曾获全国优秀中篇小说奖。其他作品多次获《小说月报》百花奖等国内重要奖项。已出版小说、散文集六十余部。多部小说被译为英、法、日、意、葡、韩等文字在国外出版。其代表作有长篇小说《乌泥湖年谱》，随笔集《到庐山看老别墅》《汉口的沧桑往事》，中篇小说《风景》《祖父在父亲心中》《桃花灿烂》《奔跑的火光》《武昌城》《万箭穿心》等。

她与女儿不和，与丈夫不睦，她的生活从里到外别别扭扭；但是当女儿被男友欺骗，丈夫搞起官场阴谋，她的别扭却显得那么单纯明净。

沙漠的秘密

林那北

1

按原先的打算，在锦衣出生之后，柳静还要再生育一次，无论男女，都取名玉食。一个穿，一个吃，柳静对这个成语有一种非同寻常的热爱。人活一生，说到底不就是为了吃好穿好吗？她觉得太准确了，区区四个字，就把所有的、全部的、一切的美好生活内涵悉数概括了。年轻时她错以为自己有文学才华，暗暗把其中某两字，锦衣或者玉食当成笔名——可惜所谓的作品，最终却一个字都没写出；她也曾幻想自己能争气地同时排出两个卵，那么就可以把这个成语拆开给双胞胎孩子当名字——但也没能实现。锦衣孤零零地一个人到来时，柳静虚弱地从产床上稍稍欠起身子，晨曦正从窗子进来，光线微弱却又暗含一股霸气的蓬勃，让她双眼迷离，一种虚无感就铺天盖地地笼罩下来。世界硕大苍茫，而她不过是一粒细小的粉尘，飘浮得无依无靠。这时她听到了一阵短促的哭声，循声而去，她看到护士手中红彤彤的如同某种动物的小人，她吁一口气，无力地重新躺下。锦衣，她在心里对女儿轻唤了一声。很多女人在生产之初，往往被疼痛弄得万念俱灰，连这一个都悔不该弄来，绝无再接再厉往下生的打算。柳静跟别人不一样，她在第一眼看到锦衣时，就立即涌起一个念头：要还能再生一个孩子，取名玉食。但这个理想最终没法实现，锦衣坠地时，计划生育已经轰隆隆地开始几年了，它不是一般的政策，是国策，所以跟它过不去就是螳臂当车。

为这事柳静多次后悔。她结婚不迟，二十四岁领了证，却又心存一点浪漫幻想，总觉得一辈子最单纯甜蜜的日子就数新婚期了，这时候得自私点，得将日后几十年的感情囤积下来，囤得越多越能抵抗未来柴米油盐庸俗日子的磨损。她的这个想法得到唐必仁的许可，唐必仁微微点着头说，好吧，听你的。所以锦衣来得很迟，结婚五年后才来。柳静后来一直埋怨唐必仁的这个迁就，她任性也就算了，唐必仁比她大三岁，又在市直机关工作，好歹比她高瞻远瞩一些吧？如果柳静是扼杀玉食的主犯，那么唐必仁至少是从犯。

没有到手的总是最好的，回过头来说，那个锦衣，说真的，确实不够好。

哪个母亲愿意承认自己孩子不好呢？可是锦衣醒目地摆在那里，不承认也回避不了。

撇开亲情，纯粹以一个女人的眼光看另一个女人，锦衣的五官身高都过得去，眼睛很大，鼻子很挺，嘴巴虽然偏大了些，却也大得有模有样。她的问题出在腰间。柳静以前对这个部位不是太在意，反正人人都有的东西，又不是长在醒目的地方，对观感不会造成多大影响。但在锦衣一年年长大的过程中，她的这个看法被一点点摧毁了。锦衣腰很长，非常长，别人两寸她半尺，至少一倍以上。人的上半身长度基本上是相似的，腰一长，屁股位置就下移了，占去的就是腿部的位置。简言之，腰比一般人长的锦衣，腿也比一般人短，短很多。以前在小学中学，锦衣总是给老师出难题，她坐着时人高马大，必须安排在后面座位，而一旦站起排队，却又必须站到前头。

柳静自己的腿匀称修长，唐必仁的也中规中矩，真想不通究竟是谁让锦衣长成这样。

由此及彼，柳静看人就不单看脸了，她更注意看腰。看多了，才发现其实差别真大，非常大。腰长不是锦衣独有，遍地都是，当然男人中比例占多些。而另有一些人则根本没有腰——胸骨至胯骨的侧面，该凹下的那一处，竟是平平的，直通通下来，没有任何过渡。这种人，腿一般都长，省下的腰部面积，都送给腿了。没腰的男人靠身板子撑着，走起路来尚不别扭。女人就不一样了，女人身子扭动时没有腰部的协调周转，立马僵硬死板，无滋无味。不过无滋味总比滑稽强，锦衣一走路，真的滑稽得要死，屁股夸张地左右甩来甩去，像系在一根线上抛动的球，像那里某颗螺丝松动了。

柳静跟在锦衣背后走时，走着走着，就会突然停下来，眼睛木掉，呆呆看着。

锦衣回过头喊，又怎么了？

锦衣重音字落在"又"上面，可见她不是第一次跟柳静这么说。

柳静没说自己在看锦衣的屁股，她从没对锦衣说过她腰有问题，但对唐必仁，柳静说过。柳静一遍遍告诉唐必仁，只有高挑、窄肩、长颈、细腰、长腿，像竹枝一样有挺拔感的女孩才是美的，那是气质，气质比脸蛋更动人。说到最后柳静总要感叹一句：可惜锦衣不是。

那时二十四岁的锦衣正在谈恋爱，对象叫陈格，北方人，甘肃的，个子却并不高大，一米七估计都很勉强。这座海边小城地理位置不重要，在经济文化方面，却一直格外繁荣，单一本的大学就有三所，其中一所还相当显赫，国内外都有知名度。锦衣和陈格就是这所大学的，他们大学是同学，毕业后又考上同校研究生，一个学文艺学，一个学现当代文学，都已经研三了，过了这个秋天，就该为找工作忙碌了。锦衣第一次把陈格带回家时，柳静客客气气地迎来，又客客气气地送走。锦衣与陈格一起走，家里本来还剩下柳静和唐必仁，但马上唐必仁接到电话，单位里有事，他也走了。走到门口，他回过头问，怎么样？柳静知道唐必仁指的是陈格，淡淡笑一笑，并不答。唐必仁也不等着她答，就匆匆走了。柳静突然一点力气都没有，人快虚脱的样子。她在沙发上坐下，端起茶几上残存的水，一口口慢慢地喝。喝了几分钟，她站起来，叹口气，心想如果是玉食，玉食不会找这么不堪的男友！这样，她自己也回过神来了，原来她是不满意陈格的。

唐必仁后来劝她，婚姻的事还是别管，由着她去吧，锦衣自己喜欢就行了。

又不是梁山伯祝英台时代，柳静当然知道这事自己管不了。但她是母亲，完全袖手旁观也不正常，如果锦衣来问，她总可以说说看法吧？她就缓缓等着。锦衣平时住校，每周回一次家，也有不回的，她说学校还有很多事，要写论文，要看书，要参加校里党团活动。家里有事吗？她问，如果有事，你给我打电话，我赶回去也不迟啊。柳静从来没有电话召锦衣，因为家里确实从来没有什么特别重要的事。陈格第一次来过两人又一起回校后，柳静倒是很想跟锦衣通个电话，说说自己对陈格的评价。她都已经拿起话筒了，最后又放下。这事心悬着的应该是锦衣吧？想当初把唐必仁带回去见父母，柳静多么忐忑，总怕不被祝福。锦衣呢？锦衣把一个男人带来，又不是带兔子带老鼠，她难道一点都不介意父母怎么看怎么想？但锦衣的电话就是没打回来，下一次再回家，她好像什么事也没发生过，好像根本没有用一个叫陈格的男人惊动过父母。

柳静只好问，怎么一个人回来，陈格呢？

锦衣摊摊手，歪一下头。

柳静说，父母在那么远，他一个人周末怎么过？

锦衣说，忙着哩，谁也没法闲。又回过头看了柳静一眼，说，还想知道什么？

柳静一下子抿紧了嘴。锦衣遣词用句很特别，一个凶狠的字都没有，却又分明有着丰沛的进攻性，刀刀见血。这个特点不是刚冒出来的，从小就呈星星之火，越大越燎原。老话说女儿是母亲的贴身小棉袄。锦衣是吗？锦衣不是。当然，往好里想，锦衣似乎也不是故意的，也许她自己都未必发觉。有些东西是藏在天性中与生俱来的，正因此，才更势不可当。

从面相上看，锦衣颧骨凸起，下颌骨支棱，都呈凌厉之势。脸部线条越柔和，性情往往就越温顺，这是柳静自己得出的结论。比如唐必仁，他整个脑袋椭圆得犹如一粒槟榔芋，所以这个男人温吞吞了几十年，工作与家庭都不争不抗。锦衣是他女儿，却长出另外一副模样，这模样说白了，倒是遗传自柳静。但柳静照照镜子，她脸上真的要平和很多。她的脸小，很窄。小脸全世界正流行，那是为了上镜。日常人家又无需以上镜为饭碗，窄小的脸就现出小气与尖刻了，几分小妾相。这么说来，柳静其实对自己的脸也十分不满意，但总体要比锦衣好，以山来作比，她的两颊只是隐约的小丘岭，而锦衣因为脸宽几寸，那两块颧骨就跟着往外扩，扩成了大险峰，相当醒目。

锦衣腰部已经那样，再加上锐利的性情，天下男人想必都消受不起吧？或许也只有小个子的陈格愿意委曲求全？如此一想，柳静心里便松弛了几分。算啦，真的别管了，没有陈格，说不定锦衣根本就嫁不出去。

陈格后来周末还来过三次，其中一个晚上甚至住下。

柳静心里其实是不乐意的。从这里去学校，坐车也就三四十分钟。陈格来，吃过一顿晚饭，再稍坐一坐，完全来得及回校，何必住下？并不是家里挤，挺宽的，一百三十平方米，主卧、次卧、客卧齐全，怎么也够住。问题不在这儿，住下意味着一种姿态，而柳静觉得尚未到做出这个姿态的时候。但她没吭声，看锦衣的。锦衣没有犹豫，她理所当然地让陈格留下来。居然陈格也理所当然，他一点客气都没有，一点拘束更没有。柳静把客卧整一整让他睡下，但第二天起来，发现客卧是空的，陈格和锦衣一起躺在次卧的床上。

怎么这样！柳静终于恼火了，她没有冲陈格吼，陈格怎么也没有跑到家里强奸锦衣的可能，关键是锦衣，是锦衣自己不自重。柳静把锦衣叫过来，压低声音骂。柳静说，你怎么这样，太不像话了！锦衣很意外，眼睁得很大。她说，你跟爸爸不是也睡一起？柳静说，我们不一样，我们是夫妻。锦衣就笑了，锦衣嘴巴很大，牙齿很白，嘴形很好。如果你需要，锦衣说，我们马上也去打一张结婚证书，那破玩意有意思吗？

锦衣又说，我们打了结婚证书，弄个镜框，挂在墙上，是不是就可以明目张胆地住在一起了？

柳静粗粗喘着气，胸口一起一伏。她养的哪是一个女儿，不过是一匹马，这马还脱了缰，鼻孔啾啾响，用蹄子乱踩人。

唐必仁总是在这时候开始当和事佬。一直是这样，柳静跟锦衣一冲突，唐必仁就挺身而出和稀泥。他扬扬手让锦衣先走，然后扳住柳静的肩，低声宣传他的政策。他有什么政策？不过是顺其自然之类的无为而治思想。反正她迟早要嫁，要跟男人睡在一起的是不是？由她去吧。说到这里，唐必仁拍拍柳静的背，像一个大人对待一个孩子。

柳静突然背一松，像有一条蜈蚣顺着脊椎从尾椎那儿一直爬上后脑勺。刚开始她以为是发冷，马上发现不是冷，是委屈。一意识到自己的委屈，柳静泪就下来了，一串串倾倒而下，无声地下。

那一天唐必仁正在整理行装。国庆长假期间，他要出访，去南非与埃及。

2

柳静出嫁时，唐必仁是市委办秘书处的普通干部；锦衣出生时，唐必仁提了一点点，副主任科员，副科级。二十多年过去，跟唐必仁一起进办公厅的人，正处级已经遍地，副厅级也冒出一两个，而唐必仁也是处级，还是副的，体育局副局长。说是副，其实跟正的并无差别，他上面的那个局长，由市委宣传部一位副部长兼着，挂个名而已，并不实际参政，偶尔有大场面，才出来亮亮相。但体育局这么边缘的单位，能有多少场面可大？所以唐必仁以副代正，单位里一切事务都由他操持。副处级干部在京城不过小拇指尖大的小干部，在省城也只能自己骑自行车上下班，在这个小城却不一样，简直是一方诸侯，有车子有房子，挺好了。人不知足就会累自己，柳静很知足，而唐必仁看上去，竟比她更无所谓，悠哉悠哉，不急不躁。市委办的干部整天在领导身边晃悠，起点明显比别人高。柳静想，唐必仁要是有野心肯折腾，应该早就腾达得更高了。

这个地位其实已经不低了，柳静那所中学里，哪个教师的家属都没有相当的级别，也就是说，在她的同事中，语文教师柳静是最当得起"夫贵妻荣"这个词的。另外，也还没有哪个老师的子女读硕士，锦衣某种程度上其实也为柳静争了光。

不断有同事说，哇，柳老师，真羡慕你啊！

是不是真羡慕不好说，不过至少她有了被人夸耀的东西。教了三十来年语文，不轰轰烈烈，也没臭名昭著，这两者都不容易落到中学老师头上。然后再过两年她就要平淡退休，步入晚年。单凭自己，柳静这辈子确实没有什么可圈可点之处。锦衣却不一样，锦衣高中时就在当地晚报副刊上发文章，省里市里作文比赛，也总能拿一二等奖回来。别人读硕士三年发两篇论文搞不好都要花钱买版面，锦衣却不要，东一篇西一篇发学术文章，发到核心期刊也不是太难的事。谁都认为是柳静教得好，从小打好了基础，连唐必仁都夸她，但柳静自己最清楚，她教不了锦衣，锦衣也一直没让她教。

小学四年级写命题作文《我的母亲》时，锦衣就赫然写下这样一个开头：我的母亲是个自以为是的人。

柳静是在家长会上看到这篇作文的，她霎时张大了嘴，半天都没法合上。

读四年级，锦衣十岁，十岁的女孩已经会用这么尖刻的语言，来形容身边最亲近的人。而且为了证明自己所说的确凿无疑，她还罗列了发生在家中的许多事件，比如柳静喜欢绿色衣服，"可是我母亲的皮肤那么黑，绿色使她显得更黑更老了"。又比如柳静有时跟唐必仁开玩笑说他眼睛小，锦衣就写道："我母亲以为自己眼睛很大很美，可是她的眼睛大得像玻璃珠子一样假，一点都不美。"

柳静那天把双手深深地插进课桌的抽屉，慢慢地，一点一点地，把这篇作文悄悄撕掉了，撕得粉碎。

小学老师特地在家长会之前安排了一篇这样的作文，本来是为了博得家长尽欢颜，因为按正常逻辑，几乎所有的孩子都会用一大堆花哨夸张的语言，把自己的母亲赞美得像圣母，一贯的套路就是那样，谁料到锦衣偏偏不。

从那次家长会之后，柳静就非常清楚锦衣在远处了。究竟多远，不是具体的地理概念可以涵盖的。如果别人知道这点，还会羡慕吗？乞丐孝子还是白眼狼富翁，这个选择，天下人应该很容易就做得出来。她的痛苦在于，她只有这个孩子，要是有玉食，她还另有选择，另有依靠。独生子女大都被放纵地宠，平心而论，锦衣从小就没有得到过这个待遇。柳静虽是教师，在学校里尚且能耐住几分性子，回到家，弦就没法继续绷住，风吹草动都可能让她刹那爆炸。倒是唐必仁一直和颜悦色，凡事皆滔滔讲理，他自以为满腹经纶，其实也不过自娱自乐，谁也没真正被他打动。效果当然也有，长年累月的怀柔之下，锦衣明显与父亲更贴近，有什么非分需求，往往绕过柳静，直扑父亲那儿，十有八九都马到成功。

唐必仁去南非埃及前，问柳静需要什么，柳静摇头。如果是香港，她会想到金饰与衣裳；如果是欧洲，她会想到皮包、鞋子或化妆品。但是南非，那么偏僻遥远的地方，她最多知道有个黑乎乎的越来越年迈的曼德拉，其余的都在想象之外。一时之间，她没反应过来。

问到锦衣，锦衣马上说，钻石！

唐必仁去了十几天，先南非后埃及，回来，果然有钻石，是裸石，VVS，无瑕级的，两粒，每粒零点五克拉。柳静问，很贵吧？唐必仁说，不便宜。一粒要上万吗？快了。柳静就倒吸一口气。那么小的一点点东西，价格竟这么吓人！唐必仁说，这只是小的，大的钻石别人抢着买，我不买。唐必仁参加的是市外事办组织的考察团，团员都是市直机关副处以上的官员，买贵的不稀奇，钱是不是自己掏就不得而知。唐必仁肯定是自己出的钱，他有张工商 VISA 卡，只是副卡，主卡是柳静。理论上唐必仁是用柳静的钱买了钻石，柳静想，既是两粒，其中一粒必定是自己的。她原先对这东西并没企图，锦衣玉食她向往，披金戴银却一直不是她的习惯。身体已经有太多的束缚，无端再用个东西勒住，又平添了几分不自在。事情就是这样，她不想要，不等于她不要。已经摆在跟前了，占为己有，毕竟还是种乐趣。但是，唐必仁把钻石交给锦衣，锦衣把两粒都拿走了。一粒是锦衣的，另一粒，锦衣说给陈格。

柳静脸一下子就黑了。这事已经没有天理，她想到一个词——鹊巢鸠占。大约是职业习惯，柳静对词语有特殊爱好，不经意间脑子就会自然浮起，有时虽不见得十分准确，但情绪是到位的。此时她手里正拿着一瓶香精，唐必仁在开罗买的，唐必仁说，埃及天干物燥，所以提取出来的香精特别纯正，世界各地的名牌香水，其原料大都取之于埃及，比如 CD、CK、香奈儿。唐必仁给柳静的是 Queen Cleopatra，放鼻子下闻闻，果真与平时用的 CD 香水味道接近。柳静刚闻了香精，那两粒钻石就都被锦衣抓在手里了。锦衣要走，边走边说，谢谢了啊，也代陈格谢谢了。柳静的脑袋轰了一声，舌头有点紧，但她还是问了：为什么要给陈格？锦衣说，为什么不给陈格，难道你舍得给别人？柳静一把将香精举过头，那一瞬，她真的有往地上砸去的冲动。唐必仁慌张地大跨两步，站到柳静跟前。他说，我走之前问过你了，你自己说不要。是你自己不要的。

柳静呆呆地看着他，又转过头看锦衣。

父女两人的表情很类似，他们都用几分埋怨或责怪的眼神盯着柳静。

锦衣说，本来不要，现在又要，出尔反尔，做人怎么能这样？

唐必仁抚着柳静的肩，低声说，真的是你自己不要的。你想想，是不是？

不用想，柳静记得自己摇过头。但那时她摇得虚无模糊，并且摇头并不等于点头同意将这么贵的东西，送给她不喜欢的陈格。事情弄反了，若是送钻石定情，也该由陈格送锦衣。再或者锦衣一定要惊世骇俗地与传统为敌，也必得用她自己挣下的钱去购，花父母的钱向男友献媚，还要不要脸了？

唐必仁说，锦衣一开始就提出了，说给她一个钻石，也给陈格一个。我想想，好不容易去趟南非，就买了吧，反正以后他们结婚也要买的。国内的价钱要高很多哩。

锦衣点头，父亲的这个解释很合她胃口，在表情上她就显出几分理直气壮了。她把攥在手中的两个黑绒布小锦盒托起，打开来看一眼，好像要确定钻石是否还在。钻石在，她很满意，微微一笑，走回自己的卧室，关上门。

客厅里只剩下唐必仁与柳静。

唐必仁一屁股坐到沙发上，手脚放纵摊开，腿无意识地轻轻抖动。累坏了！他长叹一声。从开罗起飞，在迪拜转机，中途耽搁七八个小时，然后飞上海，然后再从上海飞回。三十多个小时都在路上，铁人都要浑身散架的。柳静斜眼看他，若是平常，她会立即去泡一杯正山小种递去。现在要不要去？最终她还是动手了，但所有的动作都迟缓了几秒钟，脸也一直素着。

唐必仁已经不喝铁观音或乌龙茶，改喝正山小种。据说这种来自福建武夷山的全发酵红茶养胃，有一股淡淡的类似桂圆干的气味，连英国女王都特别爱喝。英国女王喝它的历史不短了，但唐必仁近一两年才起兴致，不光他，市直机关里的干部彼此影响着，算个时髦。体育局不是富单位，但再穷也不至于穷到没有人送茶。茶泡在小壶里，再倒进玻璃小杯中，剔透的暖红色，宛若红酒。柳静把杯子往唐必仁跟前递时，手晃了一下，冒着汽的茶水溅出杯沿，落在指尖，她叫了一声，手一松，杯子与水都到了地板上。

屋里静了片刻，柳静呆呆地看着地上的碎玻璃和茶水，蒙了会儿。

门开了，锦衣从卧室出来。

锦衣走过来，站到碎玻璃前低头看着。

至于吗？锦衣说。

你也就一家庭妇女的觉悟嘛。锦衣又说。

锦衣如果不说，柳静或许还能忍住。换了平时，她的手未必娇嫩至扛不住茶水的那么点烫，这一点柳静心里是清楚的。但现在她确实不想忍，既然锦衣这么说了，她再忍，就忍成二百五了。母亲不能当得这么窝囊，这是那一刻占据柳静脑子的全部想法。她扭头白了锦衣一眼，侧身走过，走进锦衣的卧室。两个黑绒布小锦盒正端端正正地放在桌上，盖子打开，两粒晶白的钻石赫然外露，闪着锐利的光。刚才锦衣回屋后想必又进一步对它们进行鉴定观赏了。对物质有胃口，是锦衣的一贯作派，这一点，倒是明显遗传自柳静。吃好穿好，锦衣玉食，柳静一直是这么努力美化自己生活的。中学教师收入有限，但不要紧，不是有唐必仁吗？柳静从不过问唐必仁的收入，他反正月月递过一笔钱，或多或少，再少也够她稍稍放胆消费。所以那张 VISA 卡每月二十五号虽是从柳静那儿扣下钱，归根到底出血的还是唐必仁。妻子花老公的钱天经地义，未成家立业的女儿花父亲的钱，也说得过去，可是那个陈格，那个小个子男人，他莫名其妙地，凭什么来这个家捞一笔？柳静急匆匆走着，伸出手，伸向其中的一个黑绒布锦盒，还没够着，另一只手已经飞快地从背后探出，抢在柳静之前，将两个盒子一把抓去。

是锦衣。

锦衣脸都涨红了，粗粗喘气。你怎么这样！锦衣吼起来，你还是当妈的哩，怎么能这样！太小儿科了，简直过分！

一边说，锦衣一边已经开始收拾东西。几件衣服，几双袜子，几本书，匆匆装进背包，一扭身，走了。

唐必仁张开手拦她。锦衣，吃了饭再走吧。

锦衣说，还吃什么饭呀，没吃我就阿弥陀佛了。

唐必仁说，锦衣，你妈不是那意思。

锦衣眼吊起来反问，那是什么意思？

唐必仁看着柳静，希望柳静回答。但柳静冷着脸，一动不动地站在那里。锦衣就一闪身，闪过唐必仁，把包往背上一甩，出了门。门被她重重地扣上。

楼挺高的，房子在第十八层，下去得坐电梯，出了楼道还得走近百米才能到小区大门口。在锦衣走后，走了一会儿之后，柳静突然跑到门前，打开门，外面是空的，电梯早下去了。再跑到阳台，往小区大门方向眺望，下面人来人往，都是别人，没有锦衣。锦衣好像嵌进楼房，飘到空中，一下子就无影无踪了。

一辆后面驮着一个方形箱子的自行车驶过小区空地，车上人是位五十多岁的壮汉。馒头——山东馒头！吆喝声很响亮，不是壮汉喊出来的，而是来自挂在车把上的喇叭，是预先录音储存然后反复播放的。每天中午，这个人都要来小区推销他的不知真假的山东馒头。其他小贩是进不了小区大门的，壮汉却可以。原因不清，一说是因为很多业主爱吃，主动要求他上门服务，另一种说法是他私下给保安塞了钱。馒头——山东馒头！柳静的眼睛跟着车走，这么高的地方往下看，壮汉和他驮馒头的车，竟然那么细小。

唐必仁跟到阳台，看上去他挺担忧的。你干什么？他问。

干什么？柳静也不知道自己要干什么。她觉得心里堵得慌，很慌。每一次跟锦衣过招，她都有血肉模糊之感，即使偶尔是她胜，也从来胜得委屈别扭坑坑洼洼。二十四年前，从自己身上丢下来的哪是一块肉啊，丢下的分明是毒菌，然后春去秋来，又是自己把这毒菌千辛万苦一口口喂大，大成随时可能将她吞咽撕碎的怪兽。

她叹一口气，将身子弯下，双臂搁在阳台护栏上。

唐必仁手搭到她背上，轻轻摇了摇。你反应过度了，唐必仁说，真的没必要这样。

唐必仁又说，今天她知道我回国，特地从学校回家来。可是，你看，饭都没吃上，又走了。你何必那么计较呢？她跟陈格一结婚，不都是一家人了吗？

柳静慢慢把身子重新拉直，转过头看着唐必仁，轻轻从牙缝里挤出两个字：结婚？

唐必仁说，是啊，陈格不想回老家，毕业后要留这儿，他还要我帮他找工作哩。锦衣说夏天一毕业他们就结婚。她没跟你说？

柳静猛地把脸又转开了。他们站得太近了，有一股气，热烘烘的，直扑柳静的面颊，夹着几星唾沫。唾沫没关系，姑且当成水也行，重要的是有一股经过发酵的酸腐气味，非常蓬勃地喷射过来。

柳静胳膊上的毛孔一下子全竖起来。结婚这么多年，她从来没发现，唐必仁的嘴巴，居然有这么臭的气味。

3

柳静教过的学生有一个共同的特点：极少有错别字。允许不会写，会写了就一定不能错。这个要求说说容易，真要做起来，其实很难。汉字四四方方的，看起来彼此相似，读起来又有那么多同音字，好好的横撇竖捺，一不小心过了界，说错也就错了。柳静不听解释，她只要求不出错。一旦错了，先是罚抄十至五十次不等，若是再错，她刻薄起来，就会把该学生叫到黑板前，让他（她）当着全班同学的面，再写一次。写对了，你自己改邪归正；又写错了，在哄堂大笑中，你也能痛改前非。背地里学生会骂她有病，就是同事也少不了腹诽。就你能，你就不会错呀？柳静还真没有错过，板书或者教案里，从来工工整整，没有人见过她一个错字与别字。不知是天生有仇还是职业锻造的结果，就是看到街头广告牌上有错字，她都恨不得立即端着红笔冲过去，画个圈，勾到旁边。不是故意这样，但就是这样了，她也没办法。今年有新规定，高考作文每三个错别字扣一分，这在一定程度上肯定了柳静苛求的正确性，按理柳静该高兴，但她没高兴，心里咯噔一下，反而生出几分歉意，好像高招办这样的要求是被她逼出来的。

她弄不清自己。每个人最弄不清的总是自己。

那天从学校回来的路上，她特地拐到一家中草药房，挑了茅根、白毛藤、六角仙，都是清凉下火的。旅途奔波，吃睡都无规律，上火口臭很正常。问题是以前唐必仁也常出差，以前为什么没闻到那股臭？

以前唐必仁有其他方面的毛病，比如打呼噜、不爱洗澡、晚上常忘了刷牙。打呼噜不是故意的，所以柳静没说什么，她只是翻来覆去自我调整。习惯就好，习惯成自然。但不等她习惯，唐必仁已经发现，他很内疚，晚上就小心地将身子侧好，将枕头垫高，这样好像确有效果，鼾声不知不觉间就消失了。至于洗澡和刷牙，唐必仁挣扎了一阵，他说肉是我自己的，牙是我自己的，我自己来管就好了。但柳静不这么看，肉是你的，但你睡在我旁边；牙是你的，但躺下后这两排牙离我很近。除非分居，各睡各的，一个指头不碰，那就由你。唐必仁现在当然不太碰柳静了，年纪大了嘛，一个月能碰上一两次也就够了。但以前他做不到不碰柳静，当然只能妥协。说到妥协，家庭生活中总得有人扮演这个角色，否则不天天鸡飞狗跳？这个家中的这个角色总是由唐必仁扮演，他是男人嘛，无话可说。很多机关干部喜欢把传呼机、手机、钥匙穿在皮带上挂在腰间，唐必仁也曾这样，主要是图方便，免得装在口袋里死沉。但柳静不肯，柳静一见腰间挂物的男人眉头就耸起。太俗了！她的评语一点弯都不打。钥匙也是隐私之物，吊在腰间，就跟裤门没拉上一样滑稽可笑。男人身上的线条应该越简练越好，凭空再在那里弄出几个累赘物，立即品位大跌，现出粗鲁。别人跌就跌吧，柳静管不了，但她能管唐必仁。唐必仁一把东西往腰上挂，她脸就黑了，就过去夺下。这样一来二去几次，让步的自然又是唐必仁。

这社会一直没养成呵护女性的绅士气质，唐必仁能这样一再迁就，已经算可贵了。当然如果细想，仍觉得有点不对。精神身体都强壮有力之后的主动呵护与懦弱胆怯时的退让有质的区别。唐必仁是不是前者？很遗憾，不是。精神上他显然还力量感不够。而且他已经开始胖了，肉质很松，腹部放肆地往前顶出去，鼓鼓囊囊的。三天两天就得挥汗打球了，居然还不能扼制住肉的增长。肥胖起来的中年男人总有股油腻感，一油腻弄不好甚至有猥琐气。还好，唐必仁没有，至少尚未有。柳静把草药洗尽卷起，装入瓦罐里，先用猛火煎开，再用文火细熬二十分钟，然后倒在碗里晾着。做这些时她很用心，或者不做，但凡做了她一般都是相当用心，任何事都这样，也是种惯性吧。

唐必仁已经越来越少在家吃饭。体育局又不是关系国计民生的重要部门，可他仍是忙。这座临海的小城因为风和日丽，便吸引许多有钱人来买房建别墅，既然来了，就得有玩的地方，于是三年前有台商投资建起高档网球场，室内室外一应俱全。年前，又修出一个可供国际比赛用的高尔夫球场，连铺地的狗牙根草都是从美国进口，柔嫩青脆，秀色可餐。这两个项目，都是唐必仁负责张罗的，并不是他费力引资、修建，是人家投怀送抱，撞上门来，送给唐必仁一个工作业绩。建成了，理论上也在他管辖范围，他的日子陡然就丰富了起来，今天陪谁打网球，明天陪谁去高尔夫球场，忙的内容居然主要是这些，所陪之人谁谁谁，或者谁谁谁，都不是等闲之辈，除了本市的，也有省里的。每次陪人吃完饭、打完球，唐必仁都像经历了万里长征，愁眉苦脸，疲倦万分地喊胳膊腿疼。有时也有牢骚，说自己简直是三陪，可以评为全世界最辛苦的副处长了，真不值得。柳静只好安慰他，说工作性质既是这样，就忍着吧。拿了工资不工作，那是缺职业道德。偶尔回家吃饭，唐必仁就很自觉地下厨，热腾腾地端出一桌饭菜，唯恐不合柳静胃口的殷勤劲头。这是他的好。

今天算是"偶尔"之一，他不用外出三陪，吃饭的时候就说到锦衣。那天拿去钻石后，已经两个星期过去，锦衣都没在家露过面，也没接到她的电话或短信。过分了，非常过分。若要检讨，柳静觉得那天自己充其量只是方式简单了一点。作为母亲，辛苦养育了她二十四年，简单一点又如何？她们之间，那条沟通的渠道其实始终是干涸枯萎的，"推心置腹"、"循循善诱"之类的词从来没有实现过。既然一贯如此，那简单已经是种常态，不是意外，不会震惊。锦衣凭什么还要端着一副生气的架子，掉头不回？无非是为了那个半路出现的陈格而已。

唐必仁把一块荔枝肉夹到柳静碗里，柳静口味偏好酸甜，荔枝肉是她一直喜欢的。

陈格也爱吃这道菜哩，以后你就有口味相投的人了。说到这里，唐必仁笑起来，好像这个话题多么有趣。柳静不觉得有趣，所以她不笑，只是歪着头，乜斜着眼看唐必仁。想了想，她问，你怎么知道？是啊，他怎么知道？陈格来过几次，但每次吃什么柳静都已经想不起来了，反而是唐必仁，怎么连他的口味都了解了？唐必仁说，是锦衣说的。

锦衣有话总是跟父亲说，一直这样，柳静不奇怪。她低头扒着饭，突然听到一阵吧唧吧唧的声响，一怔，又一怔。声音是从唐必仁嘴巴里发出的，他夹了一筷子空心菜，放在嘴里咀嚼时，竟嚼出这么响的声音来。

柳静胃里翻滚了一下，一股气往喉咙上涌。她放下筷子，使劲咽几下口水。

唐必仁注意到她的不适，探过身子问，怎么了？

柳静摇头，摇得甚至有几分慌乱，然后笑笑。怎么了？她自己也诧异。她想可能是错觉吧，一点响声而已，她怎么说也不该反应剧烈。想着自己的不对，她便再笑笑，继续拿起筷子。唐必仁好不容易回来吃顿饭，作为妻子，她还是得珍惜的。所以，她再笑了一下，笑得若无其事的样子。但是，接下去，她关不掉那些声音，吧嗒吧嗒，嘎叽嘎叽，咕噜咕噜，她不看唐必仁，也可以迅速从传到耳朵里的不同的声音，来判断唐必仁究竟是吃菜还是吃肉或者喝汤。

一个人怎么可以把一顿饭吃出这么大的响声呢？但问题是，之前，她怎么竟没发现？一种可能是，这是唐必仁刚养成的爱好？可是这个爱好分明是没教养的标志，锦衣小时候，在饭桌上弄出响声时，唐必仁都郑重阻止她。一个人在世上活得越安静，其文明程度越高，这是他的原话。他显然是对这种文明有向往的人，一直在克己复礼，突然之间，怎么却变了？

柳静认为得指出来，不指出来，就是她的自私。她说，你今天怎么吃饭声音这么大？

唐必仁马上停下筷子，扭头望过来，这个动作表示他很意外。他说，很大声？不可能呀。

柳静没再往下说，事实上也不知能说什么，所以她还是笑了一笑。笑可以表示她听错了，也可以表示她不计较这事。她是想不计较的，同一张桌子吃了近三十年的饭，从前并未觉察不妥，突然有不妥感，那只能是她自己的问题。

她得把这个问题吞下去，放大了对谁都不好。

一顿饭入腹后，柳静把那碗凉药拿上来，递给唐必仁。唐必仁迷信西药，对中药一直都没有多少信任感。他端起碗时，问柳静，不喝行不行？柳静说，不行。唐必仁看看柳静又看看碗里的药水，一把就往嘴里送。他的脸顿时被遮住大半，一只眼扣在碗里，另一只眼露在碗的边沿，直直地看着柳静。柳静一怔，问，什么事？柳静第六感觉太好了，很多事没来由得猛地心里一闪，就准确感受到了。

唐必仁把碗放下，嘴唇嘟着，吐出草药碎末，头左右转转，好像仍有点犹豫，最后他还是说了。他说，喂，说不定我……说不定市里会让我当……

工商局局长。

你？这是柳静的第一个疑问。

工商局？这是柳静的第二个疑问。

唐必仁是农大农经系毕业的，毕业后到市委办秘书处已经转行一次，到体育局再转一次，然后现在，一直到五十六岁之时，还能再转？工商局局长，正处，提半级。而且工商局那么肥硕的单位，不是谁想去就去得成的。

唐必仁摇头，连连摇，好像提拔这个话题是团火，摇慢了，就被烫着了。

这事还没个谱，你不要往外说。

走几步，唐必仁又说，连锦衣也不要说。

柳静怔怔地看着他。

唐必仁却不看她，挽起袖子进了厨房。他是能干活的，煮菜、洗碗、擦地板，各种家务活做起来都比柳静到位。副处级厨师，唐必仁有时会这样表扬自己。天已经微黑，外面华灯渐起，暮色中总有股慵懒的气息飘浮着，让人倦倦地只想歇下。柳静走到阳台上，阳台六米长，壮丽地悬在半空。这个小区开盘时，开发商反复炒作的就是阳台。"城市的观礼台"，广告词不是太通，却可以直击人们的兴奋点。前两年买房时，柳静就是被这个广告击中的，她喜欢家门紧闭之后，还能有一处与自然交融的空间。十八层楼之上往外看，高楼参差林立，隐约还可看到远处大海的一角，有风丝丝吹来。风是潮的，夹着淡淡的咸腥味，不好闻，但别人闻习惯了也不难闻。柳静却一直不习惯，她十八岁考上大学来这座城市，然后留下来工作，一晃三十多年过去，鼻子却始终不肯屈服。区区一个人是不可能与大环境大气候对抗的，理她知道，所以她并不抱怨，日升月落中一天天也就过下来了。

但不抱怨不等于没看法，这个奇怪的世界。

刚才，如果唐必仁说的是退居二线，柳静反而会觉得理所当然。也不是没其他人在五十五岁过后弄个调研员当着，挂着空衔，位子腾出来给了后来者，挺正常的。但他说的却是提拔去当工商局局长，他还不让说出去，连锦衣也不让告诉。

想想不对，越想越觉得怪异。

唐必仁洗好碗后，已经坐到客厅看电视了。柳静走过去，也在沙发上坐下。

柳静说，你刚才说你要去工商局？

唐必仁没有正面回答，他往书房里指了指说，咦，怎么不去改作业了？你每天晚上不是都忙得要死？去吧去吧，早改完作业早睡觉。

柳静挺渴望早睡觉的，她今年教高二，虽不是毕业班，每天照样累得大气直喘。到这个年纪，心有余，常常力不足了，每天的作业都沉甸甸地压在那里。改作业有多种多样，最讨巧的办法是在课堂上让学生互相纠错彼此批改，柳静偶尔也这么做，但不常，太常了，她马上就觉得对不起很多人。

她说，你真的要去工商局？

唐必仁笑起来，他把电视遥控器抓在手里漫无目的地按来按去。哎，这事八字还没一撇哩，你怎么在意起来了？以前你可从来不管我仕途的嘛。

柳静想，我不是在意，我只是意外。我仍然不会管你的仕途，处级，用仕途二字似乎嫌大了点。

唐必仁手按着遥控器，他的腿一边踮着前掌，另一边往里弯曲，弯成一个半弧形，像打音乐节拍似的哗哗哗抖动，皮质沙发随着他的抖动嘎嘎颤着。柳静没有再问提拔的事，她的注意力一下子落到唐必仁的腿上。她突然想起，这一阵，唐必仁坐在那里总爱抖腿，经常抖。

4

周六的时候，锦衣还是没回来，唐必仁则又陪领导打高尔夫去了，是常务副市长李军。李军这个名字现在经常进入柳静的耳朵，柳静在电视上见过他，高个，偏胖，一脸胡须。须发多的人，似乎脾气都暴躁，也易走极端，唐必仁却说李军不会，李军的特点只有两个：爱玩与讲义气。马上，唐必仁又说，人家年轻干部，老婆孩子在省城，孤身一人在这里工作，贪玩一点也可以理解。柳静留意到唐必仁说起李军名字时，偏于随意，仿佛不过是叫邻居或同事，可见他们是密切的，密切到什么地步，唐必仁没说，唐必仁从不说。

家里就剩柳静。门铃响了，是陈格。没有想到陈格单独来家里找柳静，他说要跟柳静谈谈。

他的话题从自己的身世谈起，他说他自己家在甘肃农村，在戈壁古长城的边上。地真辽阔啊，大漠孤烟直从小就看腻了。他的父亲粗通几个字，已经年迈，母亲一个字不识，浑身是病。他的上面一个哥哥已经成家，一个姐姐和一个妹妹都已经出嫁。他还说因为从来没见过海，所以考大学时第一个志愿就报到这座城市来。这座城市没有让他失望，相反，他喜欢这里，海风海浪海鸥都非常令人心旷神怡，所以他要留下来，让他的子孙以后都能生活在这里。

柳静心想，留吧，随你怎么留。

茶几上泡有一壶菊花茶，陈格把柳静的杯子倒满，又给自己也倒一杯。茶水还很烫，丝丝冒着热气。陈格显然口太渴，他端起杯子，噘起嘴，门牙往外探，很小心地衔住杯子的边沿，轻抿了一口。他的牙黄且大，牙缝也大，这是柳静第一次见面时就注意到的。另外，他的嘴老是呵着，湿湿沾着口水，习惯性地闭不拢，这也是柳静早知道的。不是故意的，但柳静真的不喜欢这种类型的人。她很后悔，她应该早就要把自己对男人的审美趣味告诉锦衣，锦衣很可能不会听她的，但至少可以起一点潜移默化的作用。现在迟了，锦衣不回来，这个男人自己都敢找上门来。他来的目的究竟是什么？

陈格不忙着说目的，他兴致勃勃说的是他的家乡，那里的荒滩，那里的风土民情，那里的昏晨风光，那里的红柳与骆驼刺。柳老师，你没去过那里，你这么浪漫的人，去了，一定会喜欢得要命。

柳静眯起眼打量他。他一直叫她柳老师，她的职业确是老师，随便叫吧。他说她是浪漫的人，这是凭什么？他还断言她会把他老家爱得要命，又凭什么？甘肃她去过，戈壁她见过，是前年暑期吧，市教委组织一批优秀教师去那里游玩，从兰州坐汽车往敦煌，一千一百多公里，走了三天两夜，武威、张掖、嘉峪关，一路走走停停，看尽沿途的风光。苍茫的戈壁，烟黄的土长城、贴地生长的骆驼刺，以及红柳胡杨树、壮丽的落日、一闪而逝的海市蜃楼，她都看到了，当时心颤几下，过后马上丢到脑后，她还是喜欢好吃好穿的现代生活，她没有对原始的风光爱得要命。她没有。

但不觉间她心里突然有点暖。这个瘦小的男人，至少还在意她的感受，这一点他比锦衣强多了。锦衣什么时候在乎过母亲怎么想怎么看？母亲在她眼里是个自以为是的人，母亲穿绿色的衣服难看死了，母亲的眼睛大得没有神，一点都不美。自从看到十岁锦衣的那篇作文后，柳静衣柜里就再也没出现过绿色衣裙了，她不是怕锦衣说，而是突然败了兴致。恰巧不久以后她开始买点股票，越买她越讨厌绿色，她恨死绿色了。

陈格又拿起茶壶，举过来，发现柳静的杯子是满的，柳静一口都没喝，他就把手缩回给自己倒。倒了一杯喝掉，再倒一杯又喝掉。他确实渴了。然后茶壶空了，他站起去厨房加水。他刻意地走着，脚掌踮起，身子往上拔，一步一步几乎像在跳跃，这样大概是为了增加高度吧。柳静第一次这么仔细从背后看他，她还看到他窄窄的屁股与窄窄的肩膀。个子矮小的人对世界是不是总有更大的野心呢？她突然这么想，她继续往下想，越想越觉得有道理。因为先天不足，他们占有的空间有限，他们不甘心这样，所以激发出更剧烈的拼力，脚蹦跳手挥舞，多捞点是一点。不是绝对的，但周围，目力所及，壮硕魁梧的人总是更容易悠哉度日，一副万事知足的慵懒相，比如唐必仁。能搏能闯当然是好品质，但雄心与野心、聪明与精明，区别只那么一点，性质却是云泥之遥。柳静暗叹一口气，说到底她心底是恬淡的，那种猴急的人，那种流着口水章鱼般伸着七手八脚到处打捞的人，她真的不屑，避之唯恐不及。不喜欢陈格的真正原因原来就是这个？她突然醒悟，下意识里她已经把他往这类人那儿靠了。也许他是，也许不是，谁知道呢？

从厨房里拿着一壶水出来，重新在沙发上坐下时，陈格从裤袋里掏出一个纸包。他慢慢把纸打开，慢慢地打，纸是白色的，渐渐露出里头的黑。很眼熟，柳静一怔，原来是那个黑绒布锦盒，唐必仁从南非带回的。盒子打开，钻石在里头，已经不是原先的裸石，做成了戒指，钻石亮闪闪地嵌在上面。

他来示威的吗？柳静脑中闪过此念。

柳静没有伸手去接。

陈格撅着屁股探过身子，把戒指放在柳静面前的茶几上。然后，他用手小心地在黑绒布锦盒上抚了抚，抚完笑起，好像那盒子是个婴儿，婴儿是柳静的孩子。

柳静还是双臂抱在胸前斜靠在沙发上，头微斜，一动不动地看着陈格。她在等待下文。通常在课堂上向学生发出一个提问后，她都会以这种姿势倚在讲台旁，神情从容，成竹在胸，高深莫测。人的肌肉是有记忆的，久而久之，只要需要，不用她费力，那种动作那种表情那种姿态都可以自己跑出来，迅速搭配成最让别人忐忑不安的一副模样。

陈格显然也有点紧张，他其实一进门就处于试图放松却仍是紧张的状态中，眼皮一眨一眨的。眼珠子左右跑。柳老师，他叫道，又僵硬地笑起来。柳老师，我把钻石打成钻戒了。你的无名指我只是目测了一下大小，不知道合不合适。你试试，太大太小我再拿到珠宝店里调整。

目测过她的手指，打好钻戒送到她跟前……理解起来绕了一圈，最终柳静明白过来，原来陈格是把那颗钻石退还给她了，并且贴上了加工费和铂金戒指。

是个意外，很意外。

柳静欠欠身子，有一个问题她觉得应该先弄清楚，所以她问：这是锦衣的意思吗？

陈格低着头，身子前倾，十指对扣，似有为难，半晌才抬头，喃喃道，锦衣……她不知道。

顿一下，陈格又补充一句，柳老师，能不能别告诉锦衣？

柳静胸口噎了一下，像被人擂了一拳。真要被人打了，她至少会反抗，会躲避，现在却不能。她还是那么坐着，手臂绕在前胸。不是不了解锦衣，都知道，猜也猜到了，但由陈格嘴里说出来，分明又像当面被剥了衣服。柳静垂下眼，对那钻戒一瞥，一点犹豫都没有，她决定收下。没必要客套，虚假地推辞不是柳静的风格。柳静说，行，我收下了。除了钻石，其余的钱该多少是多少，我还给你。说着她已经站起，动作利索干脆，干脆得超出陈格的想象。陈格也站起，手臂往前伸，晃几晃。

柳老师，不必还……

柳静并没停下来，她往卧室走去。钱包在挎包里，挎包在卧室里。但等她拿着钱包走出来，客厅已经空了。再走到玄关前看，原先陈格脱在那里的皮鞋也没有了。就是说他走了。走了也好，走了说明他确实决意要归还钻石，锦衣要送他，唐必仁也同意送他，他自己却受之有愧，他不敢要，拿到珠宝店，根据目测过的柳静手指，打造出一个钻戒，然后绕过锦衣，送还柳静。

他本来可以不这么做，但他做了，为什么？

清楚柳静心里其实并不待见他，所以展开讨好外交？或者仅仅觉得这么贵重的东西，自己无功不受禄？前者乖巧，后者质朴，在乖巧与质朴之外，应该还是其他的什么吧。柳静头开始胀，太阳穴突突突地跳。陈格究竟是怎样的人，她其实是模糊的。一个别人的儿子，在别处生活了二十多年，正在读现当代文学研究生，毕业后没打算回老家而准备在这座海边小城驻扎下来，让唐必仁帮忙找个好工作，个子矮小，表情谦恭，说话不多。还有吗？没有了。想来想去，柳静只能想出这么多。

她把钻戒拿起，往左手无名指上套，慢慢地套，套得小心翼翼。整个过程她一直心存侥幸，希望无法套，套不进去，太大了，太小了，太窄了，太松了。但是，她终于还是失望了，应该是绝望，那一圈银色的铂金恰好非常熨帖地将手指根部密密箍住。目测到位，毫厘不差，多细密的心眼！

柳静把钻戒取下，装入黑绒布盒子，然后，锁进抽屉。因为一个钻石家里起过风波，现在钻石回来了，不料心里却有了另一种乱。按理人家这么主动奉还，怎么也不该恼火，可柳静心里分明是火的，压也压不住的别扭。这事就让它沉下去吧，钻石自己又不会说话，柳静反正谁也不想告诉。

但是一个星期后，她还是忍不住了，她告诉了唐必仁。

唐必仁那天晚上躺在床上还在说南非埃及一路上的趣闻，这是他的爱好。几十年来夫妻二人在床上性事不多，越来越少，聊天的习惯却从新婚起一直延续了下来。当然，前提是唐必仁不出差不开会，并且晚上没有陪谁打球应酬至下半夜才归，归之前也没有喝得脸红耳赤满嘴臭气。这么干净的夜晚如今已经非常稀少了，唐必仁自己好像也挺受用，躺下时在床上将双腿狠狠拔直了一下，拔得像只老蛏。他先说起南非约翰内斯堡。这地方以前他已经说过了，抢劫、凶杀，进商店购物犹如地下工作者，总之匪夷所思。重新又说起是因为当天的报纸有个报道，在南非经商的福建福清人又有一个被黑人抢劫杀死，这是一个星期来的第二起。唐必仁感叹一句：在那地方做人太没安全感了，如果锦衣要去那里，即使每天金山银山地挣，我也不会同意的，你说是不是？

柳静没有回应，她脑子开起小差。锦衣从未有出国的念头，锦衣如果真要出国，她无所谓。锦衣去的地方如果真是南非，她也无所谓。不见得人人去南非都会被抢劫，抢劫了都会被杀死，各人有各人的命吧。有一点是可以肯定的，锦衣就是把南非金山银山都挣遍了，也不可能买一颗哪怕零点零一克拉的钻石给柳静。柳静无声地叹一口气，她有点困了，这场聊天不太让她有兴致。事实上这些年所有的聊天基本上都是唐必仁的兴致，而她不过是个安静的听众，充其量嗯嗯几声。白天在讲台上已经讲过太多话了，舌头讲麻了，酸了，含在嘴里像条死去的鱼。听一听倒是乐意的，中学教师的生活毕竟窄，校园以外的世界原来已经这么泥沙俱下千奇百怪了。

但是唐必仁好像还没尽兴，接下去他的话题转到香精。埃及的香精中有一种称为"沙漠的秘密"，又叫埃及伟哥。唐必仁脸仰在黑暗中，居然笑起，他的两手也举起，在空中划动几下。他说，你猜当时香精店老板拿出什么？一支笔，一个白色的塑料小圈，圈上挂有两个小球球。埃及人把笔套到小圈上，两个小球垂在两旁。像什么？你说像什么？唐必仁侧过身子，用力推了推柳静的肩膀，语气急速上扬。

柳静已经猜出是什么了，但她没说。

唐必仁又笑，边笑右手边一下一下地往前，做出抹的动作。埃及人说是这样这样，就是这样。哈哈哈哈，我们都乐翻了。这样抹一下，他们说就可以让女人变得像动物，哈哈哈，像动物一样……

柳静心里闪了一下，打断他：你买了吗？

什么？

沙漠的秘密。

唐必仁手在空中挥一下。没买，我这么老了，又不是二十来岁。况且你对性一直又……这么淡。

柳静转过眼珠子，从眼角静静看着唐必仁。刚才，这男人分明挺亢奋的，那个香精浓浓的味沉沉地飘过来。眨眼间，他又黯然下去，是因为一直以来她对性的淡？她本来就淡，一开始就淡，淡了几十年，但不等于无，孩子该生也生了，如果还能生，玉食也会如期而至。心里突然间仿佛破了个小洞，有一股不舒服像小泉一样汩汩往外冒。明明是因为香精的不舒服，不知怎么却跟那个钻石衔接到一块了。这时柳静说，那颗钻石，你从南非带回的钻石，不是给陈格了吗？陈格还给我了。

唐必仁侧过头，眼白亮亮地盯着看，好像没听清。

5

因为一个钻戒，唐必仁后来对陈格进行了一次总结性的评价，他说，这个男孩不错，有大将风度。柳静心里奇怪，陈格不过把别人的东西还给主人，怎么就大将起来了？难道唐必仁这么说是为了故意损她小气？

唐必仁又说，我看他心气比锦衣高多了，锦衣嫁给他不会委屈的。

这个问题柳静没想过。不过用得着想吗，锦衣难道还能被谁委屈了？她那张嘴，不委屈别人就该谢天谢地了。

唐必仁走几步，突然想起似的，他说，哎，锦衣好久没回家了，什么时候把她叫回来吧。唐必仁没说谁去叫，反正柳静不会开口。这个家里缺了锦衣有点不顺，但有了锦衣似乎更不顺。柳静很忙，课已经周而复始上了几十年，但一拨拨学生是新的，课文内容也不断更新，总之她不敢松弛，松不起，手里攥着一个个具体的人的命运哩。算是劳碌命吧，好听一点说是有良心，当教师真要把良心摘除掉，混一混也是很容易的。再过两年该退休了，一辈子都问心无愧地拿工资，犯不着用余下的这些时间给自己抹黑。备课、上课、改作业，柳静三部曲的节奏从刚出大学校门起就一直延续下来，不同的只是当初的慌乱被如今的从容所替代。但有了高考那炉火等在前头，再从容也还是整天团团转。锦衣确实已经很长时间没回来了，但说真的，如果唐必仁不说，柳静并不太把她想起。

几天后锦衣回来了，她好像已经忘记钻石的事，进门后半句不提。她显然也不知道那个钻戒就在柳静手中，看来陈格和唐必仁都三缄其口。柳静也不是不会装傻，她脸上风平浪静。

晚饭前唐必仁打来电话，说回不来吃饭，有客人，打网球。电话是柳静接的，柳静嗯了一声，就放下了。今天是周六，越周末节假日，来打球的显赫人物越多，唐必仁牺牲休息，提高了别人的生活品质，自己及家人的却断然降低。

家里没男人，锦衣就放松地穿着紧身棉毛衣裤走来走去。她真是瘦，细脚伶仃，胸前低低的、平平的，有聊胜于无，感觉她还没发育起来似的。事实上这是像柳静，柳静就是在哺乳期最丰盛饱满的时候，前胸也不及常人的二分之一。她一直只穿 A 杯的文胸，还留有空隙，无法完全填满。家族女性间这方面的遗传是极其顽强的，若是锦衣成波霸，那一定是当年在产房里被抱错了。

其实柳静偷偷想象过那个情节：在分娩住院期间，有阴差阳错的故事出现，把这个锦衣抱走。没有了锦衣，带回家养大的就是另一个孩子——别人的孩子又怎样？血缘在柳静眼里并不重要，无所谓，几代后谁是谁、谁管谁了？抱错回家的孩子如果温顺贴心，柳静宁可将错就错，那样她这个母亲当得至少不会这么憋屈。

三菜一汤端上桌，米饭也装好，柳静说，吃饭吧。

锦衣坐在客厅沙发上看电视，头微微侧一下说，你先吃。

柳静看看窗外，正下着雨，雨不大，但透着彻骨的冷。快入冬了，世界明显脆弱起来，连饭菜也是眨眼间就要凉下来的。柳静说，快吃吧。

这次锦衣一动不动，也不答。

柳静把筷子往桌上重重放下，声音往上提一些。她说，先吃饭！

锦衣霍地站起，疾步走来，擦过柳静身边，白一眼，并不停下，进了卫生间，关上门。门关了很久。柳静想如果是小便，给她五分钟，如果是大便，给她二十分钟。柳静在桌旁坐下，眼盯着墙上的石英钟。她开始计算时间了。分针秒针一格格地跳动，跳过准准的二十分钟时，柳静拿起了筷子，她想锦衣要拉，她要吃，两便。桌上的菜一点一点地少了，每一筷柳静都下得很狠，很大口。本来准备的是三个人的菜，现在一个人吃，倒也能多享受一些。

这时卫生间的门开了，锦衣提着湿漉漉的手趿着拖鞋出来，慢慢踱到桌子前，低头看着桌上。都是将近见底的残羹剩菜了。锦衣抓起一个碗，碗里是汤，她手腕转动，晃了几圈，突然用一种幽幽的口吻，一字一顿地说，你会吃撑的。

又说，你会拉肚子的。

柳静抬起头看着锦衣，嘴角往上扯，有一点冷笑或者嘲笑。然后她把筷子搁在已经空出来的饭碗上。她吃饱了，吃得很好，没有撑，也不会拉肚子。她辛辛苦苦弄出一顿晚饭，总不能因为别人要陪人打球、要上厕所而委屈自己。

锦衣把手一抖，汤碗重重地被撂到玻璃桌上，汤溅起。

锦衣说，都是口水，不吃了！

锦衣猛地转身，重新坐到沙发上看电视。她的脸很臭，柳静的更臭。柳静从厨房里拿出垃圾桶，一只手端着，另一只手举起碗碟，高高地将剩菜倒进桶里。客厅里的锦衣如果侧脸看过来，会看到这一幕。

但是柳静发现，锦衣并没侧脸，一点都不侧，仿佛屋里没有其他人。知道今晚锦衣要回来，柳静特地去超市买了鱿鱼、无公害黄瓜和空心菜，都是冲着锦衣胃口去的，她这个母亲当得再不济，下意识里其实也还是在让步、在迁就的啊。

在厨房洗碗时，柳静突然鼻子一酸，泪就滚落下来了。脸颊也松了，腮帮一阵阵地发酸。她把唇咬紧，把水龙头拧开到最大。水声哗哗，覆盖了客厅里的电视声。说到底她是怕自己哭出来，如果哭，她会选择一个无人的角落，锦衣看不见，任何人都看不见。终于她忍住了，把泪都咽下去。收拾好厨房，她要回书房改作业去，经过客厅时，她把头别着，一眼都不往沙发那边斜视。

锦衣却问，哎，我爸要去工商局当局长，是真的吗？

柳静停下来，转过身子看着锦衣。

锦衣也看她，眼睛睁得大大的。怎么了，问问有罪了？还不是局长老婆哩，就这么趾高气扬！

柳静说，我正更年期，麻烦你不要问我。

锦衣鼻子一哧，大声笑起，臂抬着，食指往前戳，嘴咧得很大，像突然捡到什么宝贝似的兴奋。是你自己说的呀，更年期！说得太对了，真的太对了。老更！

柳静耳朵嗡嗡嗡响，好像谁拿着几块铁板哗啦啦地在四周敲响。她连忙闪进书房，她觉得此时自己就像一只被开水烫着的狗。是不是真的进入老年更年期了？这个疑问柳静其实一直在暗问自己。心悸、脸颊潮红、睡眠不宁、月经紊乱，迹象很多，她没有正视过，不敢正视。眨眼间就进入老年了？她所期待的人生，根本就还没到来哩。就好像每年暑假之后去学校报到那一天，她心里总是暗想：如果这是放假的第一天该有多好。

书房三面墙都立着书橱，书橱上嵌着玻璃门，柳静看到自己的脸映在上面，灯光从侧面打过来，把一张脸的破败照得那么不堪而透彻。有几分钟脑中是空白的，整个世界都是空白。然后她返回书桌前，翻开电话本，一行行找下去，找到李荔枝的号码。

中学同学李荔枝是妇科大夫，八九年前就给过她建议：来做个激素水平检测，来开点激素药吃吃。为了说动她，李荔枝还趴到她耳根，挺缺德地把市里哪个哪个名人或名人老婆吃药情况偷偷供出来。没关系，遵医嘱，有节制地吃点，皮肤马上不一样！柳静记得当时自己有多不屑，那么反自然的东西，她怎会苟同？现在，突然之间，她却想山崩地裂般扑过去苟同。这是不是说明，现在她真的已经不可救药地老了？这么一想，心就陡地慌了，怦怦跳。

她拿起话筒，按下那个电话号码。

李荔枝永远都是大火烧着家门口的急促声调，这与她的职业不协调，医生怎么可以这么说话呢？但李荔枝就是这么说，竟也能成为一个出色的妇科大夫。什么事，想起我了？

柳静说，没事，随便打个电话问候一下。

电话安静了片刻，话筒里都是李荔枝一呼一吸的气息声。然后她猛地笑了。问候？她边笑边说，很官方的语言嘛。

柳静一怔，从没人这么说过她。电话就在书橱边上，她头往右微侧，用耳朵夹住话筒，茫然地看着玻璃上的那张脸，忽然记起给李荔枝打电话的目的。她说，荔枝，明天上班吗？明天，柳静是想去医院，让李荔枝开点药，神奇的激素药。她用一只手抚过左脸，脸颊一边静默，一边上扯，扯出沟沟壑壑。绝望原来是这样的东西，可以说来就来，铺天盖地笼罩下来。她说，我想检测一下那个激素……

李荔枝不笑了，她的口气平和下来，接近职业化。你还没绝经吗？

柳静说，没有，但很乱了。

李荔枝语调又提高了说，激素不是查一项，是六项。不过，不查也罢，还查什么查？这把年纪！四十多岁绝经都不奇怪，你算能撑的了。明天是星期天，休息，不上班。

柳静吸一口气，她这当教师的人，居然一时忘了明天是周日，于是连忙短促地笑起来，这种笑似乎能掩饰一下尴尬。她说，那没事没事，我回头再找你吧。

李荔枝说，好。

通话已经到了尾声，说个再见，柳静本来就打算放下话筒了，李荔枝却突然连叫两声：哎哎！李荔枝说，明天你要补课吗？柳静说，没有。李荔枝说，那我们聚聚吧，我请客，广场旁那家必胜客怎样？中午十一点吧，说定了！

柳静其实不想去，她对任何聚会都兴趣有限。当然不是一贯如此，年轻时凡有同学朋友聚会她都会梳妆打扮一番喜洋洋奔去，认识一个新面孔都会愉悦许久。一年一年活下来，身上力气竟越来越少，多一根稻草都不愿去担起了。但毕竟刚才是她主动找李荔枝，她还有求于李荔枝。恍惚了一下，她还是答应了。

第二天她准时赴约。离开家时，锦衣还在睡。不知道在校上课会怎么样，一旦在家，锦衣永远都将早饭与午饭合在一起吃。至于唐必仁，他已经醒了，但瘫在床上起不来。下半夜三点多他才摸回来，一身酒气，长吁短叹。柳静煮了一锅面温在那里，然后进卧室跟唐必仁说了中午的事。唐必仁眼微微眯开，很奇怪地看过来。李荔枝？她干吗请你？柳静突然有点兴奋，并不答，头仰了仰，耸肩一笑，走了。一向都只有唐必仁在外吃饭，唐必仁的岁月在饭局上泡得花团锦簇，现在也轮到她了，轮到她把唐必仁丢在家里而自己出去应酬。她一下子对这一趟出行满意起来，甚至对将见到李荔枝也生出一点期待了。

好久不见了，应该是两年多前吧，是锦衣研究生入学前，柳静请中学同学吃饭，共五个，都携子女前来。不是柳静喜欢得意自夸，是惯例而已。都是外地人，好不容易大学毕业后还能在同一城市工作，就找个机会轮番请客，子女金榜题名当然是最好的理由，第一个开了头，就逐一执行了下来。那次锦衣难得也肯款款前行，她对升为硕士正欣然，以为一桌人都会围着她唱赞歌，不料去后仅听到几句开场白般的应景好话，接下去女人们更多是在交换当年中学同学的最新消息，谁谁谁离婚了，谁谁谁发大财了，谁谁谁刚当上什么长。锦衣脸就黑了，越来越黑，终于憋到结束，走出酒店时，她从嘴缝里挤出两个字：恶俗！走几步又说，烦死了！

柳静在饭桌上已经看出锦衣的烦，她如履薄冰地熬到水果上来，熬到大家话兴阑珊，熬到终于和平结束起身。锦衣没有在桌上翻下脸来，算是给她面子了，她多少感到侥幸。心里却想，以后，任何一场饭局，都不可能再携锦衣前来了。当然，那以后，也不再有哪个人的子女往硕士博士上考，大学的那一波又都过去了，酒会于是就冷却下来。也就是说，已经两年多了，柳静都没再见到过李荔枝了。

6

李荔枝已经来了，柳静一走进必胜客，就见有只手陡地从铺着棕黄色台布的桌子旁举到半空。哎，柳静！

柳静站在原地愣神数秒。那个人是李荔枝？那个人是李荔枝。

李荔枝父母都是拉板车的，家境的缘故，她一直少有装扮，学习上却始终苦扒苦撑发着狠劲。班上富家女子终日花枝招展，上课却三心二意，李荔枝总是鼻子一哼，眼一白，掉转脸。柳静跟她同桌，柳静以为她以朴素为美，心比天高，不料当起医生腰包鼓起后，几个同学中没有谁比李荔枝更在意外表，一套套款式夺目的衣裙不说，每天还把脸抹上厚厚一层粉，眼线眼影一样不缺。原先她是饿着的，然后，又多少有点吃得太撑。其实上了班戴上口罩，妇科大夫李荔枝已经有大部分脸部面积必须被遮去，真是可惜了宝贵的化妆品和更宝贵的时间。但李荔枝挺受用的，同学聚会时，换成她最花枝招展。见谁草草穿衣梳妆，她会摆事实讲道理，大谈女人自我保养修饰的重要性。她的话是有说服力的，那一层细腻的薄薄的皮肤下，汪洋着一池随时要喷薄的水，看上去晶莹而亮洁。

柳静的错愕就是因此而来，站在必胜客入口处，她看到的却分明是个皮肤蜡黄黝黑缺乏光泽的已经衰败不堪的老妇人。那张脸，呈现与"光滑"一词相去甚远的凹凹凸凸，仿佛一件旧棉袄，原先铺展均匀的棉絮，穿着穿着，就一团团地结到一起。而人的肉难道长着长着也会凝结成块？只是眨眼间，李荔枝一身曾经四处洋溢的水分就一泻千里不知去向，除了震惊，真想不出其他的词了。直到坐到对面，柳静还一直盯着对方看，原先的那个李荔枝还活色生香地浮在脑中，她得调一下焦，才能跟眼前的重合到一起。

李荔枝探长身子伸过手拍拍她肩，喂，好久不见了啊！

柳静笑着点点头表示认同，心里却想其实就两年多不见啊，岁月真是可怕。会不会自己其实也这么衰败了？朋辈往往就是一面镜子，就是最残酷的参照物，你不承认都不行，反正彼此一看就昭然了。一时间柳静不知该说什么，眼光还停在李荔枝脸上，不由得暗叹了一口长气。从脸往下看，李荔枝穿的是件改良式唐装，杏白色的，手工绣着一排粉色花，式样很夺目，最上端的那个盘扣却没有系上，微敞着。这类衣裳，一旦敞着领，不知怎么就马上有股风尘气出来。柳静动了动手，她几乎要伸手帮李荔枝把那个扣子系好。

李荔枝也正打量她，上上下下地打量，是那种急于探索与发现的眼神。柳静知道，她又要就穿着发表评论了。之前，李荔枝对柳静衣服的评价是两个字：没特色。关于"特色"，柳静其实一直保持警惕，年轻时她不敢放胆乱穿主要由于职业的局限，对奇装异服确实也暗自动过心，但现在不会，现在心很淡，反映到外表上就是简练、纯净，却又品质蒸蒸日上。花哨是年轻人的事，而过了四十岁，还在形式上下苦功，不免就透出傻气了。

李荔枝说，你怎么越来越朴素了？

柳静低头看看自己，藏蓝 Levi's 牛仔裤，本白的阿玛施圆领绒衣。周末她都这么穿，舒适自在，没什么不好。她淡淡地笑笑，也看李荔枝。李荔枝的唐装情结已经好多年了，裤子隐在桌子底下，但不用看也知道，一定是那种宽腿的黑色长裤。身高不足一米六的李荔枝，老是把自己弄得秃秃的，墩墩的，愈发显矮，何况唐装已经过时，她还一直陷于自以为时髦的误区。柳静又笑笑，觉得自己还是能理解李荔枝的。人都各有趣味，以自己的去套别人，永远都不现实。

你请我吃饭，有事啊？这样的问话显然生硬了点，不过老同学了，也没必要客气。

李荔枝说，没事，能有什么事？你不是给我打电话吗？好久没通电话了，难得你还能主动打，你想测激素？

柳静下意识地抚一下脸，昨晚的恐慌，一夜之后，已经消去大半，她有点犹豫，一时不知该不该再开口。最后她开口了，她说，以前你不是让我吃点激素药吗？

李荔枝好像记不起这事了，歪着头想。她说，你现在想吃？

柳静侧过脸，落地大玻璃窗外面就是繁华的大马路，阳光直射而下，看上去楼、人、车都像蒙着一层塑料布。重新把脸摆正时，她问，你不是也一直吃吗？

李荔枝说，现在不吃了，停好一阵了。我乳腺增生太厉害，这里这里这里！她竖着手指往胸口两边戳来戳去，嘴还瘪起，头晃晃，表示很严重的样子。这里头长了太多结结了，还是不吃为妙。去年我们科里一个女医生体检时查出乳腺癌，一下子就是晚期了。唉，每天见病人真的已经见麻木了，但活生生的同事摆在眼前却不一样，大家还是被吓着了。漂亮总没有命重要吧？怎么，你也想吃了？

柳静连连摇头，怕被人冤枉似的急切。没有没有，我几年前都不吃，现在怎么还会想？话说完，心紧了紧：皮也厚了，居然可以把谎话说得这么冠冕堂皇！

李荔枝歪着头看她，看了好一阵，猛地笑起。是啊，现在你不一样了嘛，工商局局长夫人，挺风光的角色，漂亮一下还是必要的。

局长夫人？真是见了鬼，不过在画符之中，李荔枝怎么就知道了？柳静说，别瞎讲，这事还只是猜测，不一定是谁哩。

这下子轮到李荔枝意外，眼睛都睁圆了。唐必仁都已经公示了你不知道？

公示？柳静真不知道，唐必仁没对她提起。

李荔枝嘴向上扯着，笑起来就有点暧昧模糊了。有一瞬间，她的眼里肯定闪过幸灾乐祸，当然很快又藏起了。全市三教九流、要人名媛，各路神仙的交道李荔枝都打得顺溜光滑，做医生的很多都有这本事，消息灵通一点谁也不会惊诧，问题是如果真的已经公示，那差不多已经成为事实了，而唐必仁自从那次吞吞吐吐说过一点，并且还郑重交代不要跟别人说之后，就再也不吐只言片语，柳静以为还不过是件缥缈的事，不想已经逼在眼前了。一个路人皆知的事实，做妻子的却蒙在鼓里。

幸好这时服务生把两盘肉酱面端上来，接着又送来鸡翅和饮料。其实所有的食品柳静都喜欢单纯、洁净，红是红白是白，她讨厌各种食物糊在一起，黏黏的没有主色调。但刚才坐下后，李荔枝问她吃什么，她答随便，你吃什么我就什么。结果李荔枝点的是肉酱面，红红的，搅在一起，一看就没食欲。李荔枝却吃得起劲，稀里呼噜，盘子很快就空了。柳静想，如果可能，她很愿意把自己的这一盘也奉献出去。柳静又想，如果可能，她恨不得时光倒退，今天不要来赴这个午餐。换成她是李荔枝，也难免会倒吸一口冷气地吃惊。唐必仁为什么不把公示的事告诉她呢？

接下去李荔枝换了话题，不再提唐必仁，而是按惯例又讲起中学那些同学的各式新事。这座城离她们老家有两百多公里，距离对李荔枝不是问题，大家好像也习惯了，百川归海，各种消息都会汇总到李荔枝这里。主要是李荔枝有兴趣，她像范仲淹一样无论居庙堂之高还是处江湖之远，反正都心系天下万事。柳静支棱个耳朵听听可以，听多了必定就不耐烦了。自己的事都管不过来哩，心里哪有空间再去装别人的？

这顿饭表面上看吃得还是有滋味的，事实上柳静相信，连李荔枝都心事万千。李荔枝本来以为请的是工商局长的夫人吃饭，可是该夫人却傻子似的一无所知。

柳静感觉不好，但脸上分寸未失。李荔枝是个聪明人，可是她的聪明里总能让人隐约见到刀光剑影的闪动，这说明了什么？说明李荔枝其实并未聪明透顶。柳静拿出手机看时间，已经一点过了。眨眼间，居然也过了一个多小时。

李荔枝马上问：下午有事？

柳静说：是啊，有点事。

李荔枝就手一举，招呼服务生过来埋单。不贵，一百多块。李荔枝花一百多块钱买了个柳静的难堪，谁更吃亏？

两人就分手了。走到门口时，李荔枝看了柳静一眼，轻声说，哎，多保重啊，有什么事尽管来找我！

柳静心里暖一下，突然又有点感动。中学同学应该最没有利害冲突的，李荔枝那句话里，分明有真挚的关怀。刚才或许是自己太敏感了？一辆的士驶到跟前，柳静急急爬进去，然后摇下窗口，对李荔枝摆摆手。她原是想弄出一点满不在乎的样子的，但鼻子却一酸，差点掉下泪来。司机问去哪里？柳静说，大洋百货。逛街是不是女人最好的疗伤方式，别人不知怎么样，柳静却是很吃这一套。在琳琅满目间穿行，摸一摸看一看，看起兴致了或者再试穿一下，这样一来二去，就是一件不买，一分钱不花，走出商店大门时，心情也十有八九被调节过来了。她现在特别需要调节。在必胜客里，一种被海水包围即将溺亡的恐慌是那么不由分说地向她袭来。锦衣她早已不信任，锦衣对她的疏远完全在她的想象与预计之中，她都无欲则刚了。但唐必仁不是，一直以来她都下意识地把唐必仁归入有求必应之列，像长在脑袋上的头发一样，留长剪短，都随心所欲，就是偶尔毛发乱翘，不费力气稍微修修又很顺当服帖了。

看来不是，不是这样。

柳静回到家时，已经是傍晚五点多。冬季太阳下山早，天就黑得匆匆。的士开到小区门外，抬头望去，望见她家的客厅已经亮上灯了。灯下的人，为什么都是她陌生的？

按以往，若是家中有人，她通常都按门铃。每个人都不免有些不好解释的怪癖，用钥匙开门，不知为何竟是柳静特别排斥的。但是这会儿，她想都不想，就掏出了钥匙。往后，是不是再也不可能有谁全心全意对她，而她也不可能任意对谁颐指气使了？

推开门的一瞬间，她愣住了。

客厅里不仅有唐必仁和锦衣，还有陈格。三个人如果各自坐着，各忙各的，倒也不必意外。柳静看到的却是正相反，唐必仁坐在中央沙发上，陈格坐紧挨的另一张沙发，而锦衣，她基本上是趴在两个男人中央，腿歪靠在沙发扶手上，头凑在一起。门开了，三个人几乎同时吓一跳，抬起头，坐直了身子，面色凝固了片刻，然后还是唐必仁先开口，唐必仁说，哎呀，回来了！怎么这么迟才回来？

柳静没有应，先去卫生间洗了手，一转身又进了厨房。居然锅冷灶冷，这不是唐必仁的风格，往日只要他在家，早就热腾腾地煮出一桌饭菜了。那么，一定有比煮饭更重要的事牵去他的精力与时间，是什么？柳静打开水龙头，手张开，托住水流。水一股股从她手缝间流走，掌心粉嫩的模样，让她想起某日水盆里清洗过的一块猪肉。

唐必仁已经走过来，站在厨房门旁，他说，今晚不煮饭，我们出去吃，吃泰国菜怎么样？

柳静说，你们去吧，我吃过了。

唐必仁说，不会吧，这么早就吃了？

柳静转过脸看他一眼。那一刻，她突然有了主意。一路上她本来打算一回家就向唐必仁问个究竟的，但现在她不问了。她也要做只城府深深的猎豹，她也要讳莫如深，也要三缄其口，也要狡兔三窟。凭什么这个角色轮不到她来做？于是她笑了笑，关掉水龙头。她说，真的吃了，你们去吧。

锦衣直接去门旁开始换鞋。陈格也过来，但他先拐到厨房，笑眯眯地看着柳静，一副很希望她一起去的殷切状。柳老师，要不再去吃点？

柳静说，不啦，很饱了。去吧去吧，你们去吧。这一句话，前半段当然是假的，柳静晚饭并没吃，她饿着肚子却强说饱，实在是因为没有兴致在一张桌上跟他们碗筷交错，她希望他们快去，快快离开屋子。

会不会他们三人其实也不愿意柳静一块去？刚才他们在谈话，谈一个显然并不希望柳静介入的话题，门开，柳静进来，于是话题戛然而止。离开家，没有柳静在场，他们的谈话才能继续下去。

柳静慢慢往阳台那个方向踱去，并不到外头，只是站在门内往下看。小区兰花状的路灯整齐排列，杏黄的光温和地亮着。那三人出楼梯口了，那三张脸都看不清，但身姿是柳静熟悉的，唐必仁走在中间，锦衣与陈格两边紧贴。唐必仁的头一会儿左边一会儿右边，三个人都参与了发言。这才有一家人的感觉，连陈格都那么水乳交融，而柳静，怎么反而游离在外？

7

柳静是在第二天中午接到李荔枝的电话。如果下午有课，中午柳静都不回去，就在学校附近的小店草草吃点。以前学校管年轻教职工的住宿，建有两层简易楼房，后来小青年经济厚实起来，毕业不久就敢按揭购房，都搬走了，空出来的房子，家较远的教师中午就去那里眯一眯。

柳静刚躺下，手机响了，拿起一看是李荔枝。她对这一通电话兴趣不大，该讲的话昨天都讲了，何必再打？不料，李荔枝一开口就神秘兮兮，她说，柳静，你那里有人吗？有人的话，你找一个没人的地方。

柳静不情愿地起来往外走。李荔枝的家长里短别人哪爱听？但屋里还有两个女教师已经睡下，影响她们总不好。走到楼道的拐角处，柳静问，什么事？

李荔枝并没马上开口，而是长叹一口气。柳静，昨天看你走的时候，我太难过了。

柳静马上反感，反问，怎么啦？

李荔枝说，如果不是看见你那样，我不会讲的。

讲什么？

其实我也挺矛盾的，不说心里难受，说出来又怕你受不了。

没事，说吧。

话筒安静了一会儿，然后又是一声叹气。柳静，我们是同学，胳膊当然得往里拐。是这样的，两个星期前，省立医院妇产科请我去会诊，我看到你家锦衣了……

柳静太阳穴猛地蹦跳两下，她的第一个反应是锦衣怀孕了，去医院流产。她一个人去的？

李荔枝说，还有人，一个男的，个子不高，挺瘦的，北方口音。

噢。柳静想，那便是陈格了。凭良心说，她对陈格的印象近来略有好转。不能说把钻戒退还来就一定怎么样，但至少说明了他品质并不坏，还是一个知趣懂事的人。锦衣既然已经与陈格睡在一起，那怀孕的概率就必然很大，只是突然间变成事实，柳静还是有点吃不消。但她说，我知道。

你知道？李荔枝陡地提高声音，你知道锦衣他们陪另一个女的去流产？

另一个女的？柳静心里咕噜了一下，却并不出声，她屏住气。

那个女的是跳健身操的，去年二十六岁，今年就是二十七岁了。她名字我也知道，叫连丰灵，连长的连，丰收的丰，灵感的灵。去年三八节我们医院妇委会搞活动，请她来教健身操，我认得她，她认不得我。锦衣肯定也认不得我了，所以我跟进人流室。那时我还只是好奇，想证实一下那个人到底是不是连丰灵。确实是。连丰灵跟你们家锦衣认识这没什么，锦衣把她送来人流也没什么。唉，柳静，说了你别生气，关键是连丰灵上手术台之前接到一个电话，她已经压低声音了，可是我还是听到她在哭腔哭调地叫必仁……唐必仁，你们家的！

手机已经发烫，柳静把它压住耳朵，用力压，突然说，原来是这样啊。

你怎么这么若无其事？李荔枝开始不满，真的是你们家唐必仁！手术之后，锦衣把她扶出医院，我悄悄跟去，一辆宝蓝色的东风标致307车子开到医院门口，开车的人就是唐必仁。那车号我也记下了，F89877。我跟你说，那女的一见到车就哭了。唐必仁没下车，但他从车窗里看出来的眼神，傻瓜都知道是怎么回事。柳静，柳静！

嗯。

你听明白了吗？

明白了。

你……其实我已经憋了半个月了，前天晚上如果你不打电话来，我可能也就憋住了。昨天约你吃饭，目的就是想告诉你。见了你又犹豫起来。但你走时那么凄凉，我又替你难过了，想想还是说出来吧，不说对不住你。唐必仁怎么能这样，不吭不哼的，竟也这么风流。我最不能理解的就是，怎么连你女儿也搅进来一起骗你？

柳静笑了笑，好像李荔枝就站在跟前，看得见她的表情。她说，谢谢你。

又说，真的谢谢你。

然后她猛地把手机键按掉。

她站在原地，整个人完全靠在楼梯扶手上了，好累，一点力气都没有。说真的她还有点回不过神来。之前的日子一直挺顺的，中学，大学，从教；恋爱，结婚，生女。生出来的女儿虽然别扭古怪，到底没有缺胳膊短腿，好歹凑合。她原先想，锦衣是不可指望的，她也早不打算指望她，充其量年迈后进老人院，花钱雇个护工，那时候反正还有唐必仁做伴，一辈子也就对付下来了。现在，唐必仁要做伴的人根本不是她。唐必仁都已经把人家肚子搞大了，这事锦衣知道，陈格知道，蒙在鼓里的只有她一个人。

胸口堵着很多东西，好像是悲伤，再细看，却是屈辱。原先她竟一直以为自己是清醒的，脑子够用，结果一棒子打下来，人生竟被全盘否定了。以后，她以后一定不能这样，去日无多，不可能再有五十多年供她折腾了，所以，时不我待。

下午上课，课上得好好的，不慌不忙，不折不扣，就是突然让她上公开课，估计也能毫厘不差地对付下来，这就是职业素养。第二节下课不过四点半，她没在学校多待，径自回家。家是空的，锦衣去学校，唐必仁早上就已说好今天有应酬，晚饭肯定不会回来吃。柳静进门后在沙发上坐很久，坐到外面暮色薄薄地铺过，把天地弄得灰色正往铅色过渡了才起来，开了灯，所有的灯都打开，再开了电脑，收下一封邮件，然后忙碌起来。不可能一点蛛丝马迹都不留的，无非她成了睁眼瞎，就是放在眼前，也没往那上头拐去想。

她先从锦衣卧室着手，叠在桌子上的书翻翻，柜子再拨弄几下，都很潦草，并没存多少在意，无非是觉得程序该这么走，先易后难，循序渐进。唐必仁平时其实并不常进锦衣的闺房，但既然锦衣是同党，包庇藏匿的可能性就不排除。

到主卧室时柳静紧了紧身子，开始认真。床头的书一本本拿起，用指头别住书页，噼噼啪啪翻动，试图从里头丢出纸片字条。然后她打开衣橱。唐必仁的着装以休闲类居多，他笑嘻嘻说穿便装显年轻嘛。看来这话并非只是玩笑，他对年轻的喜欢原来另有一层渴望，没办法，那个为他流产的女子才二十七岁，他给自己添累了。口袋是空的，夹克、衬衫以及西装，所有的衣袋裤袋都空无一物。

然后是书房。按常理唐必仁最不可能在书房留赃物，书房是属于柳静的，她备课改作业都以此为主战场。柳静越来越没信心，底气渐渐不足，抽几本书翻翻，没翻出名堂，终于开始泄气。她要找什么？其实心里还不得要领。别人说风就是雨的傻女人很多，柳静现在也承认自己不够聪明，但毕竟耳根还没软到一点主见都没有的地步。因为是李荔枝说，她本来可以不信，但是，有迹象表明并非空穴来风。

刚才收下的邮件是她以前的一个学生发来的，学生是户籍警，之前跟柳静说过，任何人，只要是中华人民共和国公民，只要办过身份证，报来姓名和大致的年纪，就可以在警内网查到一切资料，一切。连丰灵二十七岁，女，一九八一年出生。柳静发条短信过去，让学生马上查查。查的结果传过来，果然很详细：父母、身高、婚姻状况、家庭住址、工作单位、电话号码、汽车牌照等等，一应俱全，甚至有照片，是两寸正面彩照，正儿八经，不苟言笑，估计是专门为做身份证拍下的。

原来是市少体校的老师。原来那天唐必仁就是开她的车到医院去接她。从照片上看她并非绝色，单眼皮，长条脸，不过皮肤很好，像那句广告：白里透红与众不同。再看身高，上面写着一米七三。这么好的年龄，这么好的身材，死命跟上唐必仁，倒也不容易。有个问题柳静想不明白：为什么唐必仁不提出离婚？若是唐必仁提了，无论何时，无论她二十岁还是四十岁、五十岁还是八十岁，没有二话，她立马可以提行李走人。日子过着过着，她自己也过出倦意来了，但这不是最重要的，重要的在于她永远都需要给自己存一点脸面。什么都没有之后，至少还得有尊严。天地合，乃敢与君绝？太假了，典型的矫揉造作。人生说到底其实非常虚幻，很偶然地此人与彼人相逢相守，既然有这个偶然当然还可能有另外的偶然，看开了，就无所谓了。结婚初始，还挺柔情蜜意时柳静就跟唐必仁说过，你是自由的，你可以找别的女人，但你找之前，一定得告诉我。你找了，我就走了，不哭不闹不提任何条件。后来好像也说过，说过许多遍，结果唐必仁好像没听进去，柳静自己倒相信了。这么多年，唐必仁一直没告诉过她自己另有所爱，她就以为确实没有，必定没有，其实却有了，应该是有。

她坐到书桌前，有点上气不接下气的沮丧，额上冒汗，两颊灼热。又来了，更年期迹象。她将右手曲起，支住下巴，然后茫然四望。这时候脑中挺宁静的，什么都不想。但眼睛却有发现，她看到书橱顶上，有一盒蛇皮纹的土黄色纸盒，盒子是唐必仁从埃及带回的，装的都是香精，一瓶一瓶的，当时说要送人，某某某某，都是七亲八戚。这种事总是要趁热做，劲头一过，就凉下去，自己都觉得无趣再送。盒子是唐必仁放上去的，香精玻璃瓶怕破，他当时转来转去找不到安全的地方可放，只有书橱顶上了。柳静目睹过唐必仁放盒子的过程，当时并未多想，现在想了，就过去，拿下盒子，打开来。盒子只有十六开书本大，里头共有六个凹槽，也就是说可以装六瓶，却已经空出两个槽，仅存四瓶。瓶里的香精呈淡淡琥珀色，打开橡皮塞，凑到鼻底下闻，味道与 CD 的真我香水味道竟十分类似，清淡，雅致，混合着紫罗兰、玫瑰、麝香、黑醋栗等各种植物的气味。贴在上面的标签很简陋，印着一排英文。secret of desert。英语柳静已经忘光了，但手机有翻译功能，第一个词是秘密，后面那个词是沙漠。沙漠的秘密。唐必仁果真买了它，可他之前却说买的全是兰蔻、CK、香奈儿之类的香精。柳静再次把香精举起来闻，闻了很久，香味不知怎么竟是时有时无。就是这种气味能使女人在床上发狂成动物？可是唐必仁却从来没有拿出来为她使用过，他用到何处了？

电脑已经屏保了，一片黑幕。她动动光标，重新激活页面。屏幕上一张年轻的脸正对着她，嘴微咧，眼凝视，端庄而镇静。她突然很想见见这个女子，是的，她有必要见一见。她看看窗外，没有星，也没有云，只有一轮将满的月。苍穹有点迷蒙，像张纸，一张大纸，清淡的月光与地面上的各色灯光交融中，竟透着点微微的粉红。此时唐必仁仍在灯红酒绿吗？要不要在他跨进家门的那一瞬，就迎上前去告诉他，她，柳静，明天要去见一个女人，叫连丰灵的女人！

唐必仁是下半夜一点左右才回到家。客厅外还是习惯性地留有一盏小灯，借着微弱的光，唐必仁蹑手蹑脚地洗漱，然后慢慢进卧室，悄然进被窝。柳静一下子就闻到酒气了。柳静没睡着，躺下之前她有过犹豫，干脆卷个铺盖径自睡书房似乎更合她心意，可是太突兀了，她一转念，又回到床上。这张床究竟还能再睡几次呢？

唐必仁转个身，虽然小心谨慎，毕竟有那么硕大的身体，床架还是微微吱呀了两声。柳静马上也跟着转，好像是突然间被唐必仁吵醒的。唐必仁果然这么认为了，他歉意地说，噢，醒了？柳静没有答，只是再重重地动动。她仰面朝天躺着，突然问，这一阵这么忙？是啊，忙死了。说着唐必仁的手伸过来，要去摸柳静的脸。柳静一下子闪开，动作幅度不大，却很及时，在唐必仁手落下之前就已经将自己脑袋搬开。真能装啊，柳静想。她说，忙什么呢？唐必仁说，还不是老三篇？噢，全省体育工作会议在我们市召开，五天，明天会议报道，我就得住宾馆去了，免得跑来跑去。柳静说，要去工商局了，还管体育局的会议干吗？都公示了还对我保密？

唐必仁没有马上答，叹了口气，好像已经被倦意覆盖。静啊，他叫道，外面的事你不知道不是更省心？工商局不是那么好去的，那么多人盯着，稍有不慎，就得完蛋。

柳静说，完就完了吧，有什么大不了。

唐必仁轻轻嗤一声，大概笑了一下。老了，没有其他机会了，不重视不行啊。

这样的话，唐必仁之前说过吗？肯定没有。之前唐必仁一直是副不问前程的无所谓状，原来他还是在意的。因为在意，在提拔的关键期，恰逢小蜜怀孕，不便自己出面陪去医院，就让锦衣与陈格代劳，应该是这样的吧？柳静转个身，脸朝向唐必仁。黑暗中什么都看不清，如果看得清，柳静很想知道这个时候，他的脸上是副什么表情。熟悉的陌生人，就是这个感觉。同一屋檐下生活了这么多年，突然间她却发现这个人一下子被雾裹住，模糊不清了。

唐必仁说，睡吧，挺累的。

柳静马上接口说，是啊，还能不累？工作这么忙，还得带人去医院打胎，换了谁，都要累瘫的。柳静声音很轻，尾音还有点拖，几乎类似于嗲。

唐必仁像被烫了，猛地坐起，身子俯过来，像一棵树突然种到柳静的跟前。

柳静仰着脸静静看他。黑暗中目光没法相对，但柳静还是努力把眼眶弄大，嘴也咧着，貌似微笑。李荔枝有一个观点：家里也是有气场的，夫妻二人，如果男的气势盛，生儿子的可能性就大，如果女的占上风，生女儿的概率就大。李荔枝说，不是科学论断啊，只是我个人的经验而已。李荔枝一年要接触那么多对夫妇，要接生那么多婴儿，这个经验应该有几分道理吧？按照这个理论，与唐必仁比，柳静是占上风的，可是现在她一点都没这种感觉。

唐必仁挺了一会儿，又猛地躺下，过了好一会儿才说，静，你得相信我。不管别人怎么贪污怎么腐化，我肯定不会。

柳静说，噢，那睡吧。

8

早上起来后唐必仁不时用眼角瞥柳静，柳静脸上淡淡的，无风无浪。吃过早点，司机已经在楼下等了。唐必仁说，那我先走了？今天要开会哩。柳静说，去吧。唐必仁走两步又停住，看上去仍是不放心。你没事吧？他问。柳静说，没事，我有什么事？唐必仁沉吟片刻，就开门出去。柳静看着他走，甚至送到门边，还对他摆摆手。电梯来了。唐必仁进电梯。电梯开始往下走，柳静才关上门，拿起电话。她要请假。以往她极少请假，病得走不动了也会撑到讲台上，她不愿一个人误了一批学生。可是今天，她得请，现在的事比生病严重。

出小区后她没有立即拦的士，而是往旁走十几米，在一个拐角处停下。生活是如此不可靠，她必须脑子多转几个弯了。之前她从没去过少体校，不过的士司机知道，跟他一说，车子就呼呼往前奔去。司机是位外地人，口音很重，四十多岁，微胖，秃顶。柳静把他打量几眼，下了决心。她说，师傅，如果包车，钱怎么算？司机头扭后看她一眼，并不应答，很警觉。柳静把语调进一步放软，柔声说，如果包车一小时多少钱呢？柳静把尾音拖得很长，这样可以强调善意。司机说，少于六十块钱不包。这年头两大快：股票跌得快、油价涨得快，叫人怎么活？柳静坐在后排，坐在司机后脑勺后，但她还是一直点头，好像司机与她面对面。她说，这样吧，我一小时给你八十元。并不要跑太多路的，很多时候只是停在那里等，油都不必耗，行吗？司机还是不放心，又回头看她，静默半天，瓮瓮地问，干什么？柳静笑起来，我找人。司机问，什么人？柳静说，一个女的，可能是我的……女儿。

没想到少体校其实就在体育局隔壁，大门紧挨着。一想，也不奇怪。

唐必仁的单位柳静只去过一次，进出时没注意周围。的士驶入这条路时，她的心猛跳了几下，忽然觉得生活中被她忽略的东西真是太多了。

的士在少体校门外停下，柳静说别停，往前走。

司机好像也开始进入角色了，很配合，把车开出七八米，那里恰好有棵大榕树，车身的一半就隐在树后。车窗关着，透过玻璃往外看，少体校的大门尽收眼底。F89877，柳静在等这个牌号的宝蓝色标致车从里开出。年轻时她视力很好，对数视力表查过，2.5，到顶了，当飞行员都绰绰有余。视力越好花得越快，这种说法不知有没有科学根据，反正现在柳静不戴花镜一个字都别想再看到了，但看远仍没问题。

司机开了收音机，放出音乐，音量调得很低，隐隐约约。他也不说话，偶尔从后窥镜中瞥一眼柳静，脸上淡淡的，一点好奇都不摆，但柳静知道他其实是好奇的，内心的兴奋像蜜蜂出窝般涌着。很正常，换了谁都会这样。正走神间，突然眼前蓝光一闪，是那部标致车，F89877，驾驶座上透出一个人头，墨镜，披肩发。柳静深吸一口气，低声说，跟上它！她自己都听出来了，这三个字她说得杂乱颤动，发音全部错位。

蓝色标致在小路上顺畅地滑来滑去，拐上海滨大道后，车速更快了。

海滨大道的尽头是一片开盘时广告做得惊天动地的别墅群，一幢楼没有三五百万是拿不下的。唐必仁搭上的竟是富婆？别墅区大门很欧化，气派地高耸，柳静以为蓝色标致就要拐进去了，却没有，快到大门时，它转了弯，上了旁边一条大道，再行了四五十米才停下，停在一家大酒店前，酒店门楣上写着"海阔天空"四个字，字的下方金灿灿地排列着五颗小五星。柳静所上的大学就在附近，当年这一带还无限荒芜，鲜有人迹。毕业后她没有再来过，不料竟已经沧海桑田了。

蓝色标致停下时，的士也停下了，停在路边一排半人高的绿篱旁。司机没有马上熄火，他两眼前视，一只手轻盈地搁在方向盘上，另一只手握住挂挡的手柄，一副随时准备往前冲的样子。他太专业了，难道此前，早有许多人玩过类似的跟踪把戏？柳静很想说一声谢谢，她真的有感激，又开不了口，怕一说反而显出心虚了。

蓝色标致这时打开车门，一条长长的腿先从里头伸出，然后是整个人——身子细长挺拔的时髦女子。像有条鞭子打来，柳静垂下眼皮，马上定神再看，从下往上看。真长的腿啊，又直又长，灰白色牛仔裤紧紧裹着，像两根大庙的石柱；屁股很紧实，圆润地往上翘起，腰部在紧身黑毛衣之下小巧地凹着；头发则经过拉直处理，黑水般从顶上流下，流过窄窄的肩，垂到后背上。她往前走，幅度不大，但动静很大，是感觉上大，头、肩、臂、腿各自千姿百态，像一朵朵各自开放的鲜花，却又非常有机地拢到一起，组成一束，铿锵向前。照片中五官那么平凡的女子，因为体态的妖娆妩媚，竟是如此活色生香！

柳静一下子想到玉食，她想生的玉食就是这样子的啊！长腿，斜肩，小腰，翘臀，这样的玉人会看上唐必仁？搞错了吧？她的心思不免又拐了道弯。

手机铃声响起，手机就抓在那女子的手中，她停下，接听，说话，一下踮起脚尖颠两下，显见是高兴了。然后，大门旁就出现了唐必仁的身影。唐必仁也在接手机，他一从大堂内走出，就看到那女子了，于是放下手机。女子也收了手机，小跑几步，黑水般的长发甩来甩去，雀跃得很。两人是在咫尺内通电话的，彼此看来都有些意外。唐必仁马上笑了，似恭谦，又像讨好。他不是空手出来的，一只手提着质地豪华的纸袋，里头鼓鼓囊囊装着东西。把袋子交给女子时，他低声说了什么，于是两人往酒店外墙拐弯处走，边走唐必仁边说着话，女子歪着头，不时侧脸看他。

柳静对司机说，可以了，我们走。

她小看唐必仁了，在外面，原来唐必仁完全可以彩旗飘飘，飘得还这么从容不迫。她把车窗摇下，风马上刮进，把她齐耳短发往后吹，风尖利得像一条条荆棘抽在脸上。她往后一靠，椅子很硬，还有凹凸，椅面劣质的合成革已裂开几个小口。这车应该开好多年了吧？她问。司机没有应她，大概猜出这并不是她此时真正要说的话。的士原路返回，快到家时，柳静突然说，在前面超市门口停下，我到了，我们结个账。司机还是没回答，但车子果然停在超市前。两个小时零六分，柳静从钱包中掏出三百块递过去，司机也没客气就收下了。柳静下车正要走，突然司机开口了，司机说，大姐，多保重啊！

柳静鼻子猛地就有点酸了。一个陌路人，却有着这么丝丝入扣的理解体贴，同一屋檐下的人，却已经南辕北辙了。

用钥匙开家门时，柳静心里咯噔了一下。早上走时，她分明插入钥匙转了几圈将门反锁了，现在却猛地一下就打开。家里有人！原来是锦衣。锦衣坐在沙发上，眼呆呆看着电视，而电视的屏幕却是暗的。柳静这时候没有跟锦衣说话的兴趣，锦衣看来也没有。但柳静从沙发前走过时，锦衣突然说，钻石被卖掉了！

柳静停下，回头看去。锦衣脸还是盯着黑乎乎的电视屏幕，不像是在跟她说话。她继续往前走，已经走到书房门外了，觉得还是有异样，又站住，又回头看。她看到一种奇怪的景象：锦衣两眼含泪。

她也会哭？除了刚出生那一阵小哭，柳静记忆里已经没留下任何锦衣哭泣的画面，连童年时都大多抿住嘴，把眼泪啜着，不肯落下。柳静呆立了片刻，慢慢反身过去。锦衣却并不打算迎接她，而是将身子往前一俯，双掌摊在膝上，脸再趴在掌心里。

柳静站在沙发旁低头看去，锦衣身体的上半段像一块岩石平展在眼前，悠长的腰和外展的臀一览无余。这个女儿，一直以来都坚硬且浑身带刺，哪怕想起，柳静皮肤都有扎针似的疼痛，谁知竟然不过是只核桃，也有脆弱的内心。怎么了？柳静问，语气仍保持以往的惯性。她有意克制着某种柔软，她已经丧失了那样的表达，她说不出口。

锦衣抬起头。锦衣站起来。锦衣说，那颗给陈格的钻石，他居然卖掉了！为什么？柳静问得很干巴。锦衣往自己的房间走去，头昂着，眼还是潮的，却又冷下来。边走她边说，卖了钻石，他把钱寄回去给他父母买电视机了。为了让他父母春节能看上电视，就这样……

柳静怔怔地看着锦衣的后背，这一刻，她突然有羡慕，羡慕旧长城边上那对不曾谋面的老人，他们居然有一个这样急于报得三春晖的儿子。但马上，她回过神来了，疾步走向卧室，打开抽屉，把那天存放起来的钻戒找出，递给锦衣。没有卖，在我这里，他拿去加工了一下送还我了。

锦衣一把接过钻戒，看几眼，就往屋外冲去。

柳静想喊住她，话还没出口，锦衣已经跑出门。门重重关上了。

屋里一下静谧下来。脑子嗡嗡的，不是悲伤，也不是愤怒或者其他什么，总之都呈絮状飘浮着，没有任何具体的感觉。她坐到沙发上，有一股微温淡淡传来，细看一下，竟就是锦衣刚才坐过的那一处。锦衣的体温？有点荒谬，应该只是她的臆测吧？但柳静还是身子一动不动地压在那儿，使劲压，凝住神，竭力把那一丁点越来越缥缈的热度吸收聚拢。能走路之后，锦衣就很少要人抱。她不要抱，柳静也没强行伸手，皮肤间彼此就有了排斥性的敏感。现在她自己都不敢承认，坐在微热的可能是锦衣体温的沙发上，却突然有了贪婪与依恋。

中午的阳光正在楼外放肆地挥洒，上天入地，无拘无束。只有它们是永生永世的。一代代人瞬间而逝，日月山川却自在绵延。柳静有一种宴将散曲将终之感，她在渐渐变小，小成一粒粉尘。再活十年她六十三岁，再三十年，就八十三岁了。人生是不能细算的，三十年前跟唐必仁正恋爱，一颦一笑还宛若昨日。一切都是弹指间的事。人生也是不能像擦黑板一样，错了轻轻擦掉再重来。可是为什么错了，竟错成这样？她真的弄不明白。想生的女儿没生出来，生出来的却是如此。子女就罢了吧，可是丈夫呢，跟她竟也走上岔道。

恋爱＋结婚＋生女，是不是就一定等于爱情？如果不是，那所谓的爱情真正的面目该是什么？唐必仁从来没跟她争过吵过，唐必仁一回到家就肯下厨房呕心沥血煮出她爱吃的东西，这些原来都只是生活的一层薄薄的表象，而她却从不往深处想过。

现在开始想，却千头万绪重叠，绞成一团，思路像一捆晒干的细线面，绕来绕去不得要领，稍一用力，又碎断成粉。再看楼外时，已是暮色苍茫。像倒磁带，她往回追溯白天里的一切。说是"一切"，其实老卡带，扑通一下，扑通又一下，总进行不下去。她往上拔拔身子，拿起旁边茶几上的电话。是给锦衣打的。中午锦衣就走了，拿着钻戒走的。柳静想，该有下文了吧？

电话通了，但很奇怪，铃声却立即清晰传来。柳静将话筒移开耳朵，听到铃声就在门外，门上钥匙正在转动，门开了，锦衣进来。锦衣直接就进了自己的卧室。柳静怔了片刻，还是跟去，站在门外，身子倚在门框上。锦衣中午走时，挎包没带，她回来大概就是为了拿包。还有些书散在桌上，她一本本装入包里，然后又要走。

柳静挡在门上，问，怎么样？锦衣反问，什么怎么样？柳静知道锦衣是故意的，中午的事锦衣不可能忘了。她抿住嘴盯着锦衣。锦衣也盯着她看。两个人像比赛般都睁大眼。如果是往日，柳静可能早拿开眼了，但现在她不会，她盯的是带着自己的血肉与气息从自己肚子里钻出来的一个肉体，这个人，她现在恨不得一巴掌将其捆出家门。

钻石是假的。锦衣终于说话。

柳静没听懂，她的眼睁得更大了。

锦衣低下头，手在头发间挠几下。我让珠宝师验过了，嵌在戒指上的钻石是假的，是锆石。真的那粒陈格确实卖掉了，然后弄个锆石来糊弄你。只有你才会傻乎乎地上当！

柳静唇动几下，她很想说话，很想骂人，可是一时却找不到半句话。

锦衣说，他没跟我商量，就卖掉钻石给他父母买电视，我中午才知道，还感动了，感动得不行。谁知道钻石变锆石，他是骗子。锦衣说完还是要走，但柳静侧侧身子，又挡住她。柳静脑子里嗡嗡嗡地响，仿佛有个电钻正在里头闹腾。她用手捋捋头发，这个动作似乎提醒了她，她把手往前一伸，问，钻戒呢？

钻戒？什么破玩意儿，你还稀罕？

柳静伸出去的手并不收回，还是摊在锦衣跟前。锦衣手往口袋里一掏，掏出钻戒，放到柳静掌中，然后挎包一甩，从柳静身边挤过。锦衣走过客厅，已经把门打开了，这时柳静叫了一声，柳静说你等等。柳静终于想起李荔枝的话了，李荔枝在医院里看到锦衣，锦衣和她的男友陈格一起陪着唐必仁的女友去做人流。柳静说，你认识连丰灵吧？

锦衣本来已经跨出门了，听到这话一下子站住。顿一下，锦衣说，怎么了？

柳静说，不怎么了，我老了，子宫不顶用了。要是年轻点，我真想再生个女儿，名字叫玉食的女儿，那时，怎么样我都不会去做人流的，就是有你陪，有陈格陪，有你爸开车接，我也不会去，坚决不去！我要把她生下来，让她唯命是从地好好成长，哪天她的良心被狗吃掉了，我就大刀向她脑袋砍去，鲜血四溅，一命呜呼。

锦衣愣神片刻，撇撇嘴，猛地把门推上。砰，一声巨响，可见锦衣手劲之大，可见她多么怒气冲冲。凭什么还轮得到她——在这个时候——怒气冲冲？

9

陈格又一次独自上门来找柳静。正好，柳静也想问一问他，钻石变锆石？这事不能一直悬在心头。或者陈格另有说法吧？不料陈格一口就承认了，他说，是的，没错，是锆石。钻石卖掉了，但戒指是真铂金打成的，这一点不会假。

陈格叙述时脸色云轻风淡，像是在讲一则道听途说的新闻，像不过是把大学里的烂芝麻事告诉柳静。柳静心口发堵，一时不知该说什么。陈格没让她说，陈格自己往下说，他的语速很快，北方人的语言优势这时候尽显出来。我家里没电视，我父母得去别人家看，我一冲动，年初就跟他们保证春节前给他们买一台。言必行，行必果。我既然说了，就得做到。可是我高估自己了，我没挣到钱。卖钻石是万不得已的。用锆石来顶替，也是万不得已。我毕业后想找什么单位？工商局！别人帮不了，只能靠唐局长大人。我知道你不喜欢我，一开始就不喜欢，你嘴里不说，眼睛却瞒不了。说白了，我想讨好你，免得你阻止你老公帮我。现在既是这样了，也没什么好隐瞒，我敢作敢当……现在锦衣居然翻脸，要分手！当初是她死活追我的——噢，对不起，我这么说也挺不男人的，但事实真的是这样。我本来哪敢高攀？她说不介意我家穷，什么都不介意。可是，不过是一个锆石，她却介意成这样，怎么解释、赔罪、道歉，甚至……下跪，甚至咬破手指写血书保证都不行。我豁出去了，什么尊严都不要了，还是不能挽回。她说这是一个污点，她不能跟有污点的人过日子。有那么严重吗？

柳静站起，给陈格倒一杯水。她记得，这是个爱喝水的人。一向她都是做事利索的人，她觉得自己是急性子，但这会儿在厨房里，她一点都不急，动作缓缓的，像电影里的慢镜头，她要借此整理一下头绪。锦衣提出分手？她真的没想到。锦衣之前看陈格的样子，就像在仰望一个圣人。钻石变锆石，幻影破了，锦衣的感情也跟着碎裂一地。有那么严重吗？有点严重，柳静要说不恼火也不真实，但柳静如今更在意的不是这上头，这件事往深处看，因为有孝心在后面浮动，倒也能消弭掉一些可恶。但在锦衣就不一样，如果没事一样嘻嘻哈哈就过去了，那就不是锦衣了。刚才柳静也注意到了，陈格的左手食指确实包着创可贴。陈格如果一意孤行强悍到底，锦衣说不定反而会被镇住。写血书？下跪？这么做对别人也许有效，对锦衣却适得其反。错了，真的错了，锦衣只会因此一根筋拧到底，即使化成齑粉也决不回头。看来陈格还是不了解锦衣，没有找准锦衣的穴位。

把纸杯放到陈格跟前时，柳静在心里跟自己打个赌：接下去陈格肯定要求我劝劝锦衣了。

一定让柳静劝，柳静也不会一口回绝。之前万般好，一个锆石就崩溃，确实偏草率了。但柳静的劝有用吗？怕只会火上浇油，这一点柳静比谁都清楚。

陈格端起水一仰头，杯子马上见底了。要不要再去厨房索性把那壶茶水一股脑拿出？柳静犹豫了一下，还是坐着没动。不要殷勤，没必要，还是等着吧，等着陈格把央求的话说出来。

陈格说了，但陈格没有求，柳静万万没料到，接下去陈格的口气竟然那么坚硬，而且越来越硬。

陈格说，真可笑，谁光鲜的背后没有败絮？什么是污点？自己有妻有子，还把另外一个女人的肚子搞大了，结果呢？结果还得我和锦衣陪着去做人流——当然这事你不知道。

柳静想，我知道。

陈格说，你老公为什么要操这份心啊？他难道是白操的？还帮着拉皮条找小蜜、小蜜怀孕了还得鞍前马后热乎乎地处理善后事宜，这算不算污点？

也算吧？陈格把一只手往前伸，还抖两下，似乎要柳静回答。柳静没有答，她一直闭着嘴看陈格。脑子好像不够用了，陈格的话缠在一起打了很多结，得一点一点地梳理、辨析，像做一道复杂的算术题。隐约看到答案时，柳静心里咯噔了一下：连丰灵是属于另一个男人的？

还说是人家父母双亡，孤苦无依，所以得帮这个忙。这种话只能骗锦衣，锦衣都以为自己学雷锋了。可是能骗得了我吗？我最多一开始想错了，以为是他自己惹下的风流债，后来才知道，根本不是！说到这里陈格突然顿住，站起，径自去厨房倒水。他已经熟门熟道了。

柳静侧耳听厨房传出的细微声响，她好奇了，非常好奇，她认识的那个唐必仁从来不是个乐于助人的人，而且是那样的一件事，在自己即将提拔的最敏感时期，唐必仁居然出手相助？太荒谬了！整个世界都如此荒谬。

陈格是空着手从厨房出来的，想必在里头已经把水喝够。他不再坐下，走几步，立在茶几旁俯视着柳静。柳静打了个寒噤。这个男人刚刚失恋，家境不错、差不多可以帮他铺出理想就业之路的女朋友刚刚把他断然甩掉，本来他应该悲怆忧伤，可是，这会儿他眼里闪烁的却是完全相反的东西。

馒头——山东馒头！有些变形的吆喝声通过喇叭传来，声音在屋里转一圈，荡来荡去。馒头——山东馒头！原来已经中午了。柳静双臂交叉着抱住身子，她还是不打算开口说什么。几乎是下意识的，她觉得选择沉默应该是最安全妥当的。

那天从医院把那女的送回家，我已经记住她家地址了。后来我去过她家，当然，我没进去，她也不知道。我在外面，在远处，然后跟着她，跟过几次，终于看到那个男的了，不是你老公，竟然是一个……陈格舔舔舌头，或许他又口渴了，他好像也有再去倒水的打算，动一下，又停住，继续往下说。现在我不说，但不等于永远不说。不说是有条件的。锦衣已经跟你老公说不许再帮我进工商局，这怎么行？你老公这两天不在办公室，打电话不是不接就是没信号。我给他发短信，该说的都说了，可他仍然不回话。真牛，不回话。但也别以为我们乡下来的人都那么傻。要不要看照片？是，我拍了。真的不能怪我，我是全家唯一的希望，我拼出去父母兄弟的日子才能好一点。谁帮我？没有。只有靠自己。我说明白了吗？噢，好像还没有。我的意思是，锦衣嘛，就算了，我也没真稀罕过。现在麻烦你转告你老公，我能不能进工商局，决定着我会不会把事情抖出来。理解万岁，和平万岁。

我也不愿鸡飞狗跳的，我只想有个好工作。公务员开始报考时，我一定会报工商局，我只报工商局。文考没问题，我肯定能考好，接下去，麻烦他努力一下。就这样！说到这里陈格扬扬手，他甚至还对柳静笑了笑，然后转身，快步走出去。那个门，他是轻轻打开，又轻轻关上，文质彬彬的像怕惊扰了柳静。

柳静看着门，门是深褐色的厚钢板。她的第一个念头是必须立即换锁。锦衣有钥匙，应该就等于陈格有，陈格有，现在差不多已经等于地痞无赖有了。她站起，原地转一圈，两眼一团雾飘过，空白了一瞬，终于看到沙发旁的电话。

她拨了唐必仁的手机。没信号，确实没信号。会议室里屏蔽了？

半个多小时后柳静出现在海阔天空酒店。总台小姐让她找会务组的人，恰好一个胸前挂牌子的会务组工作人员从旁走过，告诉她，唐必仁在1312房间。

如果是上午之前，柳静按1312门铃时肯定会犹豫，来开门的万一是连丰灵，她又如何是好？但现在不会。有人暗度陈仓了，唐必仁不过奋不顾身地做了一回栈道而已。他还是可靠的。

唐必仁独自一人住单间，正在午睡，开门见是柳静，很吃惊，迷糊着眼问什么事。柳静说，手机呢，怎么不通？唐必仁把扔在桌上的裤子提起，从口袋里掏出手机。噢，他说，早上开会关掉了，忘了打开。有事？

柳静低下头，眼盯着毛茸茸的嵌着波斯风格花纹的地毯。五星级，这是柳静第一次进入这种级别的宾馆，确实不一样，门、窗、桌、床、柜，一切都异乎寻常地品质优良。人生的许多瞬间都是猝不及防打开的，如果不是突然生出必须找到唐必仁的念头，她不可能有机会来这里，不可能看到五星级内部的精致细节。在这样的地方，唐必仁真的还能睡得安稳踏实？她说，陈格给你发的短信，看到了吗？

唐必仁说，看到了。

柳静说，你……有什么打算吗？

唐必仁说，没有。

柳静听到叮咚叮咚的响声，她抬起头，看到唐必仁已经在穿裤子了，响声来自裤袋里的一串钥匙。他要走了？唐必仁说，一会儿要开会，下午会议是我主持，得早点去准备一下。柳静用指甲抠着桌沿，非常硬，像铁板，究竟是什么木头做的呢？她边抠边说，其实每个人都有难处的，问题在于是将这个难捏在手心搓碎，还是把它当烟花散放到空中供众人欣赏。她咂咂嘴，刚才说什么了？怎么连她自己都没听明白。她其实想说的是，你唐必仁太过分了，你什么事都想把我当傻子一样瞒着吗？

背后有点热，是唐必仁站到她背后，无声地站着。

过了一会儿，唐必仁说，静，这么多年你一直待在学校里，还单纯得像个小孩，又爱较真，所以有些事我不想说，是怕你担心、不理解。相信我好吗？我会把事情处理好的。

柳静又闻到那股味了，从后面传来，先是呵在她脖子上，脖子那里痒痒的，似有蚂蚁爬过。弄了那么多凉药给他喝，还是没起作用，他的嘴居然还是臭的。

唐必仁说，好吧，我告诉你，跟你说实话。我不会随便乱插手别人事的，特别是这一阵。但那个人不帮不行，肯定不行，他是……李军。你明白了吧？行了，别生气了好吗？我真的要开会了。

唐必仁手搭到柳静背上，柳静像被电击了，身子猛地往前一挺。她开始往门外走，做出的姿态是：好吧，我不生气，你去开会吧。手抓住门把准备拧开时，她又站住了，回过头问，做人流，为什么需要陈格呢？这个问题她一直没放下，一直想着，没想明白。

唐必仁正站在桌前匆匆往公文包里装材料，他真是急着要走，手都乱了，从没见过他这样。都是锦衣！唐必仁手没停下，头也不抬，但他声音不高，压得很低。反复跟锦衣说不要跟任何人讲，结果她还是把陈格带去医院。那天我心脏差点被气炸了，她却狡辩说陈格是最可靠的人。好了，现在可靠了吗？她说要分手，我不肯，这时候怎么能分？可是她不听，一意孤行，根本不管不顾任何后遗症！

柳静第一次听到唐必仁指责锦衣，之前都是她指责而唐必仁祖护。她记起自己心里还残留一个问题，最后一个。她说，那个连丰灵，她是你的下属，是你刻意奉献上去的吧？

这怎么说呢？也得两厢情愿才行吧。唐必仁叹了口气，用手捋捋头发。他的头发已经很稀疏了，额上的发际线至少比年轻时后撤了三五公分。他五十六岁了，也老了，以前也许对升官也急过，但尚能忍住，到了这把年纪终于忍不住了，所以豁出去捞最后一张船票……

柳静看到唐必仁向她走来，或者说向门走来。她猛地扭开门，走了出去。那一瞬间，她害怕，怕唐必仁会张开胳膊搂一搂她，是的，以前常这样。但现在不能这样，为什么，柳静不知道，突然之间，那个肉体让她想远远避开。

坐在的士上，柳静拨了李荔枝的手机。铃声一直响，响到柳静都绝望了，打算放弃时，对方才接起。喂，你好，我们主任在做手术，回头再打来好吗？一个年轻女孩的声音，很甜美很规矩。柳静吁一口气。找李荔枝干吗？什么事都没有，难道想倾诉什么讨教什么？都没有。幸亏在做手术，幸亏没接起。

但这会儿柳静真的想跟谁说说话，胸腔里咣里咣当的，好像有很多水在流动。愕然，她想到这个词。再借她三个脑袋，她都不会料到，唐必仁和连丰灵的背后站着的那个人，居然是李军，一个副市长，还是常务的。光鲜背后的败絮，这话陈格还是表达得很准确的。败絮，这个词很好。

打开家门时，电话恰好响了。看显示的来电号码，是唐必仁的手机。柳静没有接起。过一会儿，手机短信铃响，还是唐必仁，他说明天会议一结束就回来，到时再好好谈谈。

柳静回复了个"好"，但发送键还没按下，又猛地把这个字删掉了。

她走进书房，打开电脑，手漫无目的地动来动去，结果屏幕上出现的是连丰灵的照片。脸蛋不惊艳，但整个人多有味道啊，长颈长腿、细腰小肩，一摇一摆都是万千韵味，多精美的女子，正合柳静胃口的女子，希望自己没生下来的那个叫玉食的孩子正是这模样的女子，她为什么不是直接跟唐必仁生出一段情呢？很匪夷所思，但柳静这会儿就是这么想的，如果要选择，她真的宁可要这个结果。唐必仁不是情深似海地渡向那女子，而是费尽心机把她当成猎物献给上司，以换得一个好职位……恶心！是这个词，只有这个词才能概括柳静这时候的全部感觉，太脏了，脏得恶心。

柳静突然想起锦衣。一直都觉得锦衣不可理喻，却原来，自己和锦衣在根子上是一样的，五十步与百步之差而已。

把朝南的一间房子当成书房当初是柳静坚持的，她喜欢每天早早就有阳光进来，将架子上的书晒一晒。等暮色下来后，一屋的书就留有隐约的光泽和气味。书橱很高，几乎触及天花板。书橱顶上的那个土黄色的蛇皮纹盒子如果柳静仅仅站着举起手，是够不着的。柳静拖过椅子，她又一次爬上去，把盒子拿下，打开，一瓶瓶香精被取出来，摆在桌上。桌上有把一尺长的寿山石镇纸，抓在手里沉甸甸的。柳静看看香精又看看镇纸，然后把镇纸举起，猛地往下一砸，砰的一声，瓶子破了一个，又一个，再一个，再再一个，四个瓶子全部碎裂。

很香，确实很香。柳静在扑鼻的香气中慢慢坐下。

Secret of desert，沙漠的秘密。柳静要做个试验，她想看看自己会不会被这种气味弄得像动物一样狂野。如果不能，她也许会有个决定，她决定离开唐必仁，离开这个家。好像有点轻率，也不太合情理，可是生活本来就是多么不可理喻的啊。

柳静抽动鼻子，一下一下地深呼深吸。

作者简介

林那北，本名林岚，曾用笔名"北北"。中国作家协会会员，福建省作家协会副主席，《中篇小说选刊》副主编。已出版散文集、小说集十四部，部分作品被多家选刊转载或入选多种年度选本。

和她同居的教授不辞而别，消失得无影无踪。在爱情蛊惑下，她只身到北京寻找教授，却在生活里明白了：一个人，不必非得靠着另外一个人才能活下去。

居　延

徐则臣

1

这段时间生意火得不行，要租的，要买的，每天几十号人打电话来找房子。唐妥跟老郭和支晓虹忙得团团转，吃盒饭和上厕所都得速战速决。总算遇到个下雨天，办公室里一下子安稳了。北京一年难得下几回雨，稍微下了点像样的雨，所有人都跟到了世界末日似的，发了疯地要从大街上逃掉，往单位跑，往家里跑，能不干的事尽量不干。老郭突然闲下来有点不适应，一圈圈转着圆珠笔，没事就往电话上瞅。支晓虹在涂指甲油，一边涂一边嘀咕，都疯了。不知道说的是谁。唐妥在 QQ 聊天，顺手就给朋友敲过去这几个字。朋友问：啥意思？唐妥敲：房价呗。敲完了又补上一句：买房的人。北京的房价这一两年的确是高得离谱，吃了伟哥一样，诡异的是，越贵大家越上赶着买，唐妥所在的这个分店一天最多成交七套二手房。只能说是疯了。都疯了。

朋友说：你这鸟人，得了便宜还卖乖。都不买房子你吃个屁。跟着是一个鄙视的表情，大拇指向下。

唐妥说：我他妈累得连梦都做不动了。

朋友说：正经的，哥们，你海陵人吧？

唐妥说：不是，就在那儿念过大学。

朋友说：一样。啪地传过来一个"寻人启事"，大意是，找一个叫胡方域的男人，说一口海陵味的普通话，四十六岁，一米七，戴黑框眼镜。寻人者居延，启事里居延还说，已寻多日，京城米贵，危难在即，希望老乡和朋友们搭把手。然后是联系方式。

唐妥说：靠，尽给我找事，想我英年早逝啊。哪来的？

朋友说：网上瞎转悠看到的，你们海陵人死光了？没一个站出来跟帖的。

唐妥说：北京又不是海陵的首都，哪那么多海陵人。

还想接着聊，天晴了，都下午四点多了太阳还是出来了。阳光一照世界又乱了，大街上凭空长出来一茬茬的人。电话响了，跟着有人推门进来。唐妥赶紧关了QQ，上班时间聊天原则上要扣半个月奖金。等一摊事忙完，唐妥早把寻人的事忘了。

两天后，晚上睡觉前唐妥随手翻当天的报纸，副刊上有人写了篇关于《桃花扇》的文章。看见侯方域的名字他觉得脑子里冒出来一个似曾相识的东西，很抽象，说不出来是什么，就歪着头想，想起了胡方域。第二天上班，唐妥忙里偷闲从QQ上找出聊天记录，记下居延的手机号码。据唐妥所知，海陵人在北京还真不是很多。半个老乡，能帮一点是一点。中午吃完饭他给居延打电话，竟是个女的。怯生生的声音，背景嘈杂，应该正走在大街上，风把她的呼吸声都吹得飘了起来。

唐妥说："其实我也不知道能帮你什么。"

"你已经帮了，"居延很感动，鼻音都出来了，"在北京我谁也不认识，有个人说句话也是安慰。"

这么一说，唐妥自己都被自己感动了，一股豪情挡不住地往嘴里冒："见面再聊，没准我真能帮上点忙。"

下午唐妥在店里正接待一个咨询二手房的客户，推门进来一个姑娘，这是十一月份，姑娘围了条小白碎花丝巾。她说："唐妥先生在吗？"

唐妥抬起头，一下子没回过神。从来没有陌生的姑娘找过他。支晓虹咳嗽一声说："妥啊，耳朵不好使？"老郭在一边就挤眉弄眼地嘎嘎笑。唐妥想起来了，站到半截的时候说："你是，居延？"

居延下意识地退一步，说："要不你忙，我过会儿再来。"

支晓虹说："没事，他不忙。"又对唐妥说："你去复印那两份合同，这位客户交给我了。"

这是他们常用的暗号，谁有事要先走，另外两个就说那个去复印材料了，以防总店的领导突击来查岗。唐妥会意，但毕竟是个漂亮的女孩子来找自己，提前溜掉有点难为情。他就给他们相互介绍，这是支姐，这是老郭，这是我老乡居延。老郭说，少啰嗦，还不带老乡去复印。唐妥就笑笑，随便抓了张纸在手里，示意居延跟着他走。

离下班还有一个多小时，他们去了海淀剧院斜对面的麦当劳。居延拿出一张照片，四十六岁戴黑框眼镜的男人胡方域。唐妥摇摇头，没见过。北京接近两千万人，一个人走丢了就是一根针掉进大海里。居延说，我找了一个月零三天，嗓子都哑了。他是我爱人。

唐妥看看照片又看看她，说："你多大？"

"二十六，"居延说，脸突然就红了，"我们还没结婚。"

唐妥想，靠，跟我一样实在。很多朋友告诫过他，别问女人年龄，他就是记不住，一好奇舌头就自作主张。唐妥说："我二十八。其实我在海陵就呆过四年，大学毕业就再没回去过。六年了。"

"哦，"居延有点失望，开始把照片往包里装，"这几年海陵变化很大。"

"我记得城南有个体育场，破破烂烂的。"

"嗯，我家就在那附近。"居延眼睛一下子亮了，"我们经常去散步，那天他说去买包烟，就再没回来。你有烟么？"

唐妥掏出烟，麦当劳不准抽，居延捏着那根烟在鼻子前转来转去。因为那个体育场居延相信了对面的这半个老乡。那天晚上他们俩一起散步，胡方域摸了半天摸出个空烟盒，他说去体育场门口的小店里买包烟就回来，居延就倚在跑道的栏杆上等。长跑的一老一少从她面前经过三圈、五圈、十圈，胡方域还没回来，打他手机，一直响没人接，居延想起来他手机扔在家里书桌上了。她回到家等，一夜，一天，两天，一周，她给她知道的与胡方域有关系的所有人都打过电话，也报了案，在报纸上登了寻人启事，一个月过去，杳无音讯。她想，真的去北京了。胡方域说过很多次，早晚去北京。她就来了。他丢的时候天还热，现在北京的早晚开始冷了，路两边的树叶子一片片往下掉。

"你想怎么找？"唐妥问。他请居延在麦当劳吃晚饭。

"我也不知道。"居延说，茫然地看着窗外马路上堵得结结实实的一长串汽车，每个车主都在焦躁地摁喇叭，"北京太大，有点不知所措。"

他们一共聊了三个小时，没聊出多少有价值的东西。唐妥看得出来，那姑娘除了寻人的坚定决心之外，剩下的主要是茫然和恐惧。她说她来的时候什么都不怕，一肚子孟姜女式的悲壮，她没来过北京，不知道北京到底什么样，她知道电视上看见的北京算不了数。但她还是没料到是现在这个样子，如同陷进了无边无际的沼泽地里。唐妥太理解了，他来北京四年，现在想到二环三环四环五环依然犯晕。

临分手，居延问唐妥能不能帮她在附近租到房子，旅馆久了实在住不起。最好离北大清华近点，胡方域说到北京时，提到最多的就是北大和清华，他是大学里的副教授。这也是居延下了火车就住在海淀的原因，她觉得胡方域可能会在附近出没。唐妥说，没问题，他就是干这个的。

2

租房子的事唐妥很上心，第二天上了班就看店里的房源记录。当然有，但要挑价廉物美的。有很多房主多年就靠房租吃饭，养刁了胃口，委托给房产中介公司时拼命地把价往上抬，他们清楚中关村这一带地皮金贵，随便在路边搭个棚子都能卖个好价钱。尽量是一居，单住。唐妥找了几家合适的打去电话，三两句话就被回了，都不愿意短租。要短租价钱也贵得要死，还不如住旅馆划算。居延是没法常住的，没准明天找到了胡方域，那明天就可能退房走人；下个月找到下个月就走；也可能找了十天半个月没找到，一灰心中途放弃了。他给居延打了电话，她犹犹豫豫也不敢确定。能知道啥时候找到那还用找么。

忙活了一上午也没见眉目，午休时唐妥想起北大三角地，著名的三角地现在其实就是几块破宣传栏，上面的租房信息比较多，尤其是活租，只要钱跟得上，爱租多久租多久。因为来北大进修、旁听的人太多，一茬茬跟吃流水席似的，手里攥着空房子不愁找不到房客。唐妥就骑了自行车跑过去。运气很不好，正赶上管理人员在那里铲除小广告，地上一摊碎纸片，啥信息都没了。要走的时候，一直站在旁边的一个大妈问他，是不是找房子。唐妥点头，说了大概要求，大妈手一挥，没问题，跟我走。唐妥跟她穿过北大西门进了蔚秀园，看见房子时都快哭了。那也叫一居。就在院子里单砖跑了四面墙，用楼板和石棉瓦苫了一个倾斜的顶；旁边贴着墙又搭了一间更小的屋子，有个蹲坑和一个电热水器。

"没厨房？"唐妥问。

"厨什么房，"大妈说，"北大里面七八个食堂都是厨房。"

口气相当豪迈，好像北大是她家后院似的。有点不靠谱。唐妥借口考虑考虑，骑上车就跑，上班还是迟到了五分钟。公司副总顺路过来检查，正跷着腿坐在店里训话。支晓虹见唐妥进门，抢先说："复印好了？"

"机子坏了，"唐妥立马会意，"等会儿再去拿。张总，早该给我们配台复印机了。"

"配个老婆你要不要？"张总说，"现在公司手头紧，钱都投到开分店上了。奥运会之前房地产走势越来越好，得好好抓一把。"他把五指张开，然后迅速合拢，跟攥住了一个大麻袋一样。

正好有个咨询电话打进来，唐妥接完了张总也走了。老郭说："唐妥，忙忙叨叨干啥呢？"

"帮朋友找房子。"

"什么朋友这么卖命？一上午就没看你消停。"

"我知道了，"支晓虹说，翘着她的绿指甲，"那叫什么？居延！没错，居延。还挺上心呢，没啥瞒着我和老郭吧？"

"支解，别拿老实人开涮了。人家可是来找男朋友的。"唐妥和支晓虹同岁，还大她一个月份，但支晓虹天生有当大姐的癖好，逼着唐妥叫姐。唐妥就从了，本来打算叫肢解，不太好听，就叫支解了，反正音一样。唐妥把在蔚秀园的遭遇说了一通，老郭和支晓虹很生气，明摆着抢他们饭碗。老郭说，那也叫房子？咱们就是失了业也不能叫卖那种东西。

支晓虹在屋子里转了两圈，突然对唐妥说："能不能等两天？没准我可以让一间给她。"

"你？"唐妥和老郭都没明白，"那解夫呢？"

"以后别姐夫姐夫的，八字还没一撇呢。"

老郭一脸坏笑："都在一张床上过日子了，那一撇还是有的。"

"老郭你闭嘴！"支晓虹说，"你就别问了唐妥，姐的事用不着你操心。"

接下来两天唐妥继续找，还是没有合适的。晚上十点半支晓虹给他打电话，如果还没找到，明天就可以让居延搬到她那里住。唐妥问解夫呢？支晓虹说，没有什么姐夫，散伙了，那狗日的滚蛋了，两居室都是她一个人的，闲着也浪费，租一间出去多少补贴点生活。

这是唐妥没料到的，他知道支晓虹这人干什么都讲速度和效益，但是这回分手还是快得过了头，真是迅雷不及掩耳盗铃之势。前几天刚听她在店里咕哝，骂那个四眼狗，看上去戴小眼镜穿西装打领带人模狗样的，一肚子弯弯绕的肠子。现在就散伙了，而且家产都分完了。那房子两居，就在他们分店的楼上，支晓虹等于在家办公。当时小眼镜刚从上海过来做IT，火烧火燎地要找房，做了支晓虹的客户。支晓虹就给他找了这套，跟房东谈价时帮他说了几句好话，因为房东打算把它租给做生意的一对夫妻，他们的孩子要来人大附中念书，也火烧眉毛找房子。最终小眼镜租下了。他很感谢支晓虹，上下班没事就会到店里转一圈，三转两转就把支晓虹转到他床上去了。也可能是支晓虹主动转到人家的床上去的。反正现在他们是散伙了。小眼镜散伙的代价是，卷了铺盖走人，又替支晓虹续交了一年房租。支晓虹觉得白住一年还不足以解恨，应该租出去一间再赚点，就算是捞回点青春和精神损失费了。

"租几天算几天，"支晓虹跟唐妥说，"租金嘛，意思那么一下就行。就当姐跟你一起干好人好事了。"

就这么定了。第二天中午，唐妥帮居延搬进了支晓虹的另一间屋里。为了表示对支晓虹的谢意，他又请支晓虹在附近的"大瓦罐"吃了一顿饭，居延和老郭作陪。

鉴于唐妥的热心，老郭表示了深刻的怀疑。才半个老乡，至于么。最关键的是，居延年轻漂亮，哪个男人见了不想动歪心思，除非他有毛病。背后老郭问，动了没？

"看你想哪去了，"唐妥说，"老郭你都四十多岁的人了还操心这个。"

"那当然得操心。一，这是兄弟你的事；二，现在不操这心，过两年一把年纪了，见了漂亮姑娘连点想法都没了，那多悲惨。"

"说实话，年轻漂亮啥的我还真没怎么上心。我帮她，主要是因为她那老男朋友出走的地方，就是那破体育场，当年我一到晚上就在那里出没。谈恋爱。"

"那一定是初恋。而且被人踹了。"

"老郭，你在房产公司真是屈才了，应该去大学带心理学博士。"

老郭谦虚地说，哪里哪里，我也就多离了几次婚。老郭是个神人，整天乐呵呵的，哪天不高兴了那一定是离婚了，十年来他马不停蹄地离了五次婚。问题在于，他是跟同一个女人。两人一不高兴就离，一高兴又结，不高兴再离。结了离，离了结，再离再结，把民政局婚姻登记处的人都弄烦了，这一次次反复，忙来忙去等于无效劳动。登记处的人跟老郭两口子都熟了，跟他开玩笑，哪怕你换个人离也好啊。老郭就骂他，不厚道啊，我们复婚了我可要说给老婆听的。登记处的人说，你可别，就当我什么都没说，欢迎再次光临。

的确让老郭说对了，老郭是久病成医。唐妥大四那年喜欢同届政治系的一个女生，女生走读，家在市区，离体育场不远，他每天晚上骑自行车跑到体育场和她约会。两人好得每天晚上都想穿一条裤子，但是两人胆子都小，都在雷池这边磨叽，搞得既痴迷又痛苦，每天晚上都在体育场耗到半夜。唐妥先把女孩送回家，再骑车拼命往学校赶。那时候他们师范大学管得严，熄灯后宿舍区的大门就锁上，幸好靠近操场一边的铁栅栏围墙上有根一头脱焊的铁条，一掰就闪出个空当，侧侧身也能挤进去，唐妥每次从体育场回来都得钻这个空当。有一回正钻着，被打着手电的六号楼的门卫老头抓到了。老头用灯光直直地盯住唐妥，说，那是一个洞，你明白我的意思吗？这句话不知怎么就变成了段子在学校里流传开来，很多同学一见到唐妥就说，那是一个洞，你明白我的意思吗？

这只是唐妥初恋史中一个悲壮的小细节，还有很多细节可以说明他为什么对体育场如此心领神会。比如，为了谈恋爱，他的毕业论文因为写得仓促潦草差点被导师毙掉，不是写得不好，而是没达到导师的预期。在他导师看来，唐妥完全可以写出更好的论文。这还不算。因为女孩父母反对，他们约会的时间越来越少，女孩晚上出不了门，唐妥一个人在体育场孤零零地坐到半夜，然后凄凉地回到学校。更可气的是，女孩父母最后找到学校领导，说了一通他的坏话，甚至要求学校将唐妥开除。当然不可能开除，但导致的直接后果是，唐妥毕业后没能留在海陵，市环保局已经决定录用他，到了政审提档案的时候突然决定不要了，系领导跟他说，这里有文章，认了吧。不认也得认，搞得唐妥匆忙回老家的小城当了名中学教师。然后他才知道，女孩她老爹在海陵是个相当的人物，老人家对女儿的一生自有其更好的规划。他的爱情最后是不了了之，不见面不通音讯，他听说女孩最后进了市委宣传部。

唐妥也觉得自己的初恋实在是很落俗套，但有什么办法呢。世间的失败爱情无非那几种模式，哪一种最终都免不了似曾相识。可是肠子都跟着打结的难过是唐妥自己的，毕业离校的那几天，和同学们喝完酒他就一个人骑着自行车去体育场，坐到空荡荡的后半夜才回来，觉得自己也空空荡荡，然后一路空空荡荡地淌眼泪。他觉得应该把体育场给记住了，就各个角落走，看。那个时候他还不知道将来的生活会是什么样，以为体育场就是他的一个终点了。所以他要痛彻骨髓地记住。当然，后来的生活一直在变，神仙都预料不到，谁会想到他能从那个小城的中学里辞职，去南京，又来北京，在一家房产中介公司的一个分店里帮别人买房子、卖房子，租进和租出房子。

他决定认真帮助居延，主要是因为那个破体育场。那是他们的接头暗号。两个沦落人相遇他乡，相互跟对方说：我来这里是因为那个体育场。够了，别的什么理由都不需要了。

3

安置好居延，唐妥去了趟青岛，参加表弟的婚礼。回来后支晓虹就数点他："妥啊，你那老乡头脑有问题。"唐妥一愣，以为居延影响了她的生活，且听支晓虹继续，"找什么找？明摆着那丫胡什么不想跟她过了才把自己弄丢的，找到了有屁用？还丢！"

这几天，支晓虹迅速把自己弄成居延的闺中密友。居延的确也单纯，三两句体己话就愿意轻信别人。凭支晓虹的外交能力，用睡前醒后的那点时间足够将她们的聊天深入下去，基本上明白是怎么一回事。支晓虹的结论是：如果胡方域不是死掉了，那一定是自己主动人间蒸发的。都蒸发了，还不明白吗？她认为胡方域跟小眼镜一样，男人都是他妈的一路货。她就是站在居延跟前的一面活生生的镜子，可居延就是不明白。要命，女人都傻，没见傻成这样的。

支晓虹显然没能从自己失恋的不幸中脱出身来。但你得承认，她不是一点道理都没有。太平盛世，一个人没了，活不见人死不见尸，警察都没招，还能说明什么问题。

"就算那丫胡什么不是跟哪个小妖精私奔，"支晓虹又说，"也没这么找人的。指望马路上两人迎面碰上，玩传奇哪！"

"那支解的高见是？"唐妥问。

"扔掉那男的别管了，"老郭插一嘴，"跟咱唐妥过拉倒。"

支晓虹拍一下老郭肩膀说："我看可以。咱俩想到一块去了，耶！"然后暧昧地跟唐妥说："妥啊，那娘们皮肤可是一等一啊，我都想上去摸一把。"

他们经常这样开他玩笑，只要有年轻漂亮的女孩来店里，等人家一走，他们俩就在口头上为唐妥乱点鸳鸯谱，好像唐妥害了多大的饥荒。唐妥也习惯了，笑笑就过去了，反正都不当真。但这次唐妥脸有点红，毕竟居延从海陵来，做支晓虹的邻居也跟他有关系，不是过去玩笑中的那种冰凉的顾客，红一下也就过去了。唐妥解嘲说，同志们，我唐妥也是有过女朋友的。

　　支晓虹说："对，把这事都忘了，咱们妥儿有过三个女朋友呢。"

　　老郭说："这不是为他操心第四个嘛。"

　　正开玩笑，居延在玻璃门外敲了两下，可以进来吗？支晓虹一个劲儿地招手，进进进。居延进来对大家点头笑，然后问唐妥："中午能请你帮个忙吗？"

　　老郭替他回答了，没问题。唐妥只好点头。本来他想趁机眯一会儿，坐了一夜的车，现在直犯迷糊。

　　午饭后唐妥硬撑着在电脑上玩"连连看"，等居延来找。十二点一刻，居延急匆匆地来了，叫上唐妥就往人民大学走。问她也不说，直接进了人大的照相馆。居延跟摄影师说，可以照了。摄影师让他们俩并排坐在一条长凳上，在镜头后指挥，靠紧点，再紧点，对，笑一下，亲热一点，像平常一样。唐妥的脖子还是硬的，发现居延已经把脑袋侧到他肩膀上头了。闪光灯亮了一下，摄影师说，搞定。唐妥心里毛茸茸的感觉还没消退，已经有人帮着把照片打印出来了。居延在照片上轻轻地笑，唐妥发现自己也在笑，一脸僵硬的幸福。即便如此，唐妥还是觉得自己照得还行，对得起摄影师和八百万像素的机器。可是，这是为什么？

　　居延已经出了门。唐妥跟上，在人大的校园里迅速地走。很难相信居延能把路走得这么快。他们来到一间复印室，居延掏出一张纸，把照片粘在那页纸下方的空白处，跟复印的女孩说："五百份。"唐妥看清楚那是张"寻人启事"，寻胡方域，纸页的右上方有他的二寸免冠照。五百张"寻人启事"正哗啦哗啦从一体复印机里吐出来，两男一女的脸复印得都很清晰。唐妥终于忍不住，这成了什么事。

　　"晓虹姐说，他可能不想要我了，"居延盯着"寻人启事"说，"我不信。如果他还想着我，见到这照片一定会找我的。"

　　唐妥明白了，他不尴不尬地把脸放在她旁边就是帮忙装成一瓶醋，让胡方域尝到点滋味。她以为男人扛不住二两酸？太荒诞了。简直可笑。越发觉得支晓虹说得对，都能弃你而去了还在乎这点酸？

"你生气了？"居延无辜地扑闪着两只大眼睛，"我知道他是不会不要我的，他一定是遇到事想不通才走丢的。看到照片他就会回来找我，他一直都不喜欢我和别的男人在一起。"她看见唐妥手插口袋一直吧嗒嘴，开始看自己的脚尖，半天才说，"如果你实在不愿意，我再找别人。"

唐妥心一横，就当陪她过家家了。这个忙他若不帮，怕是没有谁会头脑发热借张脸给她用。幸亏女朋友跟他散伙了，要不看见这"启事"也得跟他散。在他的经验里，这种匪夷所思的女孩还是头一回碰到。想想又觉得正常，那个姓胡的男人也够莫名其妙的，真是不是一家人不进一家门。黑碗打酱油，对色了。

第二天唐妥的手机响个不停，不是电话就是短信，争相说他们看见他的结婚照了：老婆挺漂亮嘛；啥时候办喜事啊；都登记了也不吭一声，太不哥们了；什么时候可以瞻仰一下嫂子或者弟妹啊；那戴眼镜的男的是你大舅子吗；好日子总算开始了。等等。几十号人前来慰问，唐妥都不知道自己在北京竟然还认识了这么多人。他一遍遍地向朋友们解释，他不过是帮朋友个忙，就是个劣质花瓶，可没人相信。帮忙帮到电线杆子上、天桥上、楼道口、公交车站、大学里的海报栏，这个人情不是一般的大啊。就连前女朋友也发了条意味深长的短信，说：挺快的嘛！！！！！标点符号比汉字还多两个。唐妥都懵了，这家家过大了，前女朋友住回龙观，是在家办公的时髦SOHO，她都知道了，可见已经大白于天下了。他咬牙切齿地给居延打电话，她正在朝阳区张贴"寻人启事"，听说那么多人看到了启事，开心地说："太好了，方域一定也会看到的，谢谢你啊唐妥，我还得继续贴。"

然后就挂了，一点都没听出唐妥的声音都变成铁青色了。气得唐妥直跺脚。老郭和支晓虹在旁边忙活，一脸坏笑。唐妥逮了空上网，想把那个罪魁祸首的朋友骂一顿，刚登录QQ，朋友发过来一张图片，还是那个启事。胡方域板着脸，他和居延笑眯眯地把脑袋扎一块。朋友接着发过来一句话：兄弟，够快的，过去咋没看出来呢。附一个两只眼都变成红心、嘴角口水直流的色眯眯的表情符号。也就是说，居延带着他已经进军网络了。一场浩大的海陆空立体战。唐妥绝望地关了QQ，世道乱了。

老郭幸灾乐祸地说："兄弟，往好里想，你俩要真成了，结婚照都省了。"

"都跟你似的，脸老皮厚。"支晓虹说，"结多少次婚用的还是同一张结婚照。妥啊，那启事我也看了，起码没打上你名字吧。"

唐妥一想，没错，的确没自己的名字。总算保全了一点贞操，不幸中的万幸了。跟着出了口长气。

4

等居延向他道歉时，唐妥火气早消了。一是唐妥性格如此，过了就忘了。二是他前两天接了个打错的电话，他说他不是武冰，对方不信，那你是谁？唐妥。唐妥是谁？没听说过。这也是常有的事，但唐妥就想进去了，妈的，没人知道你是唐妥，还理直气壮地报出家门，你以为你是谁啊。然后想到居延的"寻人启事"，实在没必要惊慌失措。不就借张脸么，多大的事，就算名字打上去也没什么，还真把自己当个人物了。居延也不容易，一张张贴出来，一次次往网上发，换了自己女朋友丢了，他未必能千里迢迢地来忙活。

居延说："我请你们吃饭。"

距照相那天已经一周，很多人见到了那张"寻人启事"，这两天已经没人再向唐妥通报他曾被瞻仰过。这说明认识唐妥的人也就那么几个。但是胡方域杳无音讯。居延依然说，她谢谢大家，在支晓虹的房子里亲自下厨，请唐妥、支晓虹和老郭吃饭。

手艺不错。他们都吃出来了，尤其红烧和清炒两种，该浓酽的麻辣香醇，该清淡的松脆清明。唐妥他们三人在北京呆久了，都染上了一口麻辣，吃得丢了半条舌头，就好奇居延生活在海陵，居然也麻辣得如此地道。居延腼腆地笑笑说：

"他喜欢麻辣。"

为了胡方域对辣椒和花椒的嗜好，她花了整整一年时间学习川菜，厨房的墙上贴满了从网上下载的菜谱，办公桌抽屉里也放着两本书，没事了就翻出来溜一眼。她是南方人，过去沾了麻辣就跳脚，现在若去重庆和成都，吃遍一条街都不会有问题。热热闹闹的饭桌上慢慢就静下来，大家突然发现胡方域走丢对居延来说是件多痛苦的事了。两分钟之前还觉得居延千里寻准夫挺好玩，甚至荒谬和滑稽。看来凡事只要你干得认真，都能够生出足够的悲剧感来。

支晓虹咬着筷子问："你要找到什么时候？"

"找到他走到我跟前，说，我们回家。"

她在一所中学教书，碰上了他也去上班，下了课她就在办公室里等他，等他站在门口敲敲门，说我们回家。她习惯了。她的中学跟他的大学相距不远，都上班的那一天，他们只骑一辆电动车。当然这是在居延离开工作单位之前。从去年开始，胡方域觉得两个人都忙，家里就荒了，也不缺那几个钱，就让居延办了停薪留职。居延有点舍不得，但也没到伤筋动骨的地步，就回家做了全职准太太。胡方域课不多，但学问做得辛苦，的确也需要一个人专门伺候。

"有希望么？"老郭说完了才觉得自己不厚道。

"只要我在找，就有希望。"

唐妥没说话，只在心里摇摇头。虽然居延的回答坚决得如同格言，但如果胡方域根本就不在北京，或者打死也不愿意露头，前提都没了，哪来的希望？这相当有可能。太有可能了。唐妥觉得他这辈子最大的美德之一就是，不相信奇迹。但是居延的信心像只防风的打火机，慢慢地又把饭桌上烤热了。大家换了个方向继续聊。

就说到了拉郎配借唐妥做花瓶。居延再次道歉，也是没办法的办法。她进苏州桥北边的大洋百货里买手机充值卡，旁边是拍大头贴的摊位。一个女孩挑了几个大头贴相框，拍的时候发现有个相框太大，一个人根本填不满，问了老板才知道那是两个人合影的相框，当然大。女孩就拉了一个正挑旅行包的陌生男孩来填空。男孩说，你朋友吃醋咋办？女孩气呼呼地说，酸死他，让他不陪我！居延觉得倒可以借鉴一下，胡方域能吃麻辣也能吃醋。谁知道还是没效果。居延说，一定是他没看到。

"要是他还念着你，不用找也会回头。"支晓虹还守着她的老逻辑。

"我一定得找到他，"居延把茶杯转来转去，"没有他，我都不知道以后该怎么办。"

"没他怎么就不行？一个人有这么重要么？"唐妥说。

"人家感情深呗。太感动了，"老郭吃了辣椒似的嘶嘶啦啦直吸气，"以后不能再离了。"

唐妥的疑问得到支晓虹的附和。支晓虹没离过婚，但她前后谈过不下八个男朋友，不知怎么就好上了，一不留神又分了，马不停蹄地花前月下，因此十八岁以后的生活格外充实。分多了就没感觉了，所以也不觉得哪个人有多重要。三条腿的蛤蟆难找，两条腿的男人遍地都是，死了一半地球照样转。

居延小声说："我都明白。"就不往下说了。倒是老郭有了某种优越感，喝着居延的啤酒数落唐妥和支晓虹："你们哪，一个字，俗！"

支晓虹赶紧摸胳膊，这是他们俩习惯性的斗嘴，呀呀，老郭你看，鸡皮疙瘩掉了一地，都是你给的。

一通大笑。接着说正经事，怎么找更有效率。说来说去无非那老三篇，不过就是再来一遍，往细节上落实：人工找，在街头和网络上发寻人启事；在报纸上登寻人启事，比如《北京晚报》和《新京报》等；报警，让警察帮忙。后来唐妥又想出一个，发动连锁的兄弟店面一起帮忙，在每家房产中介的房源信息张贴栏里贴上一份寻人启事，多一个人看见就多一分希望。这事有点难度，得支晓虹和老郭一起上。支晓虹拿下公司最高领导，让他同意加一份寻人启事；老郭是本店店长，负责把兄弟店长搞定，务必认真帮这个忙。至于唐妥自己，他住在北大西门外，每天上班前坚持到北大和清华贴一圈启事。

就这么定了。第二天也就办成了。

难度最大的是支晓虹，她亲自跑到公司总部，先是磨了半天副总，副总不敢点头，因为这事说小是小，说大也大，一堆房源信息里猛不丁蹦出个寻人启事，实在有点怪异，影响公司形象。支晓虹只好又去磨正总，把居延都上升到了现代孟姜女的高度。孟姜女起码还明确知道老公在长城工地上，居延根本不能确信她男朋友是否在北京，帮一个弱女子胜造七级浮屠啊。而且，换个思路想，一张扎眼的寻人启事恰恰说明我们公司仁爱义气，这是免费的广告呢。支晓虹没想到自己的口才这么好，把自己都感动得鼻涕眼泪一大把。老总扛不住支晓虹不停地抽他办公桌上的抽取式纸巾，就答应了。

回到店里，支晓虹趾高气扬地一挥手：统统拿下。晚上到了住处，她沉痛地对居延说，不容易啊，为了你我差点跟我们老总上床了。居延心眼实，看不出来她在开玩笑，答应一定好好再烧一桌川菜请他们吃。

唐妥的工作最简单，也最烦琐，每天都要往北大清华跑。启事上依然有他貌似幸福的脸，张贴进海报栏时常有学生惊异地发现，照片上那个面带微笑的男人好像跟贴启事的人很像啊，就勾过头来看他。唐妥笑笑说，是我。

习惯就好了，就像每天他得早起四十分钟，开始困得眼睛睁不开，几天也就习惯了。

《北京晚报》和《新京报》分别刊登了"寻人启事"，间隔三天。启事见报的那两天，唐妥都有点神经质了，一看见别人在看报纸，就下意识地去瞅他们看的是否是刊有启事的那版。若是，就继续看人家眼光落在哪里；如果不是，他就会失望得干着急，恨不得直接上去指明方向。就那么小豆腐块大的方框，淹没在众多广告和别的信息里，唐妥心底里对它几乎不抱任何希望，作为一个资深的报纸读者，很多年来他都没想过要把眼光偶尔放到那个嘈杂拥挤的地方。

二十二天过去，北京如常。居延早出晚归，回来时依然是孤身一人，当她站在房产中介的店门口时，唐妥、支晓虹和老郭一起对她无奈地摇摇头。所有的信息出去后再没有回声。那天傍晚，天挺冷，居延站在店门口，隔着玻璃门对唐妥说：

"我不知道该怎么办了。"

5

这是北京的十二月底，风把居延的呢子长裙吹斜了。衣服是她到北京现买的，短皮靴上的两个小绒球摇摇晃晃，脚很小。她说，我不知道该怎么办了。

唐妥拉开门问："没希望？"

"积蓄不多了。"

冬天黑得早，五点刚过北京就影影绰绰。支晓虹带客户去看房子了，老郭在电话里通知客户房源情况。唐妥小声跟老郭说，他去复印，就跟了居延去了她的住处。暖和的地方好说话。

居延的房间收拾得清爽温馨，床头柜上摆着她和胡方域的合影。胡方域脸瘦长，下巴尖得好比左右两刀利索地砍出来的，这让他看起来更像是个搞哲学的。在唐妥的想象里，哲学副教授应该是这副尊容。居延就圆润多了，这样的前中学语文老师一定招学生喜欢，长得就有亲和力。唐妥把合影的相夹拿起来，他记得上次没有这张照片。

"看什么呢？"居延给他端了一杯茶。

唐妥放下相夹，说的跟内心的感觉完全相反："挺有夫妻相的。"

"我怕挺不住了，"居延说，"卡里的钱越来越少。"

正说着，手机响了，是居延的父亲。唐妥在旁边听得很清楚，老爷子态度坚硬，一分钱没有，赶快回来！挂了电话居延坐在床上一声不吭，在她预料之中。唐妥早就知道她父母一直不支持她来北京。唐妥说，要不给你妈再好好说说？当妈的心都软。居延摇摇头，他爸总算对搞哲学的还存着两分敬畏，她妈更难缠，她才不管什么哲学理学，对准女婿就没有过好脸。她妈从开始就极力反对她和胡方域在一起。她停薪留职她妈更反对，没了经济来源，等于自己主动把脑袋系到别人的裤腰带上，随别人摆布。男人没一个靠得住，胡方域这样的，尤其靠不住。居延说，在家我理财。她妈说，屁，你以为你都抓到手了？胡方域失踪之后，她妈说，看看，没说错吧，他要没有小金库，出门喝风啊。

"我妈信不过他。他是我老师，比我大那么多。还没离婚就跟我在一起。可是他的工资卡的确在我这里。不过现在也要空了。我知道爸妈错怪他了。"

哦。唐妥又去看胡方域，他的眼光从黑框眼镜后面冰凉地直着出来。唐妥和居延念的不是一个大学，没领略过胡方域老师优美雄辩的口才，连胡老师的名字都没听说过，但是居延说，胡方域在他们学校尽人皆知，张嘴就是一篇美文，所以中文系的很多学生都跑哲学系去听他的课。居延是众多旁听中的一个，她会早早地去阶梯教室占第一排的座位，在最近的位置上感受胡老师让人绝望的才华。她喜欢胡方域讲课时五指张开不停翻转的手势，他引经据典无视讲稿，从黑格尔说到莎士比亚，从王阳明说到帕斯捷尔纳克到北岛到《春江花月夜》，既是思想的盛宴也是修辞的杂技，听得大二女生居延常常忘了记笔记。

刚进大三，她继续旁听胡方域的课。有一天下课，她和女同学一起去校门口买零食，聊起找男朋友的标准，她语出惊人，要找就找胡方域那样的。正好胡方域骑着辆破自行车从旁边经过，听见了，跳下车，当着众同学的面热烈地表扬了居延，他说好，有追求。搞得居延一个大花脸。当时他还不知道居延的名字，不过很快就知道了。下一次课，居延不好意思坐第一排，换到了中间位置的靠近过道的一个位子。课间休息胡方域走到她旁边，拿起她的笔记本看了看，指着她名字问，复姓吗？居延说不是。胡方域说，想起了"呼延"。那是个复姓。

事情好像就此拐了个弯，朝着两人都从来没想过的方向加速度发展。居延也说不清是怎么回事，有意无意地看着胡方域就走神，她也经常看见胡方域上课时抽空就往她这里瞟，两个人目光交交错错又躲躲闪闪。大三上学期最后一节课，胡方域下了课走到她面前，说，你要的书。她从来没向他要过书，也没借过，甚至课间对话都没有超过三个回合。但她心领神会地接过书，慌忙地装进包里。出了教室她跟同学说要去厕所，她把自己关在挡板后头拿出书。胡方域刚出的一本学术随笔，印数三千册，里面夹一张纸条，写着：如果你觉得课上得不好，请跟我讲。然后是一串电话号码。她从厕所出来，和同学一路聊回宿舍去，同学说，居延你今天话有点多啊。她悚然一惊，说，这不快放假了嘛，高兴。

犹豫了好几天，离校的前一天晚上她还是给胡方域打了电话，她颤颤巍巍地说，胡老师。胡方域十分家常地说，有空喝个茶吧，之乎者也，七点。"之乎者也"是个茶馆名。像个建议，又由不得你推辞。居延去了。那天晚上过了十点，她就被一个已婚男人抱在了怀里。那男人对她说，像做梦一样。她听了也像做梦一样，觉得相当幸福。

开了头就刹不住车，一个假期虽然除了电话没什么大动作，但开了学全补回来了。一而再，再而三，三至不竭。所有的师生恋大概都一个套路。开学的第一周里，她就是他的人了。她什么都不敢说，不敢要，一切行动听指挥。但还是被他老婆知道了，要到学校来闹，被他压下去了。胡方域总是有办法。他做什么事都有计划有步骤，睡觉的时候头脑都清醒。他跟居延说，这事你别管了，念你的书，毕业了再说。居延也就心安理得地等待毕业，课外时间去胡方域指定的地点幽会。幽会地点像胡方域的逻辑一样稳妥安全。父母知道这件事后，要死要活不答应，胡方域说，这事你也别管了，我来。她都不知道胡方域究竟是如何摆平这些事的，尽管到她毕业时他依然没离成婚，父母依然严重反对，但生活基本上风平浪静，没人给她找麻烦，甚至到毕业为止，同学们也不知道她正和一个已婚的老师谈恋爱。

当然，后来他离了，他们住在一起。胡方域说，等他评上教授就结婚。居延说好，她听他的，一直听他的。就像胡方域说的：听我的没错。居延慢慢习惯了，她喜欢听自己男人胸有成竹地说：这事你别管了。他能把所有事情都搞定，生活规划、人情来往、工作方向，统统搞定。她没什么需要自主和反对的，因为他总是很有道理，那些道理强大得让她觉得自己的任何反对都不可能是正确的。这些年都是这样，她在他预设好的生活轨道上过日子，她只负责最小意义上的那个"生活"。很好。她过得很好。有如此精确的指南针,她慢慢地就把自己的那点对生活的方向感给忘了。没必要。

现在的问题是,他丢了。如果不是"出了事",居延猜测是和没评上教授有关。系里远比他水平次的人评上了,他没有。更要命的是,他觉得那些人根本就不配和他一起坐而论道。以他的水平,理当出入北大清华。

"真不会有,别的女人?"唐妥又问出他们店里一直不放心的俗问题。

"不会。"居延相当有把握。

唐妥想想也是,凭胡方域对居延生活的掌控能力,有了第三者也不至于私奔。然后就想到武侠小说上常有的走火入魔。高级知识分子的精神生活唐妥没经验,搞不清深浅,没准是胡方域想事想得偏执,没头没脑不知道自己是谁了,那丢起来就容易了。但这话不能说。

"还找么?"见居延半天没说话,唐妥就说,"先用我的。"

居延还想再挺挺,半途而废她说不定会后悔一辈子。她也不愿意用唐妥的钱,大家都不容易,也不是长久之计。最好的办法是找份临时工,可她不知道自己能干什么。除了教书和过日子,这些年她没有学习任何别的技能的机会。在胡方域的规划里,等他评上教授,有了孩子,她这辈子好好相夫教子就可以了。

只能找找看,北京这么大,一个临时工应该不成问题。说干就干,唐妥拿出手机给朋友们群发短信,让哥们都帮着想想办法。

6

两天后就有朋友招呼,朋友的朋友搞了个文化公司,缺个机动秘书。唐妥没弄懂何为"机动"秘书,怀疑是"机要",被没学问的朋友说岔了,带着居延去那公司。按地址走,总觉得走错了,他们进了西苑附近一栋破旧的居民楼,大白天的楼道里黑灯瞎火,照明灯也坏了。敲完门,伸出来一个三十来岁的上半身。唐妥说:"吴总吗?应聘机要秘书的。"

吴总把下半身也移过来,纠正说:"是机动秘书。请进。"

一居室潦草改造成的办公室,客厅的墙上挂着公司牌子。业务范围包括:国内外动漫发行,代理与制作,电视台、报纸、杂志、网络等多媒体发行;卡通、商标业务开发与授权,授权产品包括包装纸和硬纸盒、塑料制品以及各种服装、装饰材料、球类、学生用品、粘贴画、厨具、书刊、玩具、食品等。唐妥把这段文字反复看了三遍，还是没能理清个中关系。如果不是表达上出了问题，那一定是该公司业务高端他不明白，他对动漫啥的确实也一头雾水。吴总解释，所谓机动秘书，就是不需要每天都上班，有活就干，没活就在家歇着，工资嘛，干活时才有钱。

"相当于小时工？"唐妥说。

"不能这么说，"吴总说，"主要是这会儿是业务淡季，熬过去了，好日子就来了。十个八个人都得忙得跌跌爬爬。"

"那现在几个人？"居延谨慎地问。

吴总用下巴指指自己，又指指居延。唐妥以为他还会再指一个地方，他却把手塞口袋里了，半天摸出一根皱巴巴的中南海香烟来。很可能是最后一根，唐妥只好说自己从来不抽烟。"我们要简洁高效，"吴总说，"建设节约型社会嘛。"

"那面试需要什么程序？"

"已经面试过了。明天就有单业务，上午八点上班。简洁高效嘛。"

唐妥和居延面面相觑出了该公司。两人都犯嘀咕，像个骗局啊。唐妥给他朋友打电话，朋友说，放心，那哥们人品还是说得过去的。他过去给央视倒腾过动画片，赔了，只好挣点鸡零狗碎的小钱了。唐妥还是不放心，居延说先干着吧，闲着也是闲着。

连着几天居延被使唤得团团转。先是跟着吴总去河北一家小印刷厂谈一本书，有人花钱委托他们公司出书，吴总赚其中的差价；接着是接了一单印名片的活儿，居延负责在一家打印店里监督；再有就是跟着吴总去给别人拍结婚录像，从大清早忙到闹洞房结束，那洞房闹的，每个节目都围着下半身转，居延都不好意思看；还跟吴总去竞过一次标，打算承办一台大型社区演出，吴总跟人家谈得嘴角冒泡还是没竞下来，气得吴总大骂，这帮混蛋当官的，口袋都胀破了还要那么高的回扣。接下来几天啥活儿都没有，吴总说，先回家歇几天吧。

居延消停下来才觉得累，一觉睡到吃午饭。她算了算，除去吃喝，平均下来一天赚五十。这个数有点寒碜。支晓虹把唐妥骂了一顿，忙得跟陀螺似的才这点，你怎么给找的工作。唐妥很冤枉，北京这破地方，满地都是钱，但不是什么人弯腰都能捡到的。

"我觉得她在这儿干耗着不是个事。"老郭忧心忡忡地说，"苦海无边，回头才是岸哪。"

支晓虹说:"我一直都劝她回去。一个臭男人,他妈的也配!"

他们正忙里偷闲热烈地讨论,居延来了。她说:"我想回去一趟。"这很正常,但是大家还是吃了一惊。居延说,"趁着手头的钱还够路费。"唐妥他们不知道她已穷到了这个地步。

夜里北京下了雪,飘飘扬扬到第二天晚上才停,唐妥送居延去火车站坐晚上十点零二分的火车。空气清冷,公交车开得慢,马路两边万家灯火。唐妥问她还回来么?居延答非所问,说那几天她也没闲着,一有空就找地方贴"寻人启事"。她说,我把启事都贴到河北了,为什么还不让我找到?唐妥一歪头看见她满脸都是眼泪。居延像自言自语接着说,找了一天回来,我心里就空荡荡地害怕,那感觉就像过桥的时候,怕前面的桥忽然断了。唐妥递给她纸巾,说:

"回去呆几天再回来。"

八天后的上午九点,唐妥看见门口站着居延,长过膝盖的白羽绒服,围巾金黄。从她走的第二天他就习惯性地往门口看,终于看见了。唐妥去开门的时候,撞到了办公桌的桌角上。

中午在"大瓦罐"聚餐,唐妥主动要求请客。他们都想知道这几天居延干了些什么。胡方域依然没有音讯。因为钱,居延回了一趟父母家。为了让女儿断了念想,老两口咬牙切齿地不给一分钱,但临走的时候母亲还是偷偷地塞了两千块钱在她包里。这两千块钱让居延回海陵的车上掉了一路的眼泪。她去了停薪留职的学校,想从那里借些钱,领导一口回了,别说借钱,就是现在她要回来教书都有麻烦,她留下的坑由新调来的老师填上了,没位置了。也就是说,她基本上不算那学校的人了。

"众叛亲离了。"居延说,"众叛亲离好。"

"有我们。"唐妥说,"喝酒。"

7

找到新工作之前,居延决定还去做那个机动秘书。可吴总那边动静越来越少,一月中旬了,离春节越来越近,他那一个人的小公司能干的活儿实在不多。居延挣到的那点钱仅够印制"寻人启事"的单子。唐妥和支晓虹他们也在帮着找,没有合适的,或者说没有他们认为合适的。电梯工他们瞧不上；钟点工也不合适；倒是一个兄弟店面需要人，公司又要求签长期合同。居延不想麻烦他们，可又不得不麻烦，她的情绪低落以致痛恨自己的没用。正值严冬，出了屋冷风就扇人耳光，树干光秃，高楼和马路形容枯槁，居延走在路上像无家可归。来北京很多天了，寻找胡方域的坚定古怪的信心和激情一直充满全身，陡然就瘪下去。她在傍晚感到前所未有的虚弱，只好在天桥的台阶上坐下。一个乞丐经过，向她伸出手，她给了三块钱。一会儿又来一个，她又掏出五块钱。第三个乞丐经过时，她翻遍了口袋也没找到一分钱。早上带出来的钱都用光了。她对乞丐摆摆手，天黑了。

最后还是居延自己找到了一份工作，老本行，教书。

起因是她收到一条广告短信。某假期学校寒假招收课外补习班，欢迎报名云云。既然招学生，一定需要老师，居延就硬着头皮去报名地点打听。之所以蓄了半天的勇气，是因为这么多年如此大事都是胡方域的范围，她独立面对的已经是事情的结果了。她胆怯地问是否需要老师，工作人员漫不经心地说，哪个学校的？她说外地的。那人说，那就算了。居延说，我可以和北京的老师一样完成教学任务。那人转了一下眼珠子，说，这课可是要上到年根的。没问题。那人就去打电话，回来时说，先试讲。居延就在那间狭窄的报名房间里对着两个工作人员讲起了《从百草园到三味书屋》。十五分钟后，像头头的那人一挥手，定了。一个小时两百块钱，税另算。居延赶紧点头。这个庞大的数字。

独立找到如此好的工作居延十分开心，向唐妥他们汇报的时候兴奋得都有点难为情了。"终于做成了一件事。"她说。坚持让大家再品尝一次她的川菜。

第一堂课备得很认真，课上得比她预想的也要好。快两年没上讲台了，刚开始讲课还有点紧张，尤其是看见教室后面坐了一堆陪读的家长，脑门子上直冒汗。十分钟之后渐入佳境，声音高亢圆润，思路清明。家长们在点头。工作人员跟她说过，课上得如何，家长的脸色就是指标。这帮家长大多是高级知识分子，一肚子墨水，中学教育不擅长，但好赖是能听出来的。果然，下了课好几个家长夸她的课好。她没想到在陌生的城市里能够得到别人的肯定和夸赞，两年前她的课不也是这么讲的么，为什么丝毫记不起有如此巨大的成就感？回住处的路上她转着脑袋想，总算想起胡方域当年说，中学教育就是个基础教育，跟思想搭不上边。她当时也这么认为，的确，和胡方域的煌煌理论相比，她的工作只是小儿科。但现在不同，居延觉得自己孤身一人站在了风口上，大风从四面八方来，她挺住了。挺住的感觉很好。

她给唐妥打电话，只说了一句话就哭了。她说："我还有点用。"

唐妥说："好，咱们庆祝一下！"

有天上课，刚开讲居延看见唐妥像个神仙似的坐在后面，她想起唐妥今天休息。有这个特殊的听众，那节课讲得稍微有点乱，不过别人看不出来。唐妥说，他从北大过来，顺便长长知识。他夸居延的声音很好听，转身板书时姿势也漂亮。还有啊，你写字的时候小拇指是翘起来的，家长们在私下里说，居老师是个好老师。居延就红了脸，瞎说，他们才不会呢。会的，他们就这么说的，你的课程啥时候讲完？该提前订回家的车票了。一过年，北京去全世界的火车票都难买。

"腊月二十六。"

"没问题，我从公司帮你订。"

腊月二十六课程结束。一天上四小时，所有时间算下来，税后还挣了七千多。这个数让居延直愣。她当然见过更多的钱，但独立一个人在北京能挣下这么多，她还是一下子回不过神来。那感觉就像六岁那年，一个人走夜路去迎从外婆家回来的母亲，竟一口气走了五公里，路两边风声起伏，杂草丛生。事后想着都怕，何等惊险。

结账前一天，工作人员问她，是否愿意接着上，家长的反映很好。课时费有所提高，一小时三百。居延想都没想就答应了。拿到课表才意识到，春节回去的日程要改了。新课上到腊月二十九，休息三天，大年初三接着上。这么一来，唐妥帮忙订的腊月二十七的票得退。她找到唐妥。退票没问题，唐妥来办，只是腊月二十九的火车票可能有点麻烦，公司集体订票已经结束，他这两天去售票点排队试试吧。让居延安心上课。

当天晚上唐妥就去人大的售票网点排队，第二天抽空就溜出去再排队，直到腊月二十七的下午依然没放弃，漫长的队伍一次次排到头，售票员告诉他的都是同一句话：没票。唐妥只好将这个不幸的消息告诉居延，他晚上的火车回家，没法再去排队了。

"见了鬼了，"唐妥说，"都说每天晚上七点会放一批票，可我每次在七点问他们，总说卖完了。这他妈的整整一火车的票都卖给谁了！"

老郭说："没听人家说，在北京，过年买张火车票，比他娘的现找个老婆还困难。"

居延安慰起唐妥，没事，这两天她再试试。实在买不到票也无所谓，反正初三还得上课，咱把年过到首都来，也挺好。

唐妥回家了。支晓虹和老郭都回家了。他们放年假。居延上完课就去售票网点排队，永远都是让人绝望的漫长队伍。她听见前头有人嘀咕，现在你到北京大街上转一圈，只要哪个地方有队人像尾巴一样弯弯曲曲地甩出来的，一定是售票点。居延排了六次队，一直到腊月二十九号下午，还是没买到票。一生气，回到住处把整理好的行李打开，我他妈还就不走了！哪儿黄土不埋人。就在北京过了，就不信过的不是年。年前所有课都上完了，她拿到一万块钱。鼓鼓囊囊的一堆现金让她信心倍增，钱难挣都挣下了，还过不了一个年。她给父母打电话，今年不回去了。母亲在电话里难过得哭了，三百六十五天就过这么一个年，你还不回来，你一个人孤零零的这年怎么过啊。

"别人怎么过我就怎么过，"居延豪情万丈，"不就个年么！"

8

年三十上午她依然保持了旺盛的斗志，去超市买了一堆年货，鱼、肉、饺子、汤圆，还买了五副对联和一个巨大的中国结。马路上到处是慌慌张张的车辆和行人，都赶着往家跑。居延心想，过个年犯得着如此迫不及待么。她拎着年货慢悠悠回到住处，开始打扫房间。支晓虹的钥匙留给了她，因为电视在她的屋里，居延顺便把支晓虹的房间也打扫了。擦洗收拾完毕，开始贴对联，她把每扇门都打扮得喜气洋洋，客厅的墙上挂着中国结。忙忙碌碌一个白天就过去了。

刚开始做晚饭，唐妥来短信：饺子买了没？

居延回：正煮呢。

唐妥又说：没啥事吧？有就给我信。先拜年了。

居延回：能有啥事？翻过年我就二十七啦。给你和你家人拜年。

回短信时她还想，哼，小看我。饺子煮好，刚送进嘴，遥远处传来隆隆的闷雷声。大冬天不该啊。冷不丁窗外炸响一个东西，五彩的火花照亮了一小截天空。是焰火。跟着就明白远处响的其实是炮仗。窗外的焰火源源不断，像一棵绚丽生长的树。又一声巨响，地板哆嗦一下，玻璃哗哗地响，居延惊得咬到了舌头，钻心的疼，眼眶里刷地就满了。她尝到了血腥味，赶紧回自己房间拿纸巾，一眼瞥见了床头柜上反扣着的合影。擦完床头柜没有及时地摆放好。胡方域还戴着黑框眼睛，目光隐晦平直，下巴如刀削，她向他歪过头去，没心没肺地开着心。她的微笑看起来毫无来由。居延觉得眼睛里满满的东西掉下来，舌头在张开的嘴里感到越来越凉。她赶紧扯了一张纸巾贴到舌头上，心情一下子坏掉了。

世界上鞭炮声四起，仿佛各个角落里都埋伏着一堆炸药。焰火一遍遍照亮窗玻璃，房间里花花绿绿。有小孩在外面欢叫。不是说北京禁放烟花爆竹么。现在到处都在心事重重地响。天黑了，支晓虹房间里的电视正在说春节联欢晚会，节目主持人说，演员们已经吃过盒饭，就等着八点的钟声敲响。居延看着胡方域，这个一声不吭的男人，让她一个人在这个陌生的城市里经历除夕。胡方域也盯着她看，眼光凉飕飕的，她突然意识到，自从上了课，就没再贴过"寻人启事"，也没再去网上的各个论坛发送过。她忙着讲课，精心准备，认真批改学生的练习，忙得一天里难得有几分钟想起他。她用纸巾遮住胡方域，发现自己在照片上整个人都歪了，笑得无依无靠。

整个北京在喧闹，剩下她一个人。居延突然觉得腰软了一下，承受不了体重似的，弯腰驼背地坐到床沿上。难得的肚子里空空荡荡，身上直冒虚汗。唐妥的担心有道理，年就是年，年不是一年中随便的某一天。其他时间她都扛得过去，年不行，她终于有事了。即使能在短短的几天里一个人挣出来一万块钱，她还是有事。她高估了自己。她拿起手机开始拨父母的电话，嘟了一声又挂了，她不想惊动他们。然后她开始写短信，只有三个字：过年好。接着输入号码，刚发送完屏幕就显示发送失败。她输入的竟是胡方域的号。这个号已经过期作废了。但居延连着又往这号里发了三条：你在哪？我是居延。我在北京。

三个"发送失败"。她哭出声来。给唐妥发了一条：我是居延。

唐妥凭直觉看出了四个字里的伤心绝望，立马回信：怎么了？

这时居延已经重新开始吃饺子，把电视的声音调到最大，门窗关紧，窗帘拉上。她回：没事。你过年吧。

十秒钟后，唐妥打来电话，他问："到底出了什么事？"

"没事，"居延说，"我在看电视。"

唐妥说："听见了，声音很大。你感冒了？"他还听见了居延浓重的鼻音。

"没有。我好好的，在看电视。"

"真没有？"

"你烦不烦？没有就是没有！"就掐了电话。

电话接着又响，还是唐妥。居延觉得对他发脾气有点过分，却也懒得解释，索性将手机关了。

除夕这一夜，居延吃了十个饺子、两个汤圆，两眼盯着电视屏幕里的春节联欢晚会一直看到结束，然后倒头就睡。一夜乱梦如荒草，等于什么梦也没做。第二天上午醒来，晚会里的节目一个都记不起来，包括赵本山的小品，这个猪腰子脸男人上台时戴了那顶卷檐的帽子没有？下床的时候她想，大年初一，哦，今年已经是明年了。

外面的鞭炮声还在响。居延吃过饺子决定出去走走，今年已经是明年。马路上因为冷清显得比平常宽敞很多，那感觉像走在俄罗斯的大街上，路冷着，两边的楼房也冷着，行人很少，车也少，公交车里没几个人。居延从来没见过如此宽敞清静的北京，让她想起在电视上看过的"非典"时期的北京。居延信步乱走，看见一群人从中关村广场出来，手里攥着气球、糖葫芦、羊肉串和糖人，就进了广场。步行街上人都扎堆，逛科技庙会来了。居延沿街走，看见卖吃的、卖玩的、卖手工艺品和科技小玩具，小孩牵着大人的手在人群里钻。居延重点看了剪纸、十字绣和吹糖人。吹糖人的摊子摆在溜风口，手冻得青紫，吹出的猪挺着大肚子，吹出的老鼠尾巴又细又长。居延一直看完他吹遍十二生肖。

逛完庙会接着逛商场，晚上去海淀剧院看了两场电影，居延要把今天彻底地打发掉。回到楼下已经午夜，刷门卡时黑暗处突然站起来一个人，把居延吓一跳。那人说："居延。"

是唐妥。他在这里已经等了两个多小时。天没亮他就起床去赶车，早上七点到车站，先坐汽车，再坐火车，又坐汽车，十多个小时的车程把他累坏了。本来站在这里等的，站着站着人就贴着墙往下滑，依墙睡着了。"你怎么不开手机？"他说话直哆嗦。

"忘了。"居延从口袋里摸出手机，还关着，"我想没人找我。你怎么来了？"

"怕你出事。"

进了房间，居延发现唐妥的手冻得跟吹糖人师傅一样青紫。"你的手。"居延说，伸手握住了，"手套呢？"

追火车时丢了。买到火车票时检票已经结束，等他跑到站台，火车已经启动，幸好最后一个车门还没关，乘务员对他喊，快点跑。他就拼命跑，大行李包在身体右侧甩来甩去，他跑得像拧麻花，总算在火车加速之前跳上了车。乘务员说，你东西丢了。唐妥把头伸出车门往后看，两只手套从口袋里掉出来，落在远处的站台上。

"我能出什么事。"居延说。她既感动又委屈，把唐妥的手拉到自己的热乎乎的脖子里焐着，脑袋就靠到了唐妥的下巴上。"你说，我能有什么事？"

唐妥抽出手一把抱住她。"我也不知道，"他说，"我就是担心。我妈都说，你不容易。"

"我不容易？我有什么不容易？"居延还要再说，嘴被唐妥堵上了。

那天晚上唐妥没回自己住处。第二天早上他在居延的床上睁开眼，居延已经起来了，坐在客厅里的沙发上抽着烟发呆。唐妥看见自己的衣服按顺序搭在床边的椅背上，最上面是贴身的保暖内衣，他在保暖内衣下面找到了内裤。床头柜上除了一盏蓝色台灯，什么都没有。唐妥一声不吭穿衣服，生怕弄出点动静把大年初二的早上给惊动了。远近都有鞭炮声。他穿好衣服走到居延跟前，说："起了？"

居延没看他，掐灭烟，竭力用开心的声音说："我们煮饺子吃！"

唐妥刷牙洗脸，直到坐在饭桌前两人都没说话。只是低头吃。闷声大发财。吃到一半，唐妥终于忍不住说："那天，我看到一个人，有点像他。"

"谁？"

"在北大。人很多，我骑得快，一闪就过去了。"

"什么时候？"居延一下子站起来。

"就是，听你课那天。"唐妥看她站起来，结巴了，"可能不是。"

"你为什么不早说！"居延的声音高了八度。

"我想可能看错了。我是回头找了，没找到。我就想，看花眼了。"

"看花眼了你为什么还跟我说？"居延突然像炸了毛的母兽，筷子摔到饭桌上。她在饭桌前足足站了两分钟，然后去开门，开完门又去拎唐妥的包，一把扔到了门外。唐妥站起来，本能地朝支晓虹的房间里躲，居延抓住他胳膊往外拽。"你走！"她喊，眼泪哗哗地往下掉，"你走！"硬生生把唐妥推出了门外，砰地关上了门。

"对不起，居延，"唐妥又结巴了，"我真的回去找了。真的没找到。"

"你走！"

唐妥呆呆地站在门口，旁边的人家开门露出个脑袋，看一眼又把门关上了。居延贴在门上的对联闪着星星点点的金光。上联是：吉者福善之事；下联是：祥者嘉庆之征；横批：吉祥如意。唐妥想，这对联很不工整。现在的对联越来越没学问了。他拎起包，隔着门又对居延说了声对不起，接下来顺势应该说"我不是故意的"，他没说，生生咽了回去。他又开始问自己，真看见了么？他不敢确定。这么多天他已经问过自己无数次了。

9

一直到大年初五居延都不回短信。唐妥发了不下一百条，除了道歉对不起就是解释。他不敢去居延的住处找她。初五下午他决定见她，因为晚上支晓虹就该回来了，明天初六，他们要上班。居延进了课堂，看见唐妥坐在后面，嗓子一阵发干，一口气喝下了半杯水才开始讲课。

下了课居延转身就走。唐妥追上去，想说对不起，居延已经进了教员休息室。他不好再追进去了，就拐进了工作人员的办公室，冒充某个学生的叔叔，有一搭没一搭和人聊起天来。唐妥了解到，他们这种学校属于社会办学，面向整个北京市，有同步班、提高班和冲刺班，还有单科班、特色班和竞赛班。反正品种繁多。也就是说，这学校可以一年四季地办下去。聊完了，唐妥最后说，这样好。他从办公室出来，居延的课散了，人已经走了。

因为年还没彻底过完，第二天他们上班也找不到事干，三个人敞开了吹牛。老郭说他跟老婆回江西老家过年，七大姑八大姨轮番喝酒，差点喝成植物人。支晓虹说她在火车上遇到贵人，主动跟她调换卧铺，她受不了上铺的空调，一帅哥见义勇为，把下铺换给了她。唐妥心事重重地说，一个哥们来讨对策，他得罪了女朋友，说了一周的对不起也无济于事，咋办？

老郭说："跟他说，霸王硬上弓，下了床啥病都治好了。"

"俗！"支晓虹很不屑，"老郭你白离了多少次婚，对女人还是一窍不通。难怪没事就离。还有你，妥儿，也白谈三次恋爱，是三次？老说对不起有屁用！就不会说点别的？你别老把她往对不起的事上引呀。你让你那哥们说，哎呀，我刚看中一双'接吻猫'的靴子，最新款的，你穿一定巨合适。或者说，哎呀，我朋友在大街上看见你了，说你身材跟朱莉娅·罗伯茨绝对有一比。或者——"

"别或者了，"老郭说，"恶心死了。还不如直接说'没你我活不下去'呢。"

支晓虹大喊："老郭，你俗不可耐！"

唐妥感叹，果然是门大学问。中午下了班他就去了教室门口。居延刚下课，正被几个家长围在讲台上解答问题。他等到她出来，说："我就想跟你说，这课可以一直教下去。"

"没别的了？"

唐妥本想详细地把他从工作人员那里得到的信息都告诉她，被她一问，反而不知道说什么了，因为说得再多其实就为了刚才那一句话。但他得再憋出一句给自己解围，就说："工作人员说，居老师教得好。"

居延扑哧笑了。"他们跟我说过了，"居延说，"想让我同时带同步班和特色班。还有，我还知道他们给我的课时费比别的老师少。"

"他们搞歧视，我去找他们算账。"

"别。因为我是外地的，又是主动上门找工作的。以后就不会出这种事了。我找过他们了。你不信？小看人！那些家长跟我说的。他们想私下里拼一个小班，让我给他们孩子上课，课时费每小时五百。真的，如果学生多，价钱还要高。他们说，这里聘的老师也就四百。我才知道他们克扣我了。我去找他们理论，他们说，如果我继续教下去，课时费就和其他老师一样。为什么？因为他们找不到足够多的像我这样的好老师呀。那些老师平常都得工作，我是闲人，哪个时段的课都没问题。以后就不用为钱发愁啦。我想吃必胜客。"

唐妥没想到居延一开口说了这么多，就像什么事都没发生过。他知道很大程度上是因为她给自己的生活找到了着落。她其实很需要别人跟她说说话，唐妥骂自己笨蛋，对不起来对不起去，烦死人了。坐在必胜客里，唐妥说："祝贺你。"

"什么意思？"

"独立生活啊。"唐妥说，"你已经在把握自己的生活了。不需要别人。"

居延听了眼睛慢慢开始发直，眼看着是要走神。唐妥担心点了导火索，赶紧往回拉："我的意思是，你适应得很快。我刚来北京那会儿，半年多了还不知道能干吗。还是居老师牛。"

居延的眉眼又生动起来。"就牛！"她说，"上小学时我是班长，老师都夸我能干。"

唐妥不知道她是在掩盖自己的伤感，还是本性使然。不管前者后者，居延能恢复小儿女情态，唐妥都挺高兴。若不是一直生活在胡方域的阴影底下，真正的居延大约就该是这样子吧。

此后两人都不提那晚的事，在支晓虹和老郭面前还是过去一样的朋友。但言语之外，那转瞬即逝的一两个眼风里，要说什么都没有那绝对是瞎话。至于那一闪而过的东西是什么，两个人都说不清楚。也不去说。他们像越发相熟的朋友，相互能渐渐开点玩笑。或真或假，就看各自的思悟了。唐妥觉得，他正跑回到原来的地方，也好，总比跑了半截子路断了要好。他不愿再去想，顺其自然，随他去吧。他继续每天早上往北大清华跑，从不怠工，但他也从不主动跟居延说，没有任何发现。的确没有发现。他对这种原始的寻人方式不再抱一丁点儿幻想，他一次次贴，只为了减轻一点居延的负担。

同步班和特色班一周加起来三次课，两个晚上加一个周六上午；家长们帮她攒的几个孩子的家教班一周一次课，在周日上午；单纯上课占用的时间不多，但三门课要备三种教案，还要批改学生的课后练习，一周下来居延和北京的在编中学老师一样忙，甚至更忙，她不像其他老师那样随便到网上下载点资料敷衍了事，而是坚持用自己的方式把所有问题理顺，力求把每一个标点符号都落实到位。

支晓虹在店里说："可怜的居延，来北京干苦力了，晚上十一点还在备课。"

这话引起老郭的高度警觉。"她这是挣钱寻夫呢，还是打算在北京定居？"老郭抓着脑袋说，"玩长线哪。"

大家开始说居延。之前忙着说房价了。过了元宵节生意就好起来。房价也跟着过年过上去了，涨得已经没了章法，大伙也跟着没头没脑往上冲，你敢卖我就敢买，生怕今夜里就得睡马路上。支晓虹说，据她的观察，居延已经和刚来的时候大不一样了，早晚的生活细节已经充分说明问题。比如保养和化妆。刚和支晓虹住一块，睡前也就简单地洗漱，现在忙到深更半夜还想着用一下爽肤水、眼霜、润唇膏、护手霜。早上也是，那一套家伙，比我的都全乎。老郭你说的没错，她是有点长变样了，变在哪里我一时半会儿也说不清楚。

"好像长开了，"老郭说，"对，就是长开了。你看她眉眼，表情，都长开了。"

唐妥啥话不说。老郭两只老眼看来有时候还能闪两下光。居延变化是挺大，唐妥好像看过一篇文章，说一个人的生活是可以反映到长相上的。刚见到居延时，她就是个典型的小家碧玉相，温顺，文静，有种静淑朴素的美，看人的时候眼神里总有一丝担惊受怕样。现在稳重多了，五官渐渐舒朗，眼神里多了凛厉和力量，学会果断地拿主张了。

"这叫经济基础决定上层建筑，老郭，"支晓虹说，"我昨晚躺床上睡不着，给她算了一本账，上课赚的钱比咱们可多多了。我算明白了，咱长不过安吉丽娜·茱莉，归根结底还是口袋里没货。"

"就你？"老郭用鼻子笑了两声，"我就不信，给你守着几座银行，你还能长出国母相？那个朱什么？谁？"

"土！大明星，全世界女人的情敌。"

"我觉得，"唐妥慢悠悠地说，"那是因为她找到自身的价值了。这充分说明，没有那个胡方域，她可以活得更好。"

老郭说："有道理。咦，我怎么闻着咱妥儿的话里有股子山西老醋味儿啊。"

"对头！不过我说老郭，我还真觉得咱妥儿跟居延合适。她那臭男人，有什么好找的，留下来跟妥儿过得了。"

唐妥觉得自己屁股都红了。"你们可别瞎说，"他窘迫得都站起来了，"人家可是良家妇女。"

"不是良家妇女姐还不给你牵这个线呢。说真的，我看可以。"

"我看也可以，"老郭说，"那胡什么别找了，你看这多久了，就是根针，它要是想让你找到，也早露面了。以郭某人高见，去他奶奶的，咱开天辟地，迎接社会主义新生活！"

"要不，"支晓虹支吾半天，"妥儿，我把房子让给你住？"

"支解，你能不能高抬贵手，放我们贫下中农一条生路？"

"妥儿，你没听明白，你支姐姐有情况了。"老郭的表情突然暧昧起来。

唐妥一拍脑瓜，"还是老郭高，我怎么就没想到呢，哪儿来的见义勇为的帅哥？支解，你可得从实招来。"

支晓虹就骂老郭，把唐妥一个纯洁的好孩子给带坏了。没影的事。就吃过几次饭，看过几次电影，听过两场音乐会。老郭就叫起来，乖乖，到底是文化人，还听音乐会呢。我都入土半截的人了，还不知道音乐是怎么会上的。唐妥心说，这支晓虹真不得了，火车上换个卧铺就换到一块去了，不服不行。那男的在中科院什么所工作，来找过支晓虹几次。才几次啊。搞科学技术的就是讲效率。

10

说过的话天一黑就忘了。工作照常，生活照常。周末支晓虹忽然提出要请大家吃饭，四个人聚到"大瓦罐"。支晓虹请客一定有事。老郭和唐妥端着酒杯等她发话。支晓虹谦虚一下，也没什么大事，就是聚一块说说话，顺便托个孤，把房子问题解决了。

老郭说："'神六'的速度啊。"

"老郭你闭嘴，"支晓虹说，"喝你的猫尿。"

老郭说："妥儿，我先喝了。该你了。"

支晓虹直来直去地说，希望她搬走后唐妥住进去，这样她放心。她问唐妥是否愿意，唐妥无所谓，一个光棍，在哪住都行，当然靠单位近一点更好，正好现在的租房也到期了。说话时只盯着酒杯。居延的脸红得要渗出血，一男一女，有点不合适。支晓虹说，外行，现在流行的就是男女合租，心理学家分析，男女搭配，利于提高工作效率和生活质量。支晓虹开导居延，万一来个不三不四的新房客，谁也说不好会出什么事。你一个人愿意全租下来？居延摇摇头，没那个能力。所以说，还是咱们唐妥老实可靠，有人欺负你他可以替你出气，还能帮你扛个米袋子啥的。

老郭说："没错。你看唐妥那身肌肉，不扛几袋米真是浪费了。"

居延不说行，也不说不行。支晓虹敲一下筷子："好，成交！"

第二天见义勇为先生请来搬家公司，一趟车把支晓虹的家当全装走了。唐妥跟搬家公司说，明天接着帮我搬。他的房子租期其实还有四个月，因为提前搬走，算违约，唐妥多付了一个月租金。搬家那天居延没课，她把自己关在房间里批改学生练习，外面说话声磕磕碰碰，唐妥在指挥搬家公司的人摆放行李，居延内心纷乱，一个上午只批了六份练习。到了中午，屋子里安静下来，居延反而更不好出房间了。门被敲响。居延拿着一沓练习去开门。

唐妥站在门外。"吃饭去？庆祝我的乔迁之喜。"

居延没吭声。

"要不先参观一下？"唐妥说完就转身往自己房间走。居延只好跟过去。床铺和写字台，两架子书，一台电脑，保温杯是"博士"牌，两个大拉杆皮箱，拉力器和哑铃，窗台上一盆仙人掌一盆仙人球。男人的房间。"还像个家吧？"

"就是个宿舍。"居延说。她穿一双毛绒绒的棉拖鞋，鞋头上绣着小兔子，两只大耳朵垂在鞋两边。

因为共用洗手间，头一个晚上，唐妥怕冲撞，竖起耳朵听外面的动静。九点刚过，居延敲了一下门，说："我用完了。"唐妥才开始洗漱。此后成了习惯，居延先用，结束了敲他一下门。

唐妥洗完了，想找个话题和居延聊几句，尽快消除住到一块的尴尬。奈何居延的门关上了不打开，唐妥又不好意思着脸去敲，一夜无话。起床后，唐妥开了门看见居延刚从洗手间出来，她已经洗漱完毕。唐妥问："打呼噜没影响你吧？"

"还好，"居延说，"我还以为你跟阿拉伯人聊了一夜。"

唐妥就把玩笑继续往下开："我说梦话都用西班牙语。"

"我煮了早饭，一块吃吧。"居延说话时背对他，正往自己房间走。

"不了，谢谢，"唐妥说，"我早饭都在北大吃。"几个月来他都是贴完"寻人启事"，顺便在北大食堂吃早饭。

居延停住，好一会儿才转过身。"别去了，今天风大，"她拐进厨房，"牛奶热好了。"

吃完饭离上班还有一段时间，唐妥还是去了北大和清华。他坚持去做这件事，开始为了朋友，现在为什么他也说不清了。居延都在怀疑它的意义，毫无疑问。早饭时她幽幽地说，谢谢你唐妥。有时候我自己也恍惚，我怎么就到了北京。早上睁开眼我经常想，我可是在海陵呆了整整九年啊，一觉醒来却是在另外的地方。一个人。好多天了，忙起来我都想不起来去找他，可我来这里是为了找他的呀。不找他，我在北京干什么呢？

"生活，"唐妥说，"像我一样，像所有人一样。把自己全部释放出来。"

居延笑笑。"怎么释放？"

"你已经找对了路。"唐妥说，迟疑了一下，"我觉得他，对你，是场灾难。别盯着我看。我说的是真心话。没别的意思。他的阴影有点大。还好，你在往外走。"

居延不吭声。唐妥一碗稀饭喝完了，她才嗯一下，说："我想不明白，他为什么要消失呢。"

"想不明白就别想。可能是烦了，想换种活法；也可能是不平衡；什么都不为也没准。这世上，有几件事能条分缕析细细明明。"

居延叹口气，看一只麻雀落到窗台上。

"夜里我又梦见了体育场，越来越不像了。"唐妥出门的时候说，"一个跟一个不一样。我都不知道哪一个是真的了，甚至怀疑我去过那地方没有。"

11

这次聊天效果很好，虽然短，但聊进去了，那些幽暗含混的角落被打开，于是两人逐渐自然坦荡，心无挂碍，算是开了合租的好头。一天天过，一样也不一样，比如，只要不是打算休息或者有私密的活动，两个人的房间通常都敞开，有事可以坐在自己屋里相互对话。居老师，今天又有家长夸你课上得好了吧。唐妥，今天出门你忘了关窗户了。有烟吗，来一根。你看报纸了没，那贪官被双规了。累死了，我先刷牙洗脸了。你在听什么歌？不错。比如，他们经常一起做饭，谁有空谁就去买菜。通常都是居延买居延做，她空闲的时间更多。比如，居延晚上出去上课，唐妥都会去接她。因为中间要经过一个十字路口，那地方经常有单身的行人被抢，居延有天晚上就遭遇到，幸好有辆出租车及时过来。那次之后，居延都是打车回，尽管离住处很近。唐妥说，以后我去接你吧，反正我也没事，就当散步消食了。他一般在下课前三分钟等在教室门口，然后两个人一起走回来。他们住的那栋楼临街，楼下有小饭馆、烟酒杂货店、花店、茶馆、服装店、美容美发店，美容美发店五十米之内就有三家。他们就把这些店铺顺次看上一遍。

尤其那家叫"如雅"的美容美发店，居延走过去后都要回头朝里再看看，数一下透明的玻璃门后，暧昧的粉红色灯光底下有几条光腿。这过去是支晓虹的习惯，她经过时都要数一下，她跟居延说，她从"如雅"门口经过了无数次，从来没见过一个理发的客人，每次看到的都是穿着超短裙的女孩，大冬天也露着两条光腿。还用问？当然是小姐。支晓虹通过数光腿来推断出她们生意好坏，光腿多就说明生意一般，光腿少就意味还行，越少生意越好，因为都到后台忙活去了。唐妥也要看，居延说不行，大男人盯着人家女孩的光腿看像什么样子。唐妥就笑，去接你的时候已经数过了，咱俩对对数？居延就骂他，支姐说得对，男人都不学好。上楼的时候，居延说，过年那两天，这一溜店都关了，就她们的门还开着。她忽地就难过起来，说："她们都不回家过年。"这一个年关，只有她和她们无家可归。

如果说生活中还能有让人联想至暧昧的，就只有在洗澡的时候。房东留下的燃气热水器已经老迈，水温调节常出问题，正洗着可能水突然就热了或凉了，他们就得在洗手间里喊对方，唐妥，居延，帮个忙调冷点，帮着调热点。偶尔也会顺便开句玩笑，唐妥，把你当猪烫了吧。居延，冻成腊肉别找我。

也就口头说说，面对面还是正大庄严。唐妥喜欢看电影，偶尔他们也会一起去海淀剧院看场最新的大片。视听效果当然是好，价钱也颇为可观，所以唐妥更多的还是买碟片在电脑上看。他把声音调小，居延的课备完了就会过来一起看，声音再扭大。一有好片子，唐妥就会提前跟居延讲，啥时候有空，提高点品位？

唐妥的房间居延进得多，因为阳台在这边，女孩子洗洗涮涮，又要晾衣服又要晒被子，所以唐妥上班的时候房间是不关的，居延随意进出。隔三岔五她也会把唐妥的被褥抱出去晒晒，开始不好意思帮他收，就给他短信，让他抽空回来自己收。后来干脆顺手收了，叠好放到唐妥床上，顺便把唐妥的床也收拾了。唐妥就说，这一归置，真有点家的样子。居延说，什么家，就是间宿舍。

她不接受"家"，坚持称"宿舍"。像中学、大学和刚工作是学校分的一个寄身之所。唐妥却有意无意地强调"家"。他给居延短信或电话，问：啥时候回家？居延回：几几点回宿舍。唐妥问支晓虹，居延和她一起住时是不是也叫宿舍？支晓虹想了想，好像叫"住处"。老郭给他打气，小伙子，坚持住，路还很长哪。

唐妥经常会看着居延的背影出神，莫名其妙地想，如果这两居的房子他买下了，两个人生活在一起，会是哪一种样子？居延在厨房炒菜，戴着围裙，穿不带后跟的棉拖鞋，肉色丝袜里的圆润小巧的脚踵露在外面，腰微弓，头发用一块手绢随意扎着，蓬松，不那么整齐。唐妥靠着厨房门，不吭声地看，觉得有种温暖的东西强大得足以伤人，身体里剧烈地疼了一下，像肠扭转也像心绞痛，眼泪慢慢就出来了。居延被烟火气呛得咳嗽一声，转过脸看见唐妥站着，吓一跳，唐妥你吓死我了，扮鬼啊你？

"居延，考你个问题，"唐妥赶紧装洒脱，点上根烟，"女人在什么时候最漂亮？"

"我打110抓流氓啦。"

"想哪去了你。正确答案，在厨房里。"

"蒙鬼去吧。我算看出来了，人越懒嘴越甜。"

"这人哪，怎么就听不得两句真话呢。"

居延不说话了。翻菜的时候她听着身后的动静，她觉得能听见香烟缠绕升腾时的清冷之声，然后，唐妥的拖鞋摩擦着地板回了房间。居延想，如果胡方域从来就没丢过，如果更早之前就意识到自己没必要像个影子一样生活，如果她没来北京，永远遇不到唐妥，那路该怎么走呢。实在回不了头去如果。

第二天下午，居延正打算眯一会儿，唐妥抱着一堆杂物进了门。纸笔、书和杯子等。居延问他兴师动众的干吗，唐妥说没事，收拾收拾办公桌。居延也没当回事，午睡起来看见唐妥的房门关着，以为他也睡了，就轻手轻脚带上门，去图书大厦买资料。经过房产中介店门口，店里人影乱晃，凑过去看见老郭和支晓虹也在大张旗鼓地收拾。居延好奇，今天什么日子啊，约好了旧貌换新颜。一问，才知道他们的店要搬家。

"往哪搬？"

"四通桥南边。被兼并了。"

居延没明白。支晓虹说："就是被取消了。"

"那唐妥？"居延打个激灵，觉得有问题。

支晓虹和老郭都低下头忙活不搭茬。居延又问，那唐妥呢？他们俩还是不吭声。居延转身就往回跑。电梯正往上走，她等不及它下来，直接从楼梯往上跑。开了门，唐妥房间门还关着。居延站在门前犹豫是不是现在就敲，听见屋里响着微小的音乐声，不仔细听在客厅里都很难听见。居延把耳朵尽量贴近门，那音乐清澈闪亮，让她觉得只能从温暖干净的地方传来。她开始敲门。

房间里乌烟瘴气，唐妥躺在床上抽烟，烟灰缸里堆满烟头。午睡前看见的那堆杂物放在地上。电脑在播放温暖干净的音乐，播放器变换着魔幻波纹。居延一边咳嗽一边去开通往阳台的门。

"到底怎么回事？"居延在旁边坐下来，"给我支烟。"

"没什么事，"唐妥帮她点上烟，"我光荣失业了。"

昨天公司打了两次电话通知店长老郭今天去开会。大家都觉得有情况，前几天副总和老总就先后来过店里，问他们的业务和业绩，也问各人的生活。怎么看都不像是无心的闲聊。果然，老郭在公司开了整整一上午的会，回来后无比沉重地告诉两个下属，公司整顿，合并机构，裁汰冗员。他们的店面马上取消，并入四通桥南的那家店里。老总说，这是为了整合资源，搞规模经营。现在市场上房产中介公司很多，我爱我家、链家地产、千万家房产、恒基房产，等等。竞争残酷，而且现在北京房地产一直走高，正是公司开拓发展的良机，必须改变创业之初的那种游击战经营模式，变粗放为集约，要效益不要数量。一句话，三人以下的店面撤掉，撤掉一个店面裁掉一名员工，公司不养活闲人。

"公司的意思是，"老郭把目光从支晓虹和唐妥的脸上收回来，盯着女儿假期里给他做的十字绣杯子，"我们店里必须牺牲掉一个。具体操作内部解决。"

狭小的店里一片死寂。然后老郭说："都说说。支晓虹，唐妥。"还是没声音。老郭说："那我先来。我嘛，年龄最大，理应自觉投降。我也打算换个像样的工作，老婆啥活儿不干，孩子正念书，没钱一天都过不去。现在这工作他妈的怎么就这么难找呢。支晓虹，唐妥，随便聊聊。"

支晓虹开始咬指甲。一紧张就这样。"说什么呢，"支晓虹说，"没啥好说的。还是我缴枪吧。反正男朋友谈了没几天，散伙也不难过。"

轮唐妥了。唐妥笑笑，说："都别跟我争。郭哥，你得为咱嫂子和闺女负责；支解，见义勇为人挺好的，你得珍惜，咱们不能让人家小看了。这是一辈子的事。啥也别说了，我来，我一个光棍，这身板，奥运会冠军都能拿，算命先生都说了，我会越走越好。就这么定。"

就这么定了。

居延的烟只抽了开始两口，现在剩个烟屁股。"你要难过，就对我说。"居延掐掉烟，"我给你做麻辣鸡胗吃，好不好？"

"没事。"唐妥也掐灭烟，站起来做两个扩胸运动，"我这人还行吧。"

"嗯，还不错。像个男人。"

"好，这想法保持住。不是要去书店吗？走，我陪你。"

12

四月里天暖和起来。唐妥还在到处找工作。像样的工作的确他妈的不好找。每天晚上回来，他都觉得凄惶。越是看见居延越觉得凄惶，让他生出自己正被这个世界抛弃的念头。居延不断地安慰和鼓励他，她说她都明白，当初她找不到工作时甚至觉得自己像条无家可归的流浪狗。这个比喻对一个女孩子来说已经相当严重了。居延说出来了。所以一切都会好起来。居延还说，唐妥你记不记得，我找不到工作时最害怕晚上，怕晚上回来时两手空空。我跟你说，要是没有晚上该多好啊，你回答说，那要怪下午，没有下午就没有晚上了。你还说，别苦着脸，都像个陶俑了。我那么难过都被你逗笑了。你不记得了？

唐妥真不记得了。居延的善解人意简直让他心碎，他感觉她距离自己越来越远。但他还是用浑厚的男中音跟她说："没问题，不就个工作嘛。面包会有的，牛奶会有的，一切统统地都会有的。来，今天我下厨，给你露一手。"

那天早饭过后，唐妥揣着几张"寻人启事"出门，打眼工夫又回来了。下雨了，回来拿雨伞。居延看看窗外，天灰着，雨点疏疏落落地掉。

"别去了吧，"居延说，"贴了也没用。"

她已经好多天不再贴了。城管也不让贴，见着了就说破坏首都形象，要罚款。就算城管没逮着，环卫工人一会儿也给扯了，等于没贴。最主要的，她已经没有那心劲去贴了。那个男人对她有那么重要么？春节之后这个问题像虫子一样钻进她头脑里，进去了就不出来，没事她就会问自己。没有他她居延不是活得好好的？而且每天做每一件事，都能清晰地感觉到自己在做，如同手指经过沙滩，她和她的生活切肤可感，一目了然；而过去，手指经过的是玻璃，什么都没留下，仿佛居延这个人不曾存在过一样。

"多贴一份总还是多一点希望的。"

"也就'希望'而已，"居延说，"我都快把这'希望'给忘了。"

唐妥还是去了，打伞骑自行车。刚走不久雨就变大，风也跟着起，雨线斜着扫到玻璃上。居延打电话让唐妥赶紧回来，他说没事，已经进了北大，贴完就回去。居延就在阳台上看着雨落，水在地上四散漫流，她又给唐妥打电话，先躲躲，停了再说。

雨一直没有停。一个半小时后唐妥湿漉漉地回来了，脚底下呱唧呱唧响，运动鞋里进了水。他没觉得雨有多大，从北大出来又去了清华，没想到衣服竟湿得差不多了。到海淀剧院那儿的十字路口，为躲一个闯红灯的小孩，一个急刹车，两脚撑地刚好踩水洼里了。真是倒霉都带个样子。居延让他赶紧换上干衣服，拖鞋拎到他跟前。唐妥的脚从鞋子里退出一半，停下了。居延蹲在一边说，脱呀，冷水里泡着好受啊？

唐妥吞吞吐吐地脱，只好自嘲说："不好意思，开始卖生姜啦。"

居延没听懂，看见唐妥的大脚趾从破了洞的袜子里钻出来才明白，是有点像块生姜。居延红着脸说："这有什么，谁没有生姜。"

"老是忘了买新的。早上那洞还只有米粒大。真的。"

"好啦，管你什么时候坏的。赶快冲个热水澡，小心着凉。"

唐妥洗了澡钻进被窝，四月里的冷雨立竿见影，鼻子已经堵上了。刚躺下就听见卫生间里哗哗的放水声，他问居延在干吗。居延说，反正闲着，顺手把湿衣服给洗了。唐妥赶紧叫唤，你可别随便学雷锋啊，我那衣兜里全是钱。臭美吧你，居延说，要不是那什么，给一麻袋金条我也不稀罕碰你那脏衣服。

那雨淋过唐妥就停了，第二天是个大太阳。唐妥睡一觉，捂出一身汗，跟好人一样。早上他去过北大和清华，骑自行车去找老郭和支晓虹介绍的朋友。有病乱求医，没准就撞对了人。上午和一个营销业老总谈过，下午接着和另一个做书的老总谈。唐妥来之前在网上搜集了一堆关于他的资料。该老板在北京的私营书商里排得上号，尤其这两年，从台湾和国外引进的几本精神鸡汤式的普及读物很替他长了脸。他的朋友在文章里写，此公头脑相当好使，早年在朋友圈中就以善于创造和引导潮流闻名。前几年他刚涉足出版业就断言，现在大家忙着赚钱都把自己赚空了，集体找不着北，信仰缺失，心灵枯竭，怎么办？补。他就四处物色可靠的补品，发现宗教信仰类的心得体悟挺合适，既有点品位又不过于高深，上及高级知识分子和金领、白领，下到家庭主妇、学生和社会闲杂人等，雅俗共赏。就集中精力做这一块，果然就找准了地方。

唐妥到那公司，正赶上该老总临时去出席个会，秘书让他在会客厅里等。唐妥就端着茶杯在会客厅的书架前转悠，老板回到办公室时唐妥已经喝了一肚子精神鸡汤。应该说相谈甚欢，唐妥好歹是个文化人。老总对唐妥的评价是：一个相当有想法的文化人。这就好，我会认真考虑唐先生的，如果不出意外，我可以提前和你握个手，合作愉快。

唐妥报以热烈的握手。出了公司看一下时间，居延这会儿应该上完课回到"宿舍"了。他给居延打电话，想跟她说，今晚咱们别做饭了，到"沸腾鱼乡"吃水煮鱼去。成不成都值得祝贺。

当时居延刚从超市出来，准备去附近一家音像店。下了课她直接去了家乐福，一口气给唐妥买了十双袜子，冬天穿的，夏天穿的，还有春秋穿的。买完了想起唐妥说过一部叫《西夏》的电影不错，写生活在北京的年轻人。唐妥也只是听说，去了几次音像店没买到，她打算顺路去看看。手机响了，她边走边接电话。迎面走来一个人，擦着她肩膀过去，居延本能地扭过头去看对方，那人正好也转过身来看她。黑框眼镜。尖锐的冰凉的眼光。刀削斧劈过的尖下巴。他对居延说：

"是你。"

唐妥在电话那头开心地说："居老师，你在听我说话吗？今晚咱们去'沸腾鱼乡'！"

"听着哪，"居延说，一瞬间心静如水，转过脸专心说话，"不准去！我要做一桌好菜，都是你爱吃的。咱们就在家里庆祝。"

作者简介

徐则臣，男，1978年生于江苏东海，北京大学中文系硕士毕业。著有长篇小说《午夜之门》《夜火车》，小说集《鸭子是怎样飞上天的》《跑步穿过中关村》《天上人间》《人间烟火》等。曾获春天文学奖、西湖·中国新锐文学奖、华语文学传媒大奖、《小说月报》百花奖等。部分作品被译成德语、韩语、英语出版。

他们漂泊在异国，人生的美好梦想在这里演绎着。文森特和阿依古丽的爱情纠葛，是情还是欲？金先生一贯的好色嘴脸后面，却也有助人为乐的热心肠。

信　用　河

陈　河

一

文森特在找到金先生的公司之前，天已开始下起了大雪。飘飞的雪花使他丧失了方向感，他转了好几圈，才找到那条叫 Atomic（原子能）的小路。往前走了大约五分钟，他看到了在河边的高地上有一座庞大的货仓。货仓的墙体是黑色的，屋顶积着白雪，看起来像是一座古代城堡。

他进入了建筑。里面十分空阔，由于照明的不足，堆满货箱的仓库显得深不见底。金先生坐在货仓前部的玻璃柜台前的一张高凳上，背后的墙上挂满了各种各样的面具和猎刀样品，初一看，他的样子很像一个印第安人的老酋长。一堆打火机散落在他前面的柜台上，他很专注地拿着液化丁烷气压缩罐往打火机里灌气。不知怎么的，那气体哧哧作响灌进去，又扑哧一下跑了出来，文森特闻到屋内的空气中充满了浓重的丁烷气味，他甚至看到金先生的眉毛上都沾满了丁烷气体结成的白霜。昨日和金先生通电话时，文森特根据电话里那有点苍老的南方口音的声音在心里描述过他的模样，现在看来倒是十分吻合。

"这些该死的打火机害得我好苦，整整五年我就在这里不停地给它们加气。"金先生咕哝着，然后抬起头看着文森特，好像有点吃惊地问，"你是谁？你有什么事？"

"我是来应试做工的，昨天和你通过电话。我叫文森特，姓高。"文森特说。

"你就是那个说自己会修理打火机的人？"金先生问。

"是。来加拿大之前，我是研究液体燃料和点火系统的。"文森特说。

"那你知道我这些打火机漏气的原因吗？能修好吗？"

"我想，大概是密封圈老化了。如果有配件，应该能修好。"

"那好！你就在这里干活吧。"金先生好像很受鼓舞，用上海话朝仓库里面喊着："彼得，张先生，你们过来一下。"文森特看见从仓库的深处有两个人走了出来，他们都戴着深度近视眼镜，脸色白皙消瘦，手上还戴着同样的猪皮劳动手套，看起来非常相似。金先生对文森特说："见过你的两个师兄，他们会告诉你怎么做的。"

和两个师兄见过面之后，文森特换上工作服戴上了手套，跟着他们进入了仓库内部。仓库又高又大，一排排钢制的货架直抵到屋顶。所有的货架上都整齐地码着货物。他们现在要干的活是把一个货架第三层的货挪到第五层上去。他们使用的是一个类似飞机舷梯的可移动的铁梯，张先生站在顶上，彼得在第三层，文森特在中间传送。箱子不是很重，包装很奇特，里面可能是纸盒，外边包着一层亚麻布，上面写着不知是印度还是阿拉伯的文字。文森特奇怪地看到有些箱子上的生产日期是一九八五年的，还有的是一九七六年的，都有好几十年了。他问彼得这些是什么东西？彼得说不大清楚，仓库里有好多类似这样古老的莫名其妙的东西，在没有人来买之前，他们也懒得打开看。金先生经常会叫他们把这些东西在不同编号的货架之间搬来搬去。

半天时间过去，文森特和他们有点熟了，知道他们和金先生是老乡，都是上海人。彼得姓程，是个化学工程师，原来在金山石化公司工作。张先生年龄要大好些，来加拿大时间也比较早，不过来这里打工比彼得晚。他原来是上海艺术芭蕾舞团的首席小提琴手，他妻子是跳《白毛女》的芭蕾演员。文森特发现张先生今天的心情很好，像有什么喜事似的，老是会哼着一段非常优美的旋律。这段旋律听起来很熟悉，文森特后来想起了，这是《红色娘子军》里那段"清华参军"的小提琴旋律。

金先生柜台上那些藏不住气的打火机是他六年前从广州进口的，数量有五万多只。那时他不到六十岁，自己还常跑到大陆去进货。有一天他在广州认识了一个四十来岁的做打火机的女老板。那女的和他一见如故，很快就有了肌肤之亲。本来他只计划在广州待三天的，结果待了两个礼拜。这批令金先生伤透了心的打火机就是从她厂里订购的。金先生告诉文森特：自从收到这批打火机，他对大陆就心灰意冷了。这样一个曾和他在床上如胶似漆的女人都会欺骗他，其他的工厂还能相信吗？金先生说他一直想把这些打火机卖出去，每天都给它们充气。可是卖出去多少退回来多少。由于他把大量的时间花在了这些打火机上，以至于没有心思照看其他产品，整个生意都因此冷落了。

不过照文森特看来，金先生的批发生意还是不差的。这里是多伦多一个批发的仓库区，有几十家批发公司挨在一起。金先生经营的产品有很多种，有非洲来的面具盾牌，也有希腊土耳其的陶瓶、北美印第安人的羽毛制品和爱斯基摩人的鲸鱼骨雕刻。除了这些还有打火机、胶卷、电池、灯泡、剪刀之类的日常用品，主要的客人是来自西皇后街的古董店和一些前卫的出卖稀奇古怪的纹章图案的礼品店。这里的客人大多数是印度人韩国人，也有白人犹太人，偶尔也有黑人和香港人。金先生和大部分的客人都很相熟，有说有笑。有时聊得开心了生意都忘了做。一次金先生和一个名字叫玛雅的犹太人在讨论一句英语粗话"fuck you off"的中文说法。金先生一下子想不出来，彼得和张先生在一边也答不上。文森特突然想起了一句话，脱口而出：去你妈的！金先生大喜，连说对极了，就是"去你妈的"。犹太人玛雅也很快学会了这句中文。第二天来了见到金先生就开口大喊："去你妈的。"他说这句话好记，和英文单词"cinema"（电影院）发音相似。

文森特的两个师兄性格各异。小提琴师张先生没事的时候喜欢独处冥想，而迷宫一样的仓库给他提供了很好的条件。除了干活，大部分的时间他都隐藏其中。彼得则有点像绍兴师爷，喜欢说话。彼得长着张小白脸，记性过人，善于揣摩金先生的心思，所以深得金先生的欢心，付给他的工钱也比给文森特的多好些。比如在金先生用过餐之后，他会为金先生递上一支牙签，端上一杯热茶或者咖啡；在金先生走出洗手间忘记拉上裤裆拉链时他会提醒 zip down（拉链掉了）！还有他那些八卦新闻也会让金先生乐个不停。他会说隔壁那家巴基斯坦公司的老板娘玛丽安娜的屁股太圆低腰裤包不住啦，说包养一个女留学生只需一千多加币啦。那时常有一个名叫安妮的香港老妇女来买货，金先生一见她就会眉开眼笑："哎呀呀，古井来啦，古井你好吗？"彼得也会在一边帮腔："古井啊，金先生想你啊！什么时候可以让他吃吃你的豆腐呀？"安妮被叫作古井也不会生气，照样细声细气笑嘻嘻说话。文森特开始并不知道为什么叫安妮为古井，后来才知这是香港人戏称老女人的话。金先生年轻时住在香港，对香港的俚语很熟。文森特觉得用"古井"来形容老年妇女真是极其残忍又生动，心理和生理方面都很到位。有一天金先生和彼得在讨论这"古井"两字是否应写成"枯井",争执不下而脸红耳赤,叫文森特评定。按文森特的意思,还是"古井"两字意味深长。不过,以后看到古井贡酒,文森特就会联想起老女人的气味,不想喝了。

不久后的一天下午,文森特看见有一个年轻的女子推门而进。金先生和彼得远远一看到她,就欢呼起来。这次来的可不是一口"古井",是个漂亮得像戈壁滩上的清泉似的姑娘。事实上,她就是一个新疆人。文森特第一眼看见她时,以为她是个波斯人或者亚美尼亚人。她向着金先生快步走去,迎面就来了一个深深拥抱,然后和彼得象征性地也拥抱了一下。文森特当时站得比较远,可她还是礼貌地向他送来眼波,微笑着用普通话说:"你是新来的吧?"文森特点点头,周身有一种麻木的感觉。新疆女对他的这一微笑像是一支毒箭射中了他,不过这时候箭毒还没发作,他还没觉得一点痛楚。文森特看着金先生紧紧拉着她的手,和她贴着身体靠在玻璃柜台上亲密地说着话。彼得知道这时没他的份,识相地站到了一边。文森特问彼得:"她是什么人?"彼得说她原是新疆民族大学的学生,作为交换学生派到这边留学后就留在了这里。她没有正式的工作,前些日子在做人寿保险,经常来这里推销保险,顺便她还会在这里进些电池胶卷之类的东西转卖给别人赚些小钱。她的名字叫阿依古丽。文森特看到阿依古丽的脸和头颈像羊脂一样的白嫩,褐色的眼睛水汪汪,头发有点棕色,不知是染过还是天然的。室外天寒地冻,她进来时穿着厚大衣。室内的暖气温度很高,所以她的脸有了两块红晕。她把防雪大衣脱了,只穿着一件薄薄的羊毛衫,那粉红色的羊毛衫很紧身,能看到她的胸脯丰满地鼓起来。金先生这时一定已经闻到了她身上热烘烘的气味,竟然抚摸起她的小臂。阿依古丽没有回避,还把脸迎过去,好让自己领口开得很低的胸部气味直接喷进金先生的鼻子。文森特不知为何有点很不舒服的紧张感觉,心跳加快。

然后文森特听到了阿依古丽开始说话。她的国语带着一些维吾尔族人的口音。她对金先生说:现在地球的石油资源很快就要开发完了,中东的产油国又老是有战事,所以明年的石油气价格要大幅上升。只有她现在工作的 Energy Direct 公司在阿尔伯塔省有自己的大油田,可以供应平价的天然气。彼得推推文森特,说:"瞧,变着法子来了。以前推销保险,现在推销天然气。"文森特听着她说下去。她对金先生说现在和 Energy Direct 公司签一个合同,可以保证五年的天然气价格不变,非常合算。金先生色眯眯地傻笑着，口水都差点挂在嘴边了。此时别说是签一个天然气合同，就是签一个把他自己卖身变成奴隶的契约也不会犹豫。他还朝彼得喊道：

"你看怎么样？很合算的，你也来签一个吧。"

"我住的是出租公寓，有什么好签的。"彼得应道，转而低声对文森特说："合算个屁，过几天就会知道吃大亏了。"

在金先生签过字后，阿依古丽站的位置离金先生远了一些。这时来了几个犹太客人，金先生忙着招呼他们，阿依古丽就溜开了，走到彼得和文森特这边来。

"你的手段真厉害。"文森特非常生硬地冲她说。他的心还跳个不停。

"你这是什么意思？你怎么这样说我？"阿依古丽的脸涨得通红。

"别听他乱说！"彼得赶紧安慰阿依古丽，"不就是签个天然气合同嘛，有什么大惊小怪的？阿依古丽，我给你介绍一下，这是新来的文森特，东北男人，不懂规矩。阿依古丽，你什么时候开始做这活的？"

"一个多月以前吧。"她说，"你知道，现在做人寿保险的人太多了，我只好再做点别的。"

刚进来的几个留着胡子穿着黑色衣服戴着黑礼帽的犹太人是金先生的重要客人，金先生不敢怠慢，陪他们聊上了劲，把阿依古丽暂时忘记了。所以阿依古丽和彼得、文森特躲到了一排货架后面，也聊起天来。阿依古丽说着自己上周在北约克区一带推销天然气合同的事。在居民区推销通常在晚上进行，因为这个时候屋子的主人下了班都在家里。上个礼拜一直在下雪，阿依古丽冒着雪一家挨一家敲着门。她发现在大雪天做石油气推销效果不错，因为屋里的主人面对着门外在雪中的推销员，会感到取暖用的天然气是多么重要。这个晚上阿依古丽访问了几十户居民，签下了六份供气合同。但她最后在布满树林和积雪的居住区小路上迷失了方向。她踩着冰雪沿着小路向前走，防寒衣服上也落满了雪。后面有一辆马力巨大的铲雪车轰轰隆隆开过来，那司机坐在高高的驾驶台上，没看见她，差点把她和雪一起铲走了。

"我吓坏了，转过身子挥舞着手惊叫。那司机才发现前面有人。他说从来没见过这么个雪天夜晚里会有人在雪中步行。后来他让我坐上他的铲雪车，还让我喝他的热咖啡，把我送到了 TTC 公车站。"阿依古丽说着。

"真的很危险啊！要是那司机没发现你，把你和积雪一起铲走堆在路边，谁也不会发现！"文森特说。

"是呀，人们会以为我失踪了。不过我在这里也没什么亲人，人们会很快忘记我。大概到了明年春天积雪融化的时候，人们才会发现我还冰冻在雪堆里。"阿依古丽说。

"怪辛苦的。干吗那么拼呀？"彼得说。

"你们不是也一样吗？"阿依古丽说。她笑了笑，接着说："今天外边雪大着呢，你们两个谁有车？下班时能否捎带着我回家？"

彼得有车。文森特前些天已在一个车行里看中了一辆车，还没买下，所以下班时阿依古丽坐上彼得的车消失在大雪中。文森特觉得心里有点沉沉的。他想，他得快点去买一辆车，二手车也行。

二

文森特来上工的第一天张先生忍不住开心地哼起"清华参军"的旋律是有原因的，因为他可以把给金先生洗碗的差事交给新来的文森特了。这里的规矩就是这样，新来的要给金先生洗碗。刚开始时，文森特很不爽，有一种深深蒙羞的感觉。如果你在餐馆洗碗那倒没事，那是一份工作。可你为某个人洗碗，就会有一种仆人或家奴的感觉。起初那些天，面对着金先生用过的一大堆油腻的发着浓重咖喱气味的饭盒，他就会想起韩信的胯下之辱，想起苏武牧羊，想起喜儿她爹杨白劳。他把那些饭盒泡在水里，打上洗洁精，用海绵搓起很多的泡沫，然后用热水冲洗，那些脏饭盒最后才变得干干净净。日复一日，他略显浮躁又沾着点虚荣的心态也变得像那些饭盒一样干净了。他开始获得了一种北美的心平气和。他想：我为什么不能为金先生洗碗呢？他是个长者。为长者折枝，有何不可为呢？有一次，金先生抱怨说，他洗的饭盒不够干净，拿回家发现还有油腻。文森特诚惶诚恐地接受了批评。打那以后，他就会把那些塑料饭盒当成凡尔赛宫的高脚水晶酒杯来小心翼翼反复洗涤，反正洗多久金先生都付他工钱。

自从那天见过阿依古丽并和她有过简短的交谈之后，文森特觉得精神上起了一种变化。起初，他把到金先生这里打工看成是临时性的事情，主要是熟悉情况，下一步他会准备去找和自己专业对口的工作。但在见过阿依古丽之后，他突然想留在这里了。他的心里像是掉进了一粒种子，种子慢慢地湿润，膨胀了。阿依古丽从那天后没有再来，文森特好几次想问问彼得阿依古丽通常是隔多久来一次的，可就是不好意思问。他很想知道那天彼得在大雪里送她回家一路上的情况，可恨彼得这家伙再也没提起这件事。有一天，他突然听到金先生和彼得在大声谈论阿依古丽。金先生有点激动，说自己收到了这个月的阿依古丽公司的天然气账单，比原来的账单价格要高出三成。他说自己受骗了，下次阿依古丽来了一定要痛骂她一顿。彼得凑着文森特的耳朵说："谁叫他这么花心，老牛还想吃嫩草，活该！"可是文森特却没有彼得那样幸灾乐祸的心情，反而心里不是味道，好像自己是阿依古丽的同谋似的。他担心阿依古丽以后再也不会来了。她肯定知道账单的价格，谁会自投罗网挨金先生的臭骂呢？

又过了好些日子，阿依古丽一直没有消息。文森特时常会想起她。不知怎么，一想到她，他就有一种血流加速的感觉，会感到温暖和幸福，其中又掺杂着淡淡的伤感。这样的感觉在他二十岁之前常常会有，后来就不再出现了。他静下心时，就会想起阿依古丽描述的在雪地里面对着一辆巨大的轰隆冲来的铲雪车时的情景。他庆幸那个开铲雪车的司机总算在大雪中看见了一身雪白的阿依古丽。故事的结局还算温馨，她上到了铲雪车的驾驶室，还喝上热咖啡，司机送她到附近的公车站。文森特在见过阿依古丽的一个礼拜后，就买了一辆二手的福特车。现在，他每个晚上会开车去接他在一个酒吧上班的妻子刘晓烟回家。不过他常想着：哪一天他会用这辆车子送阿依古丽回家呢？

他再次见到阿依古丽的时候，已是两个多月后。天气已转暖。多伦多多雪的冬天还没结束，郁金香黄水仙苹果花都争先开放了，然后夏天马上接踵而来。阿依古丽今天已穿起了轻快的单衣。文森特看见她进来时，激动得心跳不已，脸都红了。他有点紧张，怕金先生会对她发飙。可他看到金先生满脸堆笑，骨头好像都软了，早把天然气的账单忘到了九霄云外。阿依古丽说今天不是来推销产品的，是特意来看望金先生的，顺便自己来买一些电池和胶卷。她和金先生说了很多话，好像在谈论一件事情，不过文森特听不到谈话的内容。文森特注意到她来的时候已是下午四点来钟，看样子她有可能会像上回一样搭他们下班的顺风车回家。由于今天彼得休息，送她回家的任务自然落到了他的头上。阿依古丽对于文森特这辆银色的美国福特车保持得这么整洁显得惊讶。她不知文森特为了等着她来坐车，每天都把车擦得发亮。文森特总算等到了这一时刻。开始时文森特有点拘谨，他生性腼腆，不像彼得那样话多。好在这天高速路上堵车，延长了他们在一起的时间。在后一段路，他们的交谈顺畅了一些。文森特知道了她现在的身份还是交换学生，只有学生签证，所以不能找正式工作。她正在托律师办移民手续，不过办移民身份很难。为了这些事，她很犯愁。她刚才和金先生说的也都是这些事。

文森特把她送到了住处。这是 Yonge Street 后街的一座高级公寓大楼。外围有大花园，楼宇十分气派。阿依古丽笑着说这不是自己的房子，她是借住在一个朋友家里，是新疆老乡。公寓门口有保安，出入门要刷卡，来访者要看证件。因此文森特只能在公寓门外和她说再见。文森特问是否可以有她的电话号码，阿依古丽说自己没有手机，住家的电话是人家的，号码不便透露。不过她说以后还会来金先生的仓库，他们还会见面。

文森特略觉失望。但他能感到他和她已经有了一种默契，第一步已经迈出。她的电话号码早晚他会有的。

一周之后，阿依古丽再次来到了货仓。与上次相隔几个月时间来一次，这回间隔的时间明显缩短了。尽管她进来后一直在和金先生说话，没有和远远在仓库里边干活的文森特说话，但文森特能感觉到她这次来访一定是和他有关系的。他只觉得从腰际间有一种特别幸福的感觉慢慢升上来，生理学称这是肾上腺素活跃的现象。这些天来，文森特正在配置一批猎刀的发货单。金先生最近接到蒙特利尔一个户外运动公司的大批猎刀的订单，积压在货架上多年的一大批猎刀开始陆续发出。现在文森特知道了这些猎刀产自巴基斯坦北部山区一个村庄，那里没有电力，所以猎刀全是手工做的。这些刀子带着骨质的雕着花纹的刀把，套着兽皮做的刀壳，样子十分古朴。文森特摸着沉沉的刀子，会想象着那个雪山上村庄里制刀人的模样，也许他是个穿着长袍头上包着白布，留着浓黑的胡子的人。文森特想着制刀人伴着熊熊炉火，手持铁锤将暗红的刀坯锻打得火星四溅。而在他的身边，一个蒙着头巾的山地女子默默地为打铁炉拉着风箱。这个想象让文森特感到愉快，其实这个白日梦里铁匠是他自己，那个拉风箱的蒙面女人是阿依古丽。而现在，他看见了阿依古丽，听到了她的声音，不是在想象中的巴基斯坦雪山上，是在现实中的仓库里。阿依古丽就站在离他不远的地方，在这个建筑里边！他和她心里已有一点灵犀。她和金先生说了一会儿话，又采购了些小东西。然后自然而然地，在下班时，她再次坐上了文森特的车。

"不好意思，又麻烦你了。不过你应该知道，我为什么来的。"阿依古丽说，她的眼睛深得像水潭，荡漾着波光。

文森特点点头，这时他真的很想揽住她肩膀摇晃几下，可惜此时车子飞驶在 401 高速路上。柔情一阵阵涌上心头，人生原来是那么美好。他说："今天你总不会像上次一样，到家了就走进公寓，让我好不难受。"

"今天你想怎么样我听你安排。"

"我们去吃顿饭怎么样？"

"你胆子不小哦，你老婆不等着你回家吃饭吗？"

"她在酒吧上班，到半夜才下班。"

"那你在半夜到来之前都是自由的啦？"

"差不多是这样吧。"文森特说。他感到腰际的肾上腺素又升高了。

"那好吧，我们就去吃饭吧，吃点快餐好了，晚上我还有工作要做。"

文森特把车开到 Swiss Shally。这个快餐连锁店比起麦当劳、肯德基稍微要高档点，在座位边有衣帽架。文森特看着阿依古丽脱下外衣，挂在衣架上，于是他又一次看到了只穿着薄羊毛衫的她。这件粉红的内衣有点紧，使得她的身体看起来像游艇一样有曲线。座位是火车座，有点窄，他们对面坐着时，两只腿交叉着会互相顶着。文森特这时闻到了阿依古丽身上发出一种气味，这种气味和文森特所熟悉的女人身上的气味完全不同，不是香水味，完全是一种身体的挥发味，这是一种异族女人的气味！带着一点热烘烘的羊膻气和奶酸气。这种气味让他想起了草原上白云似的羊群，想起了毡包里的热奶茶。

他们点了两份烤鸡，一份炸土豆，一份蔬菜沙拉，还有两杯可乐。文森特看着阿依古丽的眼睛。新疆人的眼睛是褐色的，看起来深不见底。但文森特看出了有一丝忧郁。

"你的家在新疆什么地方？在吐鲁番吗？"

"不，在一个小地方，叫莎车，在塔克拉玛干沙漠的西边，离喀什有两百公里的路。"

"听起来很遥远哦，那里长哈密瓜吗？"

"没有。哈密瓜长在南疆。我们那边长葡萄，我们家的葡萄就长在沙漠边上，用的是坎儿井从地底下汲出的清泉水。以前交通不方便，新鲜的葡萄运不出去，我们那里的葡萄大部分做成了葡萄干。在村子的南边有一个高地，那里建着好多个风干房。从葡萄园采下的葡萄会挂在架子上，风干房的窗子向着沙漠方向开着，从南边沙漠吹来的干燥的风带走了葡萄的水分。大概半个月时间，新鲜葡萄就成了葡萄干了。"

"你在葡萄风干房里做过事吗？"

"我小时候跟妈妈去过风干房。我至今还能想起风干房里带着酒味的葡萄香气。那时我还太小，干不上活，就是坐在窗台上看着远处的塔克拉玛干沙漠发愣。沙漠无边无际，全是些起伏的沙丘。不过我能看出这些沙丘过些日子会发生变化。有的消失了，有的是新冒出来的。这是因为大风把沙丘搬来搬去。"

"沙漠上是不是有很多骆驼？"文森特问。

"骆驼是有的，可我并没有看见驼队在沙漠中走过。人们都说塔克拉玛干沙漠以前有条丝绸之路，说成千上万的商人和骆驼从这里经过。那时我在风干房里看着沙漠，总是会想着这些事，想着有一个去远方的驼队会走过这里，带着我前往我难以想象的异国他乡。"

"后来你是怎么出国的？"文森特说。

"后来我长大了，上初中时我去了喀什，高中时来到乌鲁木齐，后来考上了新疆民族大学，然后又来到了多伦多。我一直是特别的幸运，什么好事都能轮到我。但是现在，我发现我的运气已经消耗得差不多了。每个人一生中大概都会有一些运气，只是有的人来得早，有的来得晚些。"

"这怎么说呢？"

"不想说了，第一次和你吃饭就说这些，没劲。说说你吧，你怎么出国的？"阿依古丽说。

"我是西北运载火箭实验室一名数据工程师，学的是液体燃料专业。可事实上我不喜欢火箭，也不喜欢液体燃料。我大概是个爱幻想的人，爱想一些不存在的事情。比方说今天在你来到之前，我在仓库里做猎刀的订单，就幻想着自己是个在雪山上制刀的铁匠，把你想成是拉风箱的女人。"

"你真逗，要是能看见你的梦境是什么样子一定很有意思。不过我愿意自己是拿锤子的铁匠，你去拉风箱好了。"阿依古丽开心地笑着。

"我年轻时，有一首歌老是会让我感动，那是齐秦的姐姐齐豫唱的《橄榄树》，其实那歌还是三毛写的。我听到这首歌，心里就会难受。后来三毛自杀了。我的心里觉得更加难受。我总会想着要到远方去，去寻找那棵梦中的橄榄树。"

"你梦中的橄榄树和我想象中的驼队一样都是虚无的东西。"阿依古丽说。

"是的，为了这虚无的树，我来到了多伦多，只是我并没有看到什么梦想中的神奇。"文森特说。

"多伦多哪里有什么神奇啊！只要能 survival（生存）下去就很好了。"阿依古丽说。

"神奇的事情会发生的，只要你相信它的存在。"文森特说。

"你真乐观。和你一起吃饭很开心，不过我得走了。我还要去工作。"阿依古丽说。

"现在就走吗？不能再坐一会儿吗？"文森特有点不舍。

"你晚上还有事吗？你说的半夜之前有空是指几点钟啊？"阿依古丽说。

"应该是一点钟吧。一点钟我要去接太太下班。"文森特说。

"那你能再帮我一下忙吗？把我送到橡树山庄一带，我今晚要在那里推销天然气。"

文森特毫不迟疑地答应了。想到今晚可以和她待到半夜，他有一种意想不到的愉快。妻子这段时间还在上班，所以他没有什么可顾虑的。

晚上开车和白天的感觉不同。白天开车是为了干活，而现在，他觉得开车是和一个迷人的女人去幽会，尽管阿依古丽还捎带着去推销的任务。车子在高速路上行驶了一段后，下到了安大略湖路。安大略湖路是多伦多西边一条靠着大湖堤岸的古老的道路，路边的高等住宅有着各种不同的风格，有开阔的草坪，浓密的树荫。有很长的一段路，紧贴着波光粼粼的安大略湖。在这个湖的对岸是美国的新泽西州。

在一段房子比较密集的地方，阿依古丽让文森特停了车。她说这里住着一些有钱的老人，虽然他们很富有，但对一切省钱的事还是很有兴趣。

她在胸前挂上了 Energy Direct 公司的工作牌，背着工作包，手抱一个文书夹，走出了车子。她说现在她要挨家挨户去按门铃。她相信今天会有好运气。

文森特坐在车里，目送她消失在树丛中。他已看不见她的身影，但是能看到不远处有一座房子的门廊的灯亮了。他知道这是屋里的人被她的门铃声叫起的。那盏灯很快就关掉了，看来那屋主毫无兴趣。又有一盏灯亮了，这回灯亮了很久。文森特想她现在一定又在说那些地球石油开采完了，中东要打仗了，油价要飞涨了的这些推销话语。他希望那灯光能亮得长久些，这样她签到合同的可能性就会大些。

这个时候月亮已经从安大略湖上升起来了，给湖面涂上一层银色的亮光。文森特想起自己已经有很久很久没有注意到月光了，上一次看月光的时间他已经无法想起了。日子总是那样充满了焦虑，让你即使面对着月光也感觉不到一点感动。每天早上，他总是会被一种莫名其妙的压力弄醒，觉得心头发堵，以致再不能重新入睡。但是今夜，湖上的月光让他心里的紧张压力稀释了不少。真的，他感到皎洁的月光如泉水一样荡涤着他充满灰尘的心灵，那真是一种十分奇特的感觉，只觉得什么都洗去了，只在心里留下了一股强烈又美好的情欲。大约一个小时后，阿依古丽回来了，钻进了车子，像一只回到窝里的鸟一样放松了下来。文森特问："签到合同了吗？"她说："签了三个。"文森特说："让我抱抱你，庆祝一下。"她说："好吧，你来吧。"文森特从驾驶座里侧过身体拥抱了她，把她拉到怀里，不再放开。在他发现她没有反对的时候，他开始轻轻抚摸着她的后背，然后吻她的脸颊。文森特是个有经验的男人，十分细腻地对待着怀里的女人，让她在不知不觉中完全放松了下来。他没过多久就把手转移到了她前胸，然后吻她的唇。他闻到她的嘴里发出一种葡萄酒似的香味，这表示她开始兴奋了。他的意识里浮想起了她下午告诉过他的那些塔克拉玛干沙漠边的葡萄风干房，那一串串沉甸甸悬挂着的葡萄就如女人丰满的乳房。塔克拉玛干沙漠干热的风吹过了他们的身体，远处有海市蜃楼一样的商旅驼队，还有那一片虚无的橄榄树林。他们开始了，一切是那样自然，就像是干活累了喝一杯啤酒一样自然。文森特本来以为追逐阿依古丽会是一个漫长的过程，想不到事情会发生得这么快，这么容易。现在，在多伦多，在他的妻子之外，他有了一个女人。他知道这是一件严重的事。但这事已经发生，就像一支射出的箭，再也无法收回。

三

十二点半，文森特来到了圣克莱尔路，停车在一个叫西西里的酒吧外边。这里是意大利人聚居的街区，意大利人爱喝酒聊天，所以这一带有很多的酒吧。文森特的妻子刘晓烟本身是初中语文教师，英语有点基础，所以一到多伦多没多久就开始了在这个意大利人开的酒吧当招待。酒吧的生意主要在夜晚，但加拿大有严格的法律，一过夜里十二点，酒吧就不能卖酒给顾客。因此酒吧在凌晨一点都会关门。

文森特到达时酒吧还没关门，他还得等些时候。他把车窗打开了，换换空气。他总觉得车里还留有阿依古丽的气味，怕刘晓烟会觉察到。在酒吧外等了十几分钟，他看到刘晓烟走出了酒吧，就提前把车发动了。她不声不响打开车门钻了进来。文森特说了声："下班了？"她应了声："唔。"文森特一踩油门车就开走了。

他们之间的话不是很多，就那么几个字还是废话：不下班了怎么会走出来呢？不过他们结婚多年来关系很和睦。话虽不多，可从不争吵。好些事情凭肢体语言互相就能够搞明白了。刘晓烟相貌平平，戴副近视眼镜，多年来一直剪着像鲁豫一样斯斯文文的短发。她是个持家节俭的女人，当初文森特和她商量移民加拿大的事，她一点也不感兴趣，不想来。但是一旦来到了加拿大，她马上出去找工作。起先在一个冷冻厂切鸡块，后来转到了这个酒吧工作。她对待工作十分尽职，这个酒吧的老板年事已高，对她很信任，晚间酒吧里所有的事都交给她料理。

很快就到了家。他们租的是一套一室一厅的廉价公寓。已是深夜，洗过澡，他们上床入睡了。文森特没有像以往那样放松地舒展着身体，而是肌肉僵硬地缩着四肢。他屏住呼吸，在黑暗中睁着眼睛，细心地倾听着妻子的呼吸声。他觉得如果她的呼吸变得很慢，很深，那就表示她睡着了。他这时非常害怕妻子会转过身来，扳过他的身体要做那事。今晚他和阿依古丽火热地做了三次，只剩下空空的行囊，再也交不出公粮。可是他一直捕捉不到妻子的呼吸声，难以断定她是睡是醒。文森特总觉得她今晚脸色有点难看，好像对他不快，是否她察觉到了什么？文森特一动不动躺着，只听得时钟咔嚓咔嚓地走动。文森特突然想起：其实妻子已经很长时间没有和他有那事了。上一次大概已经相隔一个多月了。在到达加拿大之后，他的性欲明显减退了。他在报纸上看到说：压力会造成人的性欲减低。他深切地感受到了这一点。但是，今晚和阿依古丽他却极其兴奋，一次刚过，第二次浪潮又接了上来。直到现在，那种快感还在身体里余音缭绕。

过了好久，妻子还是没有呼吸声，也没动静。文森特小心翼翼地轻轻转过身，突然看到妻子的眼睛还睁着，在黑暗中看着他。他周身起了一层鸡皮疙瘩，只觉大难临头。

"你还没睡？"刘晓烟问他。

"快睡着了。你呢？"文森特镇静着说。

"睡不着，想跟你说个事？"

"什么事？"文森特觉得她一定会问他和阿依古丽的事。她怎么知道得这么快呢？

"我们还有多少钱？"刘晓烟问了个奇怪的问题。

"半夜三更问这干吗？"文森特说，松了好大一口气，"有多少钱你比我清楚。大概两万加币不到吧。"

"有这么一件事，我的老板想退休回意大利去，要把酒吧卖掉。他开价是二十万加币，他说我要是愿意买的话，他会降价百分之三十给我。"

"你知道，我们没有那么多钱。"

"是啊，我知道我们钱不够。我只是觉得这是个机会，可惜我们没有钱。"刘晓烟说。

"你觉得那个酒吧生意很好，很挣钱吗？"文森特说。

"我觉得还行，每天客人很多的。明年又会有世界杯足球赛了，听说世界杯的时候酒吧的生意会特别红火。"刘晓烟说。

"可我们还是没那么多钱啊。"

"要不我们把国内的房子卖了？"刘晓烟说。

"那房子值不了多少钱。我们凑不到那么多钱的。"

"也许我们可以想办法向人家借点钱。向朋友借，我认识一个人，也许他会借给我。"刘晓烟说。

"什么人那么有钱？"文森特觉得奇怪。

"是个意大利人，常来喝酒的客人。他说过愿意帮助我。"

"我不喜欢意大利人。算了吧，该睡觉了，明天再说吧。"文森特说。

"还有一件事情要告诉你。"刘晓烟忽然温柔起来，一只手臂搭在了文森特的身上。文森特打了个冷噤。

"什么事情？"他说。

"是这样的，我的老板下个月要放我十天假，让我跟旅游团去古巴旅游，费用他来出。"刘晓烟说。

"你的老板怎么会这么好？不会有什么用心吧？"文森特说。

"好什么？还不是我用心照料他的生意，他觉得满意罢了。"

"那你好好去玩吧，我会自己照料自己的。"文森特觉得这件事情还不错。他想着刘晓烟不在的时候，他就有更多的时间和阿依古丽在一起了。

第二天上班，他看见金先生又在给打火机充气。这一批打火机的外壳形状设计成了裸体的女人，点燃时两个乳头有红灯亮起，要不是漏气的原因老早就卖完了。金先生拿着那个大号的丁烷气瓶，用它的尖嘴部分刺进打火机尾部的加气孔，然后只听到一声扑哧的爆响，发出一团白雾。这个动作看起来有点像昆虫交尾，不，哺乳动物的交配动作也是这样。不知道金先生这么多年一直重复着这件事，是不是心里想着那个广州的打火机厂女老板？文森特前些日子已经检查过打火机的燃料箱，确定问题就在密封圈，建议金先生去大陆邮购配件。可是金先生给那个女人写的信总是不见回音。

在略显黑暗的货仓内部，彼得、张先生、文森特三人的工作组合正在一架楼梯上搬运货物。从严格意义上讲，金先生是个图书管理学家。在他的办公室的墙上，挂着三张学术文凭。一张是香港的；一张是加拿大京士顿皇后大学的；还有一张是世界闻名的埃及亚历山大图书馆学院颁发的，他在那里学的是古典书籍分类学。金先生后来做了生意，没有当上他梦想过的大型图书馆馆长一职。但他把古籍管理的法则运用到了仓库管理上。根据金先生预先制定的日程，文森特他们今天的任务是把 AJ432K 号上的货物移到顶层的 T0678S 货架上。彼得站在顶层，文森特在中央，张先生在地面。三个人不声不响干着活，看起来和往常没什么两样。但是实际上，这个三人组合的各个成员却各自发生了一些情况。张先生在这里已干了五年，已经完成了他在货架之间的沉思默想。他实际上已很富有，在周末他教人拉琴的收入远远超过他在这里打工的收入。他在这里打工只是为了他那些没有申报的现金收入找到一个收入根据，而他的太太教人跳芭蕾舞的收入据说也很高。现在，他正准备着向金先生提出辞工。在以后的日子里，他可以专心拉琴，或者到安大略省北部茂密的森林里沉思默想。彼得看起来没有动静，可平静的水面下会藏有湍急的潜流。他已经把这里所有的客户信息都记录在一个小本子上，准备时机一成熟就自己跳出去做。而文森特将要面临的变化，则是不确定的。

刘晓烟近来一直热衷于买酒吧的事，让文森特感到困惑。在刘晓烟刚开始工作时，他曾经进入过这个酒吧喝过一次酒。酒吧看起来挺漂亮的，大概有四十多个位置。吧台的上方挂满了玻璃酒杯，柜子上是各种各样的洋酒。这里的酒卖起来很贵，一瓶不到一加元的啤酒，要卖到五个加元。生意看起来不错，在昏黑的灯光下，男男女女们坐在那里安静地喝酒，不像中国人那样要下酒的菜。文森特有一天来接她，时间还早了点，于是自己也进去喝了一杯。那天他坐在一个暗处的角落，看着在灯光明亮的吧台上倒酒的妻子，突然发现她的样子很漂亮。她的头上包着一块布头巾，还是戴着那副无框眼镜，端着盛满酒杯的托盘快步走向一个个昏暗的座位。文森特的目光尾随着她的身影到达每个角落，有时会看到她在那些座位边站立很久。但是他无法看见那些暗影憧憧的位子上坐着的人的面貌，是白人还是黑人或者是女人？刘晓烟为什么要在那些座位边站那么久？那一时刻他突然想起了很小时候见过的一张画报照片。画报是在他爷爷的柜子里找出来的，爷爷解放前在轮船上当水手。那是一份外国的画报。那张照片不大，插在写满英文的文章中，是一个卷发的白人女子和一个穿西装的白人男子半身像。那女的穿着低胸的衣服，看起来胸部很大。她的神态好像是在娇艳的迷幻之中，边上的那个男人拿着一把调羹，正往她嘴里喂一种白色的东西。文森特那时候大概是六岁，尽管他一点不懂这幅画的意思，但还是产生了性欲的冲动。他觉得那个女人显得那样醉眼迷人，一定是和男人喂给她吃的调羹里的东西有关。那调羹里的东西是什么他却无法理解。

文森特那天突然想起这件久远的事可能跟最近他看到的一条消息有关。他在报纸上看到，多伦多市政府通过了一条地方法规：将允许女客人在酒吧喝酒时带着自己的酒杯上洗手间。这个条例看起来有点费解，实际情况是这样的。在加拿大，在公共场所喝酒受到很多的限制，比如公用洗手间内就严禁喝酒。但近来在酒吧发生很多起案件，男客乘女伴上洗手间时在她的酒杯里下了一种性迷药。女伴喝过有迷药的酒之后，就会难以自制地和男方发生性关系。多伦多政府的法令正是为了保护这些女客的安全而制定的。

总而言之，文森特对于酒吧的印象很不好。他觉得奇怪，刘晓烟向来比较守旧，规规矩矩，不喜欢冒险，现在怎么会对酒吧生意这样感兴趣？刘晓烟曾经反问过他：你不喜欢开酒吧，那你喜欢做什么？文森特无言以答。是啊，他喜欢做什么呢？在大学数学系读书时，他不喜欢数学。毕业后到科研单位工作，他不喜欢科研。到了加拿大，他一时找不到白领的工作，在金先生这里做体力工还兼带着给他洗碗，他当然不会喜欢这份工作。很多新移民在做着暂时的体力工的同时会努力读书争取找到专业的工作，而文森特连这样的愿望也很淡薄。他究竟是一个什么样的人？看看他的英文名字"文森特"的来源也许可以发现他内心的一些秘密。在二十世纪八十年代末中央电视台有一套"正大综艺"节目，节目后会跟上一集美国的电视剧。有段时间是《鹰冠庄园》，后来是《侠胆雄心》。这个电视剧的女主角是个叫凯瑟琳的记者，男主角则是个生活在下水道里的人身狮面的人，名字叫文森特。那时他几乎一集不落地看完了这个肥皂剧，后来又忘了个干净。但是在移民到加拿大后，在需要起一个英文名字时，他毫不犹豫地想起了这个名字。深究他的内心，他其实有着一种隐藏于大城市下水道的狮面人的梦想。这种梦想一直潜伏在他内心的深处，让他难以安宁，以至会远离家乡移民到了北美。

对于当酒吧老板没有兴趣，但是他对于一件事却十分向往。在他刚到多伦多不久，去过一次尼亚加拉瀑布边上的 casino 大赌场。那辉煌的气派，金钱如流水一样滚动的场面让他十分兴奋。他产生了冲动，不是想去赌钱，是想成为赌场里的 dealer（持盘人）。他不知为什么对那些头发梳得发亮、穿着黑色马甲的 dealer 这样有好感。那天他在赌二十一点纸牌的牌桌上和一个 dealer 玩了好几把牌，他马上感到如果他把各种牌的排列组合用统筹数论分析一下，会找出一种胜算概率大于庄家的玩法。那个时候他对二十一点牌术着了迷，买来了几十副扑克牌，每回用五副扑克牌的张数来推演发牌的各种胜负概率。在这同时，他还参加了一个赌场持盘人的训练课程班，通过严格考试拿到了一张证书。后来在多伦多一些节庆大型活动时，他会去那些临时搭建的博彩棚里当持盘人。

但是在眼下，所有的东西都退位给了他心里对阿依古丽的汹涌的激情。对于一个女人的爱恋，在还没有和她有身体的交媾之前，或许会可以忍受。但在此之后，如果你还继续想她，而有什么事情阻隔了你和她的交往时，那种痛苦真是会压迫得你的心透不过气来。自从那个夜晚在安大略湖边汽车里他和阿依古丽相聚过之后，他就一直等着下次见面的机会。但是一天天过去，她都没有再来到仓库。文森特没有她的电话号码。她没手机，文森特也没手机。他也没把家里的电话告诉她，怕万一她打电话来让刘晓烟知道了会闯祸。现在唯一的希望就是她会来到仓库。可是就像是大旱天盼下雨一样，雨就是不下。那段时间文森特几乎是时时刻刻注意着大门，盼望着她会走进来。然而将近两个礼拜过去了，她也没有来。这期间，刘晓烟离开了家，去古巴旅游度假去了。文森特没有很在意这件事。他只是联想起古巴出产一种大雪茄，刘晓烟去一个出产大雪茄的地方让他有点不自在。刘晓烟去度假之后，他的自由时间更多了，但是，阿依古丽却一直没和他见面。

又过了段时间，张先生正式提出辞工了。金先生因事先已有所准备，所以爽快地答应了。这些年来，每个在这里干过活的人在辞工时，金先生都会请大家吃一顿饭为他送行。这天，他们在周末下班后去了一个饭馆。席间，金先生一再对大家说：年轻的时候有钱才有意思。他说自己十七岁离开上海去香港，多年后转到埃及亚历山大求学，后来又到了加拿大。读了那么多年的书，到四十多岁了还是一文不名。后来开始在跳蚤市场做生意，又在唐人街做零售，跑大陆做进口。到现在六十多岁了才有了点钱。可现在有钱觉得没有什么意思了。文森特从彼得口里知道一些事情。金先生在四十岁以前有过三次婚姻。第一个是生病死的，后来的两个一个是广东人，一个是马来西亚华人，都离婚了。这三次的婚姻把他的钱搞得精光。金先生对张先生说："你在这里干了五年，功劳很大啊！我要是有什么得罪的地方，还请多多包涵！"张先生说："哪里哪里，我一个拉琴的人，原来是手无缚鸡之力，干不了很多事情，金先生对我已是十分照看了！"金先生听了很高兴，说你还有什么建议要留给我？张先生想了想说："我觉得你应该有个老板娘好一些。"金先生听了哈哈大笑，说："你是要我纳个小妾啊！"彼得在一边说："你现在没有正宫，算不上纳妾。"金先生说不必不必了，他觉得一个人生活也挺好。他现在能吃能睡，自己能照顾自己。别看他是独身，性伙伴倒有不少，花些钱就能找到。他说自己每星期都能做两次，而且从来不需用伟哥。

四

又过了一些时候，文森特终于再次见到了阿依古丽。

那天中午，金先生刚吃好饭，把七八个油腻的塑胶饭盒扔在洗手间的水池里。文森特看见金先生走出洗手间，他就走了进来，关上门，打开热水龙头，挤上洗洁精，慢慢洗起碗来。龙头开得很大，水声哗哗地响，以至有人敲门他都听不见。等他发觉到门被猛烈敲击的声响而打开门时，发现金先生一脸不快站在门外，冲他喊："洗个碗把门关起来做啥？"文森特还没反应，突然看见了阿依古丽站在金先生的背后。他们的目光猝然相遇。金先生让文森特出来，转身对着阿依古丽说："你进去吧，慢慢用好了。"金先生这时的脸上已堆满了笑容，他让阿依古丽走进来，还亲手替她关上了门。

文森特两手还湿漉漉的，沾满了金先生吃过的食物油脂和化学去污剂。他只得跑到入口走廊上另一个公用洗手间去把手洗干净。在自己干着为人家洗碗的事情时被阿依古丽看见让他觉得十分难堪，而且金先生对他不客气的态度也很让他觉得没面子。当他在水龙头前冲洗着手时，一股火气开始在心里升起。

在这个仓库的内部，共有两个洗手间。文森特现在用的这个是公用的，也就是给顾客和内部员工用的。而文森特为金先生洗碗的这个洗手间则是金先生个人用的。文森特只能在这里为他洗碗，不可以在这里方便。有一次，一个客人误入了金先生的私人洗手间，金先生一改往日对客人笑嘻嘻的脸孔，臭骂了他一顿。金先生对洗手间强烈的私人占有欲大概是他为数不多的癖好之一吧。他有便秘的毛病，有时会在里边待很长的时间。其实洗手间里面也很简单，就是整洁一点，而且文森特觉得里面有一种老人身上特有的气味。文森特奇怪金先生今天为什么会让阿依古丽使用他的御用洗手间？看来这老家伙真是色到了骨头了，他和她难道有什么关系了？文森特只觉得周身起了一层鸡皮疙瘩。

可不管怎么样，阿依古丽的突然到来还是让他激动不已，他感觉到自己的心在怦怦跳动。他回到了仓库里面，只想早点看到阿依古丽。只要她看他一眼，就算只是用眼梢扫他一下，他还是会读出里面的含义。可是阿依古丽却待在洗手间里边好久不出来，一点声响也没有。文森特猜想也许她是在上大号吧？或者是在更换卫生巾？她来月经了吗？她没告诉过她的经期，受过高级数学训练的他迅速心算起来。不过他的已知条件太少，无法取得求证。

但是这个时候金先生显出了雇主阶级那种固有的腐朽的地主资本家专横的本质。他好像故意要整治文森特似的，让他到仓库后面去把一批货从 A 处搬到 B 处。其实这批货前一天他刚从 B 处搬到了 A 处。在这一时刻，文森特觉得血喷上了头顶，脸立即涨红了。他好像没有听见金先生的话，一动不动。我为什么要服从你呢？就为了你付给我每小时七个加元的工钱吗？文森特想着。我可以不听他的，我是自由的。但是我的自由是有限的。我只能选择听他的，或者选择不听。如果不听，我就不能留在这里，我只得马上离开。但是我不想当着阿依古丽的面离开这里，我至少还想看见她是怎样走出洗手间的。文森特一言不发走到了仓库的后部。这个时候他知道只有服从，才能保住自己的尊严。他开始搬起了箱子。然后他感觉到了阿依古丽从洗手间出来了，金先生以一种令他肉麻得汗毛直竖的笑声迎接着她出来，还陪衬着彼得太监似的附庸笑声。他们在欢快地聊着天。文森特虽然和他们离着好几十米远，隔着好几排货架看不到他们，可他此时的耳朵好比是定向的声呐装置，能捕捉到一些断断续续的声音。

他听到阿依古丽介绍新疆的羊肉抓饭。金先生对这个吃法毫无所知，阿依古丽在解说着什么是羊肉抓饭，怎么做怎么吃。后来他们的话题转到了前些日子刚举行过的多伦多同性恋大游行，又讲到那件离奇的华人女童被绑架失踪案件。慢慢地，他们的声音低了下来。彼得退出了谈话，只有金先生和阿依古丽说着什么事情。文森特听着阿依古丽略带磁性的嗓音，伤感几乎让他透不过气来。她今天为什么要来呢？而且与往常来的时间不一样，是在午后时分，不像前几次是在快下班时。这就使得文森特送她回家的可能性降到了很低。阿依古丽今天没待多久，也不像往常一样买电池胶卷什么的，匆匆就走了。她走的时候大声说了一句 baybay，好像是要让还在后面苦着脸搬箱子的文森特听到。文森特激动之下放下手中的活走到前面想和她打个招呼，可是阿依古丽已经离开了。

在这天余下的大约三个小时的上班时间里，一种浓雾般的痛苦笼罩了文森特的全身，压得他气都喘不过来。这是一种从来没有过的经验，在他的婚前和婚后，他曾和几个女性发生过炽热的交往，为此他曾经痛苦过。但是从来没有像今天这样心里难受得无法忍受。这件事大概有两个原因：一个可能是这回他是真正地爱上了一个人，剧烈的爱很容易会转化为痛苦。还有个原因就是他已不再年轻，他三十三岁了，一个即将告别青年时代的人，其情感会远比年少时来得深沉。

下班的时候，他在高速公路上错过了出口。当他到了下个出口时，他明白自己心里现在根本不想回家。他全身心地想着阿依古丽，想起上一次她坐在副驾驶座，发出银铃似的笑声。他用左手开车，右手搭在副驾驶座的扶手上。那个迷人的夜晚，当他们离开了湖边，他就是这样把手放在她的手上面一路开车送她回到住处的。他渴望着她，在心里呼唤着她的名字。可是他没有办法打电话给她。现在唯一可以做的事，就是把车开到她寄居的那座高楼公寓下。在很小的可能性里，如果运气好，也许会看到她进来或者是出去。这个想法一浮现，文森特就开始这样做了。

半个小时后，文森特的车停到了阿依古丽居住的公寓大楼对面的马路上，谢天谢地，这里刚好有个停车位还空着。他把靠背往后调了一点，摇下半截车玻璃，让自己的眼睛比较舒适地能看到公寓的玻璃大门。在这黄昏时分，公寓里进出的人还是比较多。进来的人要用一张磁卡打开门，而出来的人推开门就可以出来。文森特开始是无意识地看着，慢慢看出点别的名堂。他发现一些来访的人进入公寓的程序。来人先是会按动大门边的一个门铃装置，里边会走出一个保安员，和按铃的人说话。然后那个保安拿起门边的电话和来访者要找的人说话，过了一会儿，大概保安已获得被访者的确认，把来访者放了进去。文森特突然也产生了进入公寓找阿依古丽的想法。可是没有她房间的号码，怎么才能在这座三十多层高的巨大的楼宇里找到她呢？也许凭她的名字可以找到她，可是她不是说过她是寄居在朋友的家里吗？再说她也许用的是一个英文名字，不会用维吾尔族的名字的。就算是能找到她住的单元号，你又能干什么呢？也许开门的是个肥胖的胸前多毛的维吾尔族男人，阿依古丽就是和他住在一起的。一想到这样的情景，文森特又浑身烦躁起来。

文森特就这样一动不动地坐在车里，望着公寓的大门，眼神变得越来越呆滞。现在大概有八点多钟了，日光已退去，照亮马路的是电灯。文森特在中午吃过一个自做的三明治，到现在还没进食。他没觉得饿，只是觉得浑身沉重。古代的民间故事里经常说一些女子站在高处等待夫君从远方回来，慢慢都变成了石头。文森特好像也有点这种倾向了。但是且慢，他的瞳仁散乱的眼睛好像动了一下，是的，他睁大了眼睛坐直了。他看到了阿依古丽正走出公寓的大门。

在这一瞬间，他看到了阿依古丽呈现出无与伦比的美丽。她的棕色头发高高地盘了起来，整个脸部和头颈像玉脂一样的白皙。她明显地是上过了妆，眼睛画过眼影，嘴唇也格外红艳。她穿着一套丝质的裙装，在路灯的淡黄色的光芒照耀下，她显得是那样的生动而具体。当文森特突然出现在她的面前时，她分明是吃了一惊。她脸上毫无表情，像一张白纸。

"你怎么在这里呢？"她说。

"我在这里等了两个钟头了，就是想看看你。"

"干吗要这样呢？今天我们不是见过面吗？"她说着，伸手将文森特一个卷起的领子拉平。这个细微的动作一下子把文森特心里的痛楚减轻了许多。

"正因为下午见过你，所以我特别想见你。你不知道，刚才我看着公寓大门时，心里是多么想看到你。"

"没那么严重吧？"她凝视着文森特，目光好像一下子凝固了。然后目光又渐渐地溶解开来，"其实我觉得和你在一起时很愉快的。不过我觉得这样不大好。我们不会有结果的。"

"你为什么突然这样想？发生什么事了吗？"文森特说。

"没发生什么事。我只是觉得我们不应该这样。我不想让自己痛苦。"阿依古丽说。

"阿依古丽，我们一起去吃饭吧，我们需要好好谈一谈。"

"今晚不行，我已经和金先生说好要陪他去消夜。你知道，我有事要他帮助。"

"什么事情那么重要？"

"很重要，有关我的移民手续。我必须获得一个公司的工作邀请担保，才有可能得到工作签证。我需要金先生给我一个工作邀请。"阿依古丽说。

文森特无言以对。他明白了阿依古丽对他突然冷淡下来一定和她与金先生近来的事有关。他心里极度地失望，可是没有流露出来。他知道，如果他表现出不快，那么眼前的阿依古丽会退却得更远。在淡黄色的路灯下和清香的晚风里，阿依古丽显得那样的漂亮，但是他觉得她变得那样陌生，他一点也找不到和她心灵沟通的渠道了。

"也许，我可以送你去约会的地方？"他说。这是他最后的一线希望。

她看看表，抬头看着他，说："那好吧，你是一头倔强的骆驼，真拿你没办法。"

五

阿依古丽要去的地方在多伦多北边的列治文山。这个地方地势开阔，有很多树林和高地。他开车穿过一条峡谷，在一个石头筑成的台阶前停下来。这个时候天已大黑。顺着石头的台阶，在高处有一座亮着灯光的房子。阿依古丽一路熟练地指着路，看得出她是经常来这里的。文森特把车停住，熄了火。车内黑黑的。他一动没动，阿依古丽转过了头，轻轻在他的耳根下吻了一下，说："我要走了，你怎么样？"

"这是什么地方？"文森特问。

"是一个土耳其人开的伊斯兰清真餐馆。"

"是金先生挑选的地方吗？"

"不，是我选的。我认识这个土耳其老板。"

"吃好饭你怎么回去呢？"文森特问。

"有人会送我回去的。"她说。

"不行。我不愿意让他送你回家。要不今晚我会很难过的。"

"你不能老是这样难过啊。有什么值得这样难过呢？你也得休息，明天还得上班呢。再说，你要是在这里等我，我在里面会觉得很不安的。"她说。

"我不会在这里等。你几点结束，我再来好了。"

"那好吧，你十一点半过来好了。车子还停在这里，我会来找你。"她说着，然后推开车门下去了。文森特看着她沿着石级快步往上走，看得出她的心情有点兴奋。

文森特把车退出来。这一带的地形他不很熟，转了一大圈才找到了方向。现在是九点三十分，从这里开车回家要半个多小时，所以他决定不回家了。他在路上兜了一圈，找了一个 Thimhurton 咖啡店。他吃了一个面包圈，喝了杯咖啡，很快就觉得心神不宁坐不住了。他回到了车上，把头伏在方向盘上想睡一会儿，但根本没有睡意。看看表，时间才过了半个多小时。他想了想，还是把车发动了，开往阿依古丽所在的那个地方。他总觉得心里不踏实，怕自己不在的这段时间里，阿依古丽要离开时找不到他。现在他回到了原来的地方。从这里可以看到高地上的那座楼房的灯光。这座楼房的确装饰着伊斯兰餐馆的霓虹灯，有烤肉和香料的气味散发在空气中，也看到有一些人进进出出，但文森特觉得奇怪，一个餐馆怎么会开在这样一个僻静的峡谷边上呢？

时间慢慢地过去，文森特一再告诫自己不要自寻烦恼。阿依古丽没什么，不就是为了办移民签证的事找金先生帮点忙罢了。如果你有能力帮助她取得移民签证，她也不会找金先生了。一个塔克拉玛干沙漠出来的女孩子，孤身一人在多伦多闯荡，该是多么不容易啊！文森特这样想着觉得心情平和了许多。这个时候他听到有音乐从楼房里传出。那是一种欢快的西域民族音乐，有手鼓三弦琴，还有人在歌唱。他觉得餐馆里一定是有人在跳舞了，新疆人不是喜欢歌舞吗？他想象着屋子里所有的人都在跳舞，女人们梳着细长的辫子，男人们打着手鼓，在葡萄架下载歌载舞。他其实并没见过几个新疆人，见过的几个还是以前在内地城市街头卖羊肉串和葡萄干的。他在欢乐的人群中看到一个戴着花帽子的年纪偏大的新疆人打着手鼓围着阿依古丽跳舞，他觉得这人脸好熟，原来这人是金先生！

这时文森特醒了过来，他刚才是打了一个盹儿。他看见阿依古丽回到了车内，是她把他推醒过来的。他闻到阿依古丽身上有些酒气。

"你真的在这里等我啊！我还以为你早回去了呢。看你累成了这样。"阿依古丽说。

"结束了？"文森特说。他看看表，十一点四十了。

"我们快走吧。我都醉了，快要吐了。"阿依古丽说。

"干吗喝那么多酒呢？"

"没有办法，陪他喝的。"

文森特把车开出了小路，然后上了高速路。他看手表已经十二点了，再过一个小时他必须到酒吧接他妻子刘晓烟下班。他算计着自己已经没有多余时间和阿依古丽在一起了，所剩下的时间只能够送她回家。但是想到就这么和她分手，今晚他的心就会糟透了。他得找个地方停下来，他渴望和她有身体的接触。但这个时候他在高速公路上以时速一百二十公里飞驶着。高速公路上无处藏身，他多想高速公路上有一个可以停车休息的地方，一个可以和恋人接吻的小岛。当他们接吻的时候，飞驶的车子会从他们身边经过，警察会闪起警灯指挥着车辆远离他们。他记起很久前看过的刘索拉的小说中写到：一个流行歌手用吉他的琴声指挥着十字街头的汽车……从高速公路一下来，离她的住处已经不很远。Yonge Street 上灯火通明，虽然道边有些林荫小径，可都是私人领地，你不可以把车停在那里。文森特几乎是绝望地开着车穿越了 Yonge Street，然而在转弯到她住处之前的后街一段路上，一个大楼后面有一块浓重的黑暗，长着几棵大树。他把车开进了黑暗，停下来。

"把车停这里干吗？"阿依古丽说。

"阿依古丽，听着，我的心情坏透了。让我吻你一下，这样我会好受点。"

"可我今天一点也不想啊。"她说。

文森特已经从驾驶座这边俯过身体抱住了她。她并没反对。他开始吻她。她的嘴唇起先没反应，紧闭着。但没多久，她的唇开启了，和他有了交流。文森特吻着她，心里想着阿依古丽还是他的，这不，他可以开车载她回家，可以在半路上停车吻她。还不够，他还可以抚摸她。他把手伸进了她的怀里，掀开了内衣，他能听到她发出轻微的呻吟。他把手往下滑动，在到达小腹时他遇到了反抗。她抓住了他的手，不让他继续下去。

"不要这样，今晚我不想这样。"她挣扎着。

然而文森特已无法控制自己。他几乎是强迫性地继续把手往前推，直到手指感到了湿润。这个时候他觉得内心的狂乱已经发泄了。他发动了车子，把她送回了家。

现在他急着开车去酒吧接他妻子刘晓烟。已经一点钟了，她下班的时间已到，可这里还得开半个小时的车才能到那里。文森特用右手一只手开车，左手虚放在空中，中指上粘着的阿依古丽的体液已经干了，变成一层薄膜包住手指，但还散发着一种特殊的气味。据说动物经常会用一种身体气味表示对某个东西的占有权，同样，文森特此时从手指头上的特殊气味上也获得自己对阿依古丽依然拥有的满足感觉。他开车到了刘晓烟的酒吧门口，把车停了，他的中指还翘在那里，指向空中。

六

文森特坐在车里，等着妻子刘晓烟从酒吧出来。在等待的这段时间里，他的思想还集中在阿依古丽的身上。然而过了十多分钟，还没见刘晓烟出来。文森特看看表，他已晚来了半个小时，下班的时间早过了，这个时候酒吧应该已关门了。他觉得事情有点不对，起身下了车，走到了酒吧门口。他伸头看看酒吧里面，灯还亮着，可没看见有人在里面。他去拉酒吧的门，发现门已上锁了。这时他看到了酒吧的玻璃门里面已挂着 Closed（关门）的牌子。

文森特心里一惊，知道妻子已经离开了酒吧独自回家了。这种情况以前从来还没有出现过。他寻思着待会儿怎么样才可以向刘晓烟解释他为何来迟，在这个三更半夜，他简直找不出理由来。然而等他回到了住家时，刘晓烟还没回家。他想她一定是搭公车。夜间的公车班次间隔会变长，她大概还在路上走吧。他下楼回到马路上，在公车站的停车亭里等待着。一班一班的夜车开了过去，没见她身影。

他心里甚感内疚，忐忑不安地回到家里。出什么事了吗？她现在在哪里呢？也许我得报告警察找人？但是，直觉告诉他，刘晓烟应该不会有什么事的。可她到底去哪里了呢？按照习惯，他回到家后会打开电脑，查看一下自己的邮箱。突然他看到一个新到的邮件，标题是：不要等我回来。

邮件是刘晓烟发来的！他从来没想过刘晓烟会给他发邮件。家里只有一台电脑。平时要是他在用的时候，刘晓烟会离得远远的。她用电脑的时候，也很不喜欢他靠近。文森特觉得怪怪的，刘晓烟怎么会发邮件给自己？不是每天都睡在一张床上吗？所以看到她的邮件，他就知道有什么事情要发生了。

刘晓烟的邮件这么写着：

我不回来了。我其实早就不想回家了，只是因为你每天晚上来接我，只好跟你走。今天你没有来接我，我总算可以不回家了。我不会有事的，我住在朋友家里，是那个意大利人，我和你说过的。在这里我很安全。你看完邮件就早点睡觉吧。

文森特此时还没觉得震惊，只是有一种难以置信的感觉。他总觉得她的邮件是在这台电脑上发出的。但很显然这个邮件不是来自这台电脑，发出的时间是五分钟前，肯定是从另一台电脑发来的。那么那台电脑是在什么地方呢？也许她现在也坐在电脑前面，盯着屏幕看呢。她会看到我吗？如果我现在给她回一个邮件她大概很快就会看到的。可是我该说些什么呢？解释我自己迟到的原因吗？还是请求她早点回家？文森特想了一下，觉得这样做没什么意思。但他突然产生一个念头，进入刘晓烟的邮箱看一看。他不是一个喜欢探寻别人隐私的人。有几次他用电脑时看到她的邮箱还没关闭，他都先关闭了它，还提醒过她要养成关闭邮箱的习惯，免得给人家看到。她的邮箱地址是他给她设置的，那时他们刚来，她还不会用电脑。他用她的名字拼音加上身高设计了她的邮址 liuxiaoyan162@yahoo.com。刘晓烟是个不喜欢去努力记住什么东西的人，所以当时他给她设了一个乘法口诀3721。他输入了这个口令，口令不对，看来她自己已经修改了密码。但文森特相信她还是不会用很多脑筋去保护邮箱的安全的，也许修改后的口令就在附近的范围。他试了一下 2816，4728，6954，都不行。又试了一个比较复杂的 7963，结果邮箱开了。文森特下意识地看看左右，好像一个贼人打开一个箱子一样。

邮箱里全是些垃圾邮件。看来她从来没有清理过邮箱，而且几乎所有的邮件都没打开过，看起来就像个废弃的邮箱。但文森特想，她不是在这个邮箱上发邮件给我吗？说明她还使用这邮箱的。他注意到了一个现象：邮箱里的垃圾邮件看起来并不多，可是邮箱的储存空间已占到了百分之八十多。这说明了这个邮箱里还藏有大块的文件。文森特想这些庞大的文件会不会是一些图片呢？也许收藏在相册库呢。他把相片库打开了，然后什么都知道了。

有好几十张照片，全是半个月以前她去古巴照的。在海边的风景里，她显得年轻，快活。古巴天气热，她穿得少，本来这没什么。可有几张什么也没穿，当然这不是在海滩上，而是在床上。如果是她一个人那也没什么，问题是她的身边一直有一个男人，一个全身长着黑毛的白人，一定是那个她常提起的有点钱的意大利人。那些照片简直是肆无忌惮岂有此理。文森特看了几张就看不下去了。

他呆呆地坐在电脑前面，想弄清楚这究竟是怎么一回事。他想起刘晓烟去古巴时他联想起古巴的大雪茄，那大雪茄其实就是男人的生殖器的一种变形符号，让他觉得十分不快。看来当时他内心已有一种预兆。只是那时他的心思全在阿依古丽身上，忽略了老婆的反常行为。他长叹了一口气，想起了中国那句富有智慧的古话：螳螂捕蝉，黄雀在后。

在接下去的几个月里，文森特的生活发生了一些变化。刘晓烟从那个晚上开始就不再回来了。按她自己的说法，她是王八吃秤砣——铁了心了。后来文森特知道那个意大利人是在酒吧喝酒时认识刘晓烟的。文森特和刘晓烟的离婚手续很快就办了。无产阶级就是好，办手续简单，没什么财产好争夺的。他们还没有子女。他结婚不久就寻思着移民加拿大。当时填报表格是没有子女。在申请移民的这段时间要是生了孩子，得重新填报材料，手续非常麻烦。所以他想等移民加拿大后再考虑生孩子。而到了这里之后，才知世事艰难，生孩子一事再次被搁置了。现在看来，没有孩子成了一件最为幸运的事，省却了他们分手时的很多麻烦和苦恼。

他还在为金先生打工。提琴师张先生走了之后，只有他和彼得两人干活了。不过活不很多，生意好像日渐清淡。这个时候，非常有意思的是金先生和他之间的关系有点微妙。金先生不会像以前那样大声对他发号施令，变得客气了许多。他大概已经知道了阿依古丽和文森特有一腿的事实，所以在某种程度上把他当成了对手而不只是雇工。文森特有时觉得金先生会解雇了他，事实上这个非常容易。但是却没发生，反而有一种意思，金先生似乎怕他会辞工走了似的。文森特有好几次也有过离开这里的打算，他总觉得金先生和阿依古丽关系已经非同一般，并不只是为了办一个移民手续的问题。尽

161

管金先生已经老了，文森特觉得他还是一个难以战胜的敌人。他想：如果金先生露出一点意思要他走人的话，他就马上离开。不过他的心里害怕这件事会发生。他害怕一旦离开了这里，就会见不到阿依古丽了。

从刘晓烟出走的那个晚上之后，文森特再也没见到阿依古丽了。阿依古丽不到货仓里来了。她为什么不来呢？她是不想见我了吗？在通讯手段高度发达的时代，文森特居然无法知道一点阿依古丽的音讯。

阿依古丽成了一个悬念萦绕在巨大的货仓里面。他在迷宫一样的货架中行走搬运，无时无刻不在想着阿依古丽。在货架中穿行时，有时突然会在一个拐角处遇见金先生，两个人都会有一点尴尬。有时文森特会想：阿依古丽是让金先生给藏起来了，甚至他还想象着阿依古丽是被他绑架了。有几次他实在控制不了自己，又来到她居住的公寓门口守候。等了好几个钟头都落空了。最后一次是里面的保安员觉得他形迹可疑，给警察报了信。警察过来盘问了他。尽管警察态度十分温和，但从那次开始他不敢再在那里等她了。现在他觉得身心交瘁，他开始憎恨这个日日夜夜给他精神折磨的货仓。他坚持在这里的唯一理由是等待着阿依古丽的再次出现，但这件事的可能性变得越来越小。

有一天，他突然想到问问彼得，事到如今，他也不怕丢面子了。

"以前那个经常来的新疆女人怎么都不见了？"他装得若无其事地问道。

"你是说阿依古丽？你问她做啥？想动她的心思啊？"彼得说。

"没有啦，随便问问而已。"

"她去土耳其了，不在多伦多。"彼得说。

"她怎么会去土耳其？她又不是土耳其人。"文森特说，心里突然觉得空了。

"去伊斯坦布尔了，去看她的叔叔。"

"你怎么知道的？"文森特说。

"听金先生说的。看你小子脸色不对啊，你一定是打她主意了。"彼得说。

一个多礼拜后，文森特向金先生请了一个星期的假，说自己要到美国旧金山看望他的叔叔。金先生很客气地同意了他的要求。在这个周末的下午，文森特提着一只旅行箱，进入多伦多皮尔逊机场一号航空站，但他上的飞机不是去旧金山，而是前往土耳其伊斯坦布尔。在过去的这个礼拜里，文森特在互联网上搜索到了大量伊斯坦布尔的历史地理资料，知道了原来伊斯坦布尔就是以前中国历史上所称的君士坦丁堡，是拜占庭王朝的中心。到了第二天，他的脑子里布满了对伊斯坦布尔的想象，一条条古老的街道和一座座王宫寺庙逐渐在他的心里浮现了出来。他突然想到，他可以马上前往想象中的这个城市！这个念头一出来，他马上激动起来，原来他现在会是那么自由，随时可以前往想象中的地方！他从土耳其驻多伦多领事馆下载了一张签证表格，第二天把护照递进去，三天以后拿到了签证。他带上一本从图书馆借来的土耳其城市地图，一台老式的理光照相机，两千美元现金和几件换洗衣服，立刻启程了。

从飞机上下来，由于他没有托运的行李，所以很快就出了机场。他上了一辆出租车，让司机带他到市中心任何一家便宜一点的旅馆。他没有在互联网上预订旅馆房间，因为他对自己来到这里要做什么一无所知，一切只能随心所欲。出租车沿着海边的路开行，气候温和，车窗可以开着。文森特看见一些卖鱼的小摊贩，杂耍的艺人，卖画报香烟杂货的小亭子。一个小时后到达了旅馆。旅馆很小，房间也很小，价格只有二十美元一天。然而这里真的是城市的中心地带，旁边几条马路非常热闹。他在房间里睡了一会儿，醒来后觉得神清气爽。然后他离开旅馆，走上了街头。

夜幕开始降临了，狭窄而古老的街道两边的店铺灯光亮了起来，街上布满行人。文森特觉得心情愉快，因为阿依古丽现在就在这个城市里。这个时候，也许她正坐在一个咖啡店里喝带渣子的土耳其式咖啡呢。他顺着人流向前走，偶尔也进入路边的店铺看一看。他进入过一个古老的香水店。货架上摆满了五颜六色的细颈玻璃瓶，瓶里装着各种不同的植物和矿物香料，店员自称这香水店有八百多年历史，现在东方和欧洲的皇室还会来定制香水。文森特联想起过去在北京雍和宫博物馆看见过的一根沉香木，记得那上面介绍这名贵的沉香出自西域，会不会是产在这一带呢？据介绍那沉香后来是在丝绸之路上发现的，具体在哪一段文森特记不得了，也许会是在阿依古丽家门口的塔克拉玛干沙漠上吧。

他继续向前，忽然他看见了前面已是海湾。那座著名的横跨欧洲和亚洲的博斯普鲁斯大吊桥就在不远处闪着灯光，海面上一些灯火通明的游轮缓缓驶过。海滨这一段道路热闹非凡，有许多的夜总会和餐馆，还有许多街头艺人在表演。从海上吹来的风是温暖湿润的，带着一丝盐味，和多伦多的气息完全不一样。路边的海鲜餐馆把各种各样的海鱼、虾、蟹还有海螺摆放在碎冰上面供客人选用，海鲜的下面衬了一层浓绿的橄榄树叶。文森特现在感到腹中饥饿，选了一张桌子坐了下来。他点了一条硕大的地中海红鱼，一份土耳其沙拉，还有黑啤酒。

他品尝有点苦味的黑啤酒，看着远方的街道上有一辆古式的马车嚼嗒嚼嗒地跑过来。这时他又开始想念阿依古丽，但是这种想念不像在多伦多时那样痛苦，而是在伤感中带着一种平静的怀念。他知道自己不可能在伊斯坦布尔找到阿依古丽，甚至他还开始怀疑起彼得的有关阿依古丽在伊斯坦布尔的情报是否准确。但这些已经变得不要紧了，为了阿依古丽，他来到了这座传说中的城市。也许这件事是他一生中所做的最有意义的一件事。从明天开始，他将穿行在伊斯坦布尔的风景古迹之间，他将一个一个地走访那些金碧辉煌带尖顶的中世纪的清真寺；去古老的苏丹王宫去看拜占庭武士的剑，那些剑的锋口因砍杀格斗而布满了锯齿状的缺口。然后他还要南下去安卡拉，去看那里长满橄榄树的古印欧人圆形的斗技场。他想着以后他会告诉阿依古丽，因为有了她，他才有了这一次奇异的旅行。

七

一个礼拜后，文森特回到了多伦多，重新开始上班。又过了些日子，彼得突然提出要辞工了，说自己要回国一趟。文森特知道他这次回国是要去进货，自己要开始做生意了。金先生显出了黯然神伤的样子。彼得跟了他将近六年的时间，其他人来了又走了，只有他一直跟着他，辅佐着他的生意。彼得离去后本来要补一个人进来，只是近来生意越来越清淡，金先生因而懒得去报纸上登招工广告了。

九月份一个上午，有两个白人走进了仓库。他们是加拿大移民局的官员。他们来这里的目的是调查阿依古丽的工作签证问题。他们对金先生说他们已经研究了 K.G.I（金先生的公司名字）公司给阿依古丽的工作邀请，今天要来实地调查核对几个问题。

移民官询问了金先生好多情况，查看了公司的经营记录。最后他们认为 K.G.I 公司是做礼品批发生意，和阿依古丽在加拿大所学的民族学专业没有一点连带关系，所以他们拒绝了金先生对阿依古丽的工作邀请。白人官员态度很是客气，但是所做的决定没有一丝商量的余地。文森特在不远的地方听到了他们和金先生的所有对话，他总算得到了阿依古丽的一点消息。他知道这个决定对阿依古丽十分不利，她因此会失去申请移民身份的资格。他的心里隐隐有点痛快的感觉：金先生的事办不成了，他是有点幸灾乐祸，而且他还有一种感觉，这件事可能会使得消失很久的阿依古丽重新出现。

移民官走了之后，金先生还像木头一样坐在柜台跟前，看起来他对这件事情很不开心。过了一个多钟头了，文森特已经吃了中饭了，金先生还坐在那里。文森特有点不忍心。他过去说：

"金先生，该吃饭了。要不要我去把你的饭给热上？"

"不用了，我自己会做的。"金先生说。

"你知道，阿依古丽的工作邀请被拒绝了。"金先生主动对文森特说起了这事。

"我听到那两个人和你谈这件事。"文森特说。

"加拿大的移民官员都是些官僚废物。他们不应该拒绝阿依古丽这样优秀的青年。"金先生说，"我还得想另外办法帮助她。她现在在哪里？你知道她什么时候回来吗？"

"我不知道，她去哪里了？"文森特脸红了，心跳得厉害。原来金先生也不知道她在哪里啊！

"两个月以前她对我说过要去土耳其。大概半个月以后她给我打过一个电话，说自己在北京，很快要到新疆去。后来就再也没消息了。我以为你和她还有联系呢。"金先生咕哝着。

"她的家乡在塔克拉玛干沙漠上，那里可能通讯不便。"文森特说。

"我得把这件事告诉她。我还得另外想办法帮助她。"金先生说。

这个周末，文森特去上班的时候，看到公司的大门紧闭，金先生还没来。这种情况以前有过，金先生有时去银行，会迟到个十来分钟。但是今天，过了半个多小时他还是没来。这个情况有点不正常，叫他有点不安。他跑到隔壁的一家公司给金先生家里打了电话，没人接，说明他已经出来了。金先生不喜欢手机，至今也没佩带。文森特想，也许金先生有什么事吧？我老在这里等也不是个事儿，我得做点什么呢？他正寻思着，有一辆警车开了过来，在 K.G.I 公司门口停下。一个警官走过来，问文森特："你是 K.G.I 的雇员文森特吗？"

"是的，发生什么事了？"

"没什么大事。你的老板金先生早上在 Highland 超市购买食品时，摔倒在地上起不来，后来被救护车送到了医院，现在情况稳定，他想见见你，让我们来这里找到你。"

文森特坐上警车，十五分钟后到达了医院，看到金先生被一个特殊支架固定着。

"你看，我踩空了台阶，摔成了这样，医生说我左边断了两条肋骨。"金先生说。

"没事的，金先生，你一向身体很好，骨头断了很快会接上的。"文森特说。

"可奇怪的是我为什么会摔倒？你不是说我一向身体很好吗？当时我不知怎么的一下子没了力量，控制不了自己的身体。我觉得我好像遇上了麻烦。医生已经抽了我的血化验。"金先生说。

"不会不会，你的身体比我都好，饭量也比我大。"文森特说。

"你这么说我放心了。那我们下周一照样开工吧。"

"你要来上班吗？这怎么可能？"文森特说。

"没关系的，明天是周六，后天也可以休息，大后天我就好了。你看吧，我会想办法来的。"金先生说道。

星期一早上，文森特早早来到公司门口，看到大门还紧闭着。但是很快有一辆多伦多公车局的轮椅专用车开了过来。这种车是多伦多市政府专门照顾坐轮椅上班的人的福利车。车子停下后，文森特看到金先生的轮椅被司机推下车。金先生坐在轮椅上，身体被一个闪闪发亮的不锈钢支架支撑着。他看起来精神不错。司机把他推到门边，问他感觉怎么样？他说很好，他可以走了。

"看，我不是来了吗？"金先生冲着文森特说。

"是啊，真想不到你会这样子过来。"文森特说。

"你知道，我不能待在家里，待在家里，我就完了。"金先生把钥匙交给文森特，让他开了门。文森特推着金先生的轮椅，他们走进了仓库。"我就像一条红海的鱼一样，只有这里有我可以呼吸的高盐度的海水。"金先生说着，他自己推动轮椅，在迷宫一样的货架中徐徐穿行。他巡视着货架上的编号票签，不时会发现一些分类学上的问题，而指示文森特立即纠正过来。

这样过了大概一个星期，文森特发现金先生的身体开始浮肿，他的脸发青，眼皮里的肉好像要翻到外面似的。金先生自己也感觉到了不对劲。"我觉得空气中的氧气好像不够，好像是在墓室里似的，老是觉得吸不到气。"他有点显得烦躁，不像以前那样待在柜台里面，而是独自拖着闪闪发亮的不锈钢支架轮椅在货仓内部的货架中间不规则地移动。

一周后北约克总医院来了一辆医疗车把金先生接走了，说他的血液化验结果有点问题，让他去医院进一步复查。医院给他做了 CT 扫描、B 超，发现他的肝部和胆部已经被癌细胞严重损害，癌细胞还扩散到整个消化系统，已经没有价值进行手术了。医生给了他一张诊断书，诊断书上详细地列出他的病灶位置和程度。结论是建议金先生在最后的时间应该过上一段质量高一点的生活，他的生命大概还有十个月的时间。

"我知道这一天会来的，我也知道为什么得病，都是因为那些打火机的气体。"金先生沮丧地说。

"不会吧？没有听说丁烷气体会致癌啊。"文森特说。

"一定是那个东西，我自己知道。"金先生说，"不过还好啦，我至少还有十个月的时间可以活着。我得好好安排一下了。"

从这天开始，每天都有人来看望金先生，几乎所有的人都会带着一个花篮或者一束鲜花，那么多的花很快摆满了货仓的走廊和前厅，搞得货仓像个灵堂似的。文森特想不到金先生会有这么多的朋友，不仅是客人，还有大学的教授，市议会的议员，洪门会馆的当家人。这么多人来看望使得金先生有点兴高采烈。他遇人就说：我还有十个月的时间。有时他会向来人展示医生的诊断书，讲解自己的病情。遇到英文不好的他还逐字逐句把医生的话翻译给他们听。

然而过了两个礼拜后，不再有人来看望他了。那些鲜花和花篮陆续开始干枯了，文森特每天都要将枯萎的花篮收拾掉一些。金先生的情绪经过短暂的兴奋之后，现在变得非常低落。他不喜欢见人，自己推着轮椅，在货架中缓缓移动，像是怕光的黑甲虫一样把自己藏在黑幽幽的货仓深处。而文森特则站到了前面，接待客人。

阿依古丽是在一个中午时分过来的。这个时候刚吃过饭不久，文森特感到头昏脑胀，特别想午睡。阿依古丽推门进来的时候，门口的感应器响了一声。她像穆斯林妇女一样包着一条头巾。文森特只见她急匆匆走进来，看到他时脸上没有表情，视线在他背后的空间扫视着。

"金先生呢？"她问道，眼睛还在左顾右盼寻找着。

"他在后面呢。"文森特指着那深不见底的货仓内部。阿依古丽顺着他的指示，快步走进了货架之间。

阿依古丽在货仓内部待了约二十分钟。这段时间发生了什么事文森特无法知道。他站在前面，为阿依古丽的突然归来而震惊；也为她对他的冷漠而刺痛。他不知阿依古丽和金先生干吗待在里面这么久不出来。他隐隐听到她的说话声，听到了金先生像个白痴或者像个孩子一样在放声大哭。又过了好些时候，他们出来了。很奇怪，金先生的脸色发着红光，原来僵直的身体显得放松自如，脸上荡漾着笑容。阿依古丽在后推着轮椅。她的眼神有点恍惚脸色有点苍白。但是文森特这个时候觉得阿依古丽看起来像一个圣女一样，只差头顶上闪着一圈光环。

八

从这天开始，金先生很快从癌症的阴影下走出，显得精神焕发。他对文森特说："我还有十个月，我要好好生活！"他不需要轮椅了，走路大步如飞。他最大的改变是不像过去那样守在仓库，而是把门钥匙交给了文森特，让他看着生意。有好几天不知他跑到哪里去了。到了周末金先生开回了一辆奔驰 500 型房车，车里坐着阿依古丽。金先生说这几天在看多伦多汽车展。金先生一辈子开的是美国通用公司的普通车，现在总算买了辆好车。与金先生的兴高采烈不同，阿依古丽则显得明显憔悴了，眼睛边带着黑圈。她没和文森特说什么，坐在舒适的奔驰车的真皮椅上没下来，一会儿就扬长而去了。

又过了一个礼拜，文森特接到金先生的邀请：到他家做 BBQ（烧烤）聚会，并说离开多时的张先生和彼得也会来参加的。文森特对这个烧烤聚会没有兴趣，他一点也不想多介入金先生的个人生活。癌症让阿依古丽完全跟定了金先生，他相信这个 BBQ 聚会一定是阿依古丽设计出来的，他无法猜透她的用意。文森特知道在金先生的家里看到阿依古丽他会非常难受，但如果不去参加，他就见不到阿依古丽，那样他会更加难受。

那个星期六上午他开车进入了多伦多西面密西沙加一带的豪屋住宅区。这一带看起来像是森林，区内的小径全是红色的砖块铺成的。看不到什么房子，因为房子掩藏在树林里，有长长的车道通到里边。偶尔有些高大的房子突兀地出现，你能感觉到它们和周围的环境融成了一体。这里的大屋透露着古典的豪华气派，带着雕花的铁门的门扣镀成了金色。连这里的树木都与众不同，都是一些笔挺巨大的参天古树。文森特的车子在这一带转了一圈，然后向西边走，渐渐地能在路边看到了一些房子。比起那些巨大的豪宅，这里的房子小了许多，不过这些房子因为沾着富豪区的边，仍然是价值昂贵，受人敬仰。金先生的房子就是在这个区域里。文森特从来没来过金先生的家，在他的想象中金先生的住房大概会是一个黑沉沉的古堡，对应着他充满中古气息的货仓。然而当他找到了门牌，发现金先生的房子是座阳光灿烂的双层独立屋，门前的花坛里有红枫树，小白桦树，还有松柏树。在碧绿的草坪中间，一丛丛秋菊正开得热热闹闹的。

然后是金先生出门迎接了他。金先生的气色好得令人生疑，好像他的生病是一个骗局似的。他满面笑容把文森特迎了进来。文森特一眼就看见阿依古丽系着围裙在厨房内忙着食物和饮品。阿依古丽给了他一个笑容，说："你来啦！"然后就转头忙着整理餐具。文森特穿过了客厅来到后院的木制平台。张先生和彼得已经来了。烧烤炉上火光熊熊，蔓延着动物油脂被烧焦的青烟。

坐在红杉木搭成的平台上，和彼得张先生说着话，抽烟喝酒。这个地方的地势比较高。从这里望过去，是连成一片的枫树林，然后便是一条闪闪发亮的大河。文森特有点惊讶，本来以为自己对多伦多的河流已经熟知，可他不知道这里还会有一条大河。看来他对多伦多的地理还不够了解啊。金先生过来了，给他们说这条河的故事。这条河的名字叫 Credit River。用中文的意思来说，就是"信用河"。这条有着富于现代意义名字的河流其实历史悠久，三百多年前第一批法国殖民商人从这条河进入多伦多之后，就开始在河口和原住民印第安人做起皮毛生意。这一带在很长时间里都是密布着货仓，建有一个巨大的白色灯塔。从这里出来的船只沿着安大略湖，经过圣劳伦斯河就可以直接进入大西洋，直航欧洲。

金先生说四十年前，他就是从这个河口上岸踏上了加拿大土地。他是从埃及的红海坐船到这里。那时已经有飞机了，但他没有钱坐。他到加拿大后在皇后大学继续读书，后来当过大学教师，图书馆馆长助理，但一直一文不名。后来做生意有了钱，他第一件事情就是在 Credit River 河边买了房子。他喜欢这个地方。将来他要是死了，他的灵魂就可以从这条河上顺水而下到世界各地周游或者回到故乡去。

金先生说人只有年轻时有钱才有意思，像他这样老了再有钱也没什么意义了。他说自己这句话是老调重弹，可还得说给你们听！这么多年他只埋头做生意，什么地方都没去玩。不过他还是觉得上天对他不错，给了他十个月的时间。十个月是个很长的时间，他可以做很多事情。上天还给了他一个更珍贵的礼物，让阿依古丽来到他身边。他说阿依古丽已经和他结婚了，昨天他们已经在律师楼办理了结婚手续。过几天他们就要出去周游世界了。"你们不要觉得惊讶，这是真的。"金先生说，"其实我现在身体还很好，吃饭很香，除了腹部有点胀，其他感觉都很棒！不瞒你们说，说不定我还可以生一个孩子呢！过两天，我和她将要在 Credit River 的码头坐船，到佛罗里达，再换乘大邮轮去世界各地。你们看，还有十个月，我会过得比过去的十年都幸福的。"

说这话时，阿依古丽还在屋内。现在金先生把她喊出来，让她坐在身边。阿依古丽靠在他身上，作小鸟依人状。金先生问张先生带小提琴了吗？张先生回答说带了。金先生说那还不赶紧拿来！张先生问金先生喜欢什么曲子，金先生说当然是喜庆的。张先生来了段门德尔松的《婚礼进行曲》，彼得点了一首《新疆之春》给阿依古丽，张先生又来了段《达坂城的姑娘》。张先生问文森特点什么？文森特说那就来段芭蕾舞剧《白毛女》里的曲子吧。张先生对文森特的心思心知肚明，给他来了一段年三十喜儿被黄世仁抢走的那段愁云密布的音乐。金先生早年出国，对《白毛女》的故事不大知道，阿依古丽又年轻了几岁，对《白毛女》印象不深。金先生夫妇还觉得这段音乐很优美动人，鼓掌喝彩。只有文森特像喝过盐卤的杨白劳，心如刀绞。

九

星期一上午，文森特照样去上班，独自为金先生看着生意。不过金先生已经委托经纪人卖生意。经纪人带几个客户来看过生意，一旦看中谈妥了，文森特就要离开这里。他坐在金先生喜欢坐的高凳上，那一堆密封圈老化的打火机还散落在柜台上。

他想着那条叫 Credit River 的河流，想着过几天金先生就要带着阿依古丽从这里出发坐邮轮去美国。他无法想象事情竟然会成为这样。起初见她陪着金先生，觉得她可能是出于对一个身患绝症的老人的人道关爱，像修女特蕾莎一样。但想不到最后居然会跟他结婚，跟一个马上要死的人结婚！

不过这样也好，事情总算要结束了。他不要再那样痛苦地去思念阿依古丽了，这样想着他的心里也感到一点宽慰。他已经做好了准备去应考，下个月尼亚加拉瀑布新开的凯涛大赌场就要开业，要招收四十个发牌员。他知道发牌员的工作要昼伏夜行，干起事来要全神贯注，报酬也不是很高，然而这个带着魔幻色彩的职业对他却有强烈的吸引力。他仔细一算时间，自己移民到加拿大已经有一年多时间了。这一段时间，他除了丢了老婆之外，一事无成，只是心苍老了许多。

这天上午他开门做了几单小生意，后来一直没见客人来。突然，他看见阿依古丽进入了货仓。他有点吃惊地看着她，以为她的背后一定会跟着金先生的。她平静地走进来，直对着文森特的柜台走过来，走到他跟前，和他只隔着一个玻璃柜台，然后看着他的眼睛。这个时候他们的四只眼睛对着看，有点像儿童们玩的对眼游戏。文森特看见了阿依古丽的瞳仁是褐色的。他还发现她的眼睑上已有一条细微的皱纹。金先生并没有来。

"有什么吩咐，老板娘？"文森特低着声音问候。

"你叫我什么？"阿依古丽一时还反应不过来。

"你是我的老板娘！或者我应该称呼你为金太太金夫人！"

"是啊，你这样说也没有错啊。"阿依古丽说。

"你有什么吩咐吗？"文森特再次重复着。

"好吧，我来吩咐点事情。你去把大门关了，再挂上 Closed 的牌子。"阿依古丽说。

"这不行。现在还是早上营业时间，客人还会来的。"

"你不是说我是你的老板娘吗？为何不听我的吩咐？"阿依古丽说。

"而且，说不定金先生什么时候也会过来的。"文森特说。

"他今天不会过来的。他去医院看医生，做检查，开药。"阿依古丽说，"你去把门关了吧，听我的话。"

文森特还有点迟疑，不过他看到阿依古丽一副认真的样子，只好过去关门挂牌。他小心地伸头看看外面两侧，看看有没有人注意着他关门。然后他转过身走回来，突然他意识到：现在货仓里只有他和阿依古丽两个人。

货仓里一下子变得出奇的宁静，宁静得令人心慌。文森特还是摸不准阿依古丽的意思，显得很局促。

"我们不要站在这里，到我们第一次见面的那个地方去吧。"阿依古丽说。文森特明白了她的意思，她不喜欢站在柜台前面开阔的地带。他和她第一次见面和彼得张先生一起说话的地方是在货仓内部第一排的货架之间。

"什么时候走？"文森特问。现在他和她已经站在货架内部。这里的空间狭窄得多，他们各靠在一个钢制的铁架上。

"大概是后天吧，最后的时间还没定下。"阿依古丽说。

"那你今天是来向我告别的吧？"文森特说。

"你说呢？你不想见我一次吗？"阿依古丽说。

"我无时无刻都在想着你，我几乎无法控制对你的这种强烈的想念。可是这有什么用？我想你走了对我也许是件好事，这样我会相信事情已经结束。尽管我还痛苦万分，但是我没有了希望，相信痛苦就会有结束的一天。"文森特说。

"你只想到你自己的痛苦，可你知道我也有痛苦。我的痛苦是十分现实的，我如果不去想办法，我就要失去在加拿大的居留签证，得回国去。我回国后并没什么前途，也许能待在乌鲁木齐，也许在喀什，说不定得回莎车县。想一想，如果我回到塔克拉玛干沙漠边上的小城，你还会到那里看我吗？也许你会来看我，就像你愿意去看一下古丝绸之路一样，可你愿意生活在那里陪我一起老去吗？你的痛苦是一时的，我的痛苦是关于一生的。"

"我知道我没有丝毫的权利责怪你，我为自己没有能力帮助你感到难过。"

"你知道，起初我是想在金先生这里取得一个工作身份，然后获得居留签证。但是移民局拒绝我的工作申请之后，我知道我的个案有麻烦了，因为一次被拒，肯定还会被拒绝下去。在我的同学中，不少人最后是靠假结婚才取得移民身份。可假结婚要一大笔钱，而且成功的可能性也不是百分之百，还有可能遇上骗子。"

"其实我明白你的处境。我平时天天看巴勒斯坦的新闻，也很欣赏他们的做法：那就是土地换和平。"文森特说。

阿依古丽愣了一下，然后明白了他话里头的意思。她忍不住笑出声来，伸手去拧文森特的嘴巴。"看你还油嘴滑舌不？"

文森特左右躲闪，阿依古丽却不饶他，两只手一起上要拧他嘴巴。他把身体往后仰，阿依古丽还俯身压着他。这个时候文森特不再躲闪了，抱住了她的身体，让她的脸贴在自己的脸上。她慢慢安静了下来。这个时候文森特很想吻她，而且能感觉到她在等着他的亲吻。但他却有点犹豫，在她正式和金先生结婚之后，他是否还应该继续和她有肉体的关系？举棋不定间，文森特觉得脸颊上湿湿的，他发现阿依古丽泪流满面。

"我知道人们会这么说我。你说得比较含蓄，也有人会说得比较恶毒。"阿依古丽擦干了眼泪，说，"有些事情你无法预知是怎么发生的。我回到多伦多看到金先生病成了这样，只觉得为他难过。他是一个心肠不坏的人，是他主动提出的。他对我说工作签证搞不通了，假结婚也不要搞了，最好的办法是和他结婚，我就会自动获得加拿大永久居民身份，三年后便可入籍。他对我说我只要陪他十个月，就可以解决一切问题，还可以继承他的财产。没有办法！我无法拒绝这样的事情。就让我土地换和平吧！"

"阿依古丽，没有人可以指责你，你也不必责备自己。我们是旅途上漂泊的人，我们应该有一种特殊的自由。当我为了寻找你在伊斯坦布尔的街头行走时，我想明白了这个道理。"文森特抚摸着她的头发说。

"你说什么？你去伊斯坦布尔找过我？"阿依古丽抬头看着他。

"是，一个月以前吧。"文森特掏出皮夹，取出那张去伊斯坦布尔的登机牌给她看，"起初我想找到你，我总觉得会发生奇迹的。后来我知道这绝对是不可能的。但是，我在伊斯坦布尔的时候有一种特别幸福的感觉，虽然我不能肯定你当时是否在那里。"

"我在那里！天哪，真有这样的事！你真是一头倔强的骆驼。"阿依古丽说，"一个多月前有一天在伊斯坦布尔，我和我叔叔到海边的一个人家做客。我看见海岸上有一大片望不到边的墨绿色的树林，庄园的主人告诉我这是橄榄树的树林。那个下午我一直想着你，想着那个晚上你说你是为了寻找梦中的橄榄树才会漂泊远方的故事。我想告诉你，你要寻找的橄榄树我已经看到了。"

"如果当时有一点你的线索，我一定会找到你。在伊斯坦布尔时我的心情很特别，非常寂寞又充满了奇怪的想法。我在老王宫托普卡珀博物馆看到那颗巨大无比的蓝宝石的时候，幻想着我会潜藏在博物馆里面，夜里出来把宝石偷来给你，而你则会在宫墙外给我望风。在那个带拱顶的黄金首饰市场，我虽然口袋里钱不多，还是在那里看了一整天。我真想买下很多很多的金链子，挂满你全身，让你变得像一个沙漠公主一样闪闪发亮。但这一切都过去了，命运曾让我们聚集在同一个神奇的城市，又擦肩而过。"

"小伙子，不要那么悲观啊，土耳其并不远，欧洲也不远，世界上任何地方都不远。只要想去，什么地方都可以到达。"阿依古丽温柔地对他说。她的话语里有着暗示，然而，文森特的心却过于执着于她和金先生的婚姻一事，迷失了她的暗示。他接过她的话说下去，却是朝着错误的方向，让阿依古丽十分失望。

"是呀，过两天你要周游世界了。你们要去哪些地方呢？是先去欧洲还是澳大利亚？我听说非洲有个岛国塞舌尔像天堂一样美丽，那里是个度蜜月的好地方。"文森特说。他的声音过于兴奋。

"你为什么老说这事？不说这些好吗？"阿依古丽说。

"我不知道自己为什么会这样想你。仔细算一下，我们在一起的时间不超过十个小时。为了这十个小时，我的一生会过得很沉重。"

"我觉得你想的不是我，你想的是你自己。"阿依古丽说着，轻轻地叹息了一声。

这一天的相聚始终显得很苦涩。他们拥抱着，后来也接吻了，但始终进入不了激情忘我的状态。这么久以来，文森特痴心地期待着和她的相聚，他们终于相聚了，却再也无法重现上一次那样欲死欲仙的美好时光，只是眼巴巴地看着时间白白流过。文森特后来知道自己在这个时刻犯下了一个致命的错误，从而毁了一个本来有可能出现的好的未来。阿依古丽这天来看他是想再次奉献身体的。阿依古丽感知到了未来的恐惧，并指望他会走一条解套的路，那就是继续给她爱，不只是心灵的，还要有身体的。她不仅给了他暗示，甚至还给了身体刺激。本来他应该心领神会。货仓虽然空阔简陋，但他完全可以用纸板箱铺一张床。他不是在梦想里以《侠胆雄心》的狮面人自居吗？他应该像一头狮子那样凶猛，去享受她的肉体，让她兴奋颤抖，直到她怀孕了为止。

然而这一切都没发生。文森特的心理上横着一座障碍：阿依古丽已经是金先生的妻子了。他显得那样迟疑不决，从而错过了时光。货仓顶棚上的天窗的亮光渐渐暗淡，外面的太阳要下山了。文森特和阿依古丽还拥抱在一起，但是肢体的语言显示出他们的热情已经耗尽，留下的只有苦闷。分手的时候来了，文森特吻着她，她的脸冰冷得像大理石。

十

这条叫尼亚加拉的河流是从南部的爱丽湖里漫溢出来的，经过一道很开阔的河床，在加拿大和美国交界处一个高达几百英尺的大悬崖上倾斜下来，形成一个世界闻名的尼亚加拉大瀑布的奇观。这里奇特的景象就是水，那么多的水突然集中在狭窄的河道，然后又从那么高的悬崖上自由降落，其气势无可言喻。这里每天有来自世界各地的大量游客，其中不乏政要名人。在能看见瀑布的地方，屹立着大量五星级的大饭店。这里还是赌博业发达的地方，大概是人们在瀑布边上悟到生命消逝如水，还得赶紧赌赌运气。

文森特现在干活的地方，就是一个叫尼亚加拉凯涛皇宫的博彩 casino 赌场大饭店。这个饭店是通体透明的巨大玻璃建筑，夜间的时候，整个酒店像钻石一样闪闪发亮。在这座建筑里面，大量的金钱在流动着。金钱的数量并没变化，只是从一个拥有者流到另一个拥有者的手里，但其流动过程却让许多人狂喜许多人沮丧。文森特是这一奇妙过程中的一个转换的开关。他穿着雪白的衬衫，黑色的马甲，打着蝴蝶结，头发往后梳理得油光闪亮。他是二十一点牌局的发牌员。他一人发牌，面对着四个下注人。他得全神贯注，一点小错误都会导致赔钱给下注人。这个需要高度精力集中的夜班工作使得他比较顺利地度过了最艰难的日子。在赌场当值的时候，他根本没有时间去想心思，而在下班之后，通常已是凌晨，他会喝下一杯威士忌，然后昏睡到自然醒来，一般都已是下午的时间。吃过了饭，很快又到了上班的时间。在金先生带着阿依古丽坐邮轮周游世界之后不久，金先生的公司就被他委托的经纪人卖掉了。文森特离开了 K.G.I 公司，顺利地通过了赌场的考试，得到这个职业。

然而那场经历的后果并没有彻底消失，还像是丛林里的猛兽潜伏着，时而能感觉到它的深沉的气息。发牌员是个高度精力集中的工作。在做完十个牌局之后，会被换下来休息二十分钟，清醒一下头脑。文森特在休息的时候会走到室外一个大型的阳台上，那个地方得天独厚，正俯视着尼亚加拉大瀑布的全景，巨大的瀑布水雾会飘过来，而一个聚光灯组合将瀑布照得像梦境一样奇异。通常这个时候，他会觉得难受。他奇怪自己几年前还是一个大型企业的实验室工程师，怎么现在会变成一个赌场的发牌员，站在这样一个水声隆隆的阳台上。他会想起曾经是自己妻子的刘晓烟，他没有一点怨恨她，反而老是心里有一种自责。他很少想到阿依古丽。每次想念她的念头一冒出来，他就立刻把它打消，好像有个灭火机时刻准备着扑灭火头。无论如何，他不能让这火烧起来，要不然他的日子会过得像地狱一样难受。

漫长的冬天慢慢过去了，春天也过去了。然而文森特的心情还是没有好起来。相反，他感觉到心里那头潜伏着的丛林猛兽开始变得活跃起来，他变得焦躁不安。直到这一天，他在赌场内遇见了久违的彼得。彼得带着老婆和丈母娘老丈人来赌场玩。文森特自从离开了 K.G.I 公司，后来就没见过他。

"你小子怎么一点音讯都没有了？在这里做事日子过得可好？"彼得说。

"还马马虎虎吧。"文森特一直没和他联系。他害怕如果和他联系，彼得会告诉他有关金先生和阿依古丽的消息，这样他会感到痛苦和不安宁。他想回避现实，想躲避这个令他苦闷的人生缺陷。但是人生的缺陷是躲避不了的。

彼得告诉他，金先生带着阿依古丽在国外旅行了近五个月，在三个月之前已经回到了多伦多。刚回来时气色还行，但上个月开始起不了床了。两周前他去看过金先生，他已骨瘦如柴，不能进食了。

彼得本来还想和他多说几句，可老婆一家人在边上等着，所以匆匆打住话题，陪他们去玩老虎机了。

这个晚上，文森特的心情并没有很大变化，他还是平静地做好了所有的牌局。凌晨下班时，他像往常一样喝了一杯威士忌，可并没像往常那样立即睡去。他喝了三杯，结果吐了一地。

在次日的早上，他坐上灰狗巴士去多伦多。自从去年他来到尼亚加拉，他就把自己的车卖了。灰狗巴士一个多小时到了多伦多联合车站，他换乘了地铁到 Kipling 车站，然后叫了一辆计程车，前往密西沙加路。

这个时候正是盛夏季节。密西沙加路上开满了鲜花。密西沙加路是多伦多有名漂亮的道路。在冬天寒冷的季节，这里的住户会制作各种各样的冰灯展示在路边。到了春天，这里无需打扮，到处花团锦簇。由于人工的照料和土质的肥沃，这里的花卉会开得比其他地方早好几天。苹果花还没长出叶子，已是满树繁花了。接着是郁金香，接骨木花，白桃花，黄水仙相继开放。而在炎热的夏天里，这里最茂盛的花卉是玫瑰。他远远看见了金先生的房子，草地剪得平平整整，屋前开满了鲜花，阳光照得屋子闪闪发亮。

在接近房子时，他的心情激动起来。他马上要看到阿依古丽了。刚才一路走来，他脑子里全是阿依古丽美丽青春的样子，他想象着，经过长时间在国外的旅游，阿依古丽大概会被阳光晒得皮肤黝黑了。他按了门铃，然后看见了阿依古丽。让他感到吃惊的是，阿依古丽的样子变化很大。她的脸显得浮肿，布满了褐色的斑块。她平静地把他迎进了屋子，好像他的来访是件顺理成章的事情。文森特这时发现，阿依古丽的肚子圆圆地鼓出来，她怀孕了，而且是快要生产的样子。文森特心里一沉。"怎么会呢？一个只有十个月生命的人怎么可以让她怀孕呢？"

接着他被带到金先生的房间里。金先生的房间是这个屋子最好的房间。从这里可以望见远处的 Credit River，还有无边无尽的树林。从窗门上所展现的风景，看起来很像是一幅嵌在画框里的油画。金先生躺在床上，处于半昏迷的状态。他的脸颊深陷下去，嘴巴张开着吃力地吸着气。文森特走近他的床边，发现金先生的眼睛动了一下，然后有亮光渗出来，说明他的意识还依然存在。在加拿大，实行全部公费医疗制度，法律严格禁止私营的医疗，所以穷人和富人的医疗待遇几乎是一样的。金先生这样的晚期肝癌病人已被公立医院的医生宣布放弃治疗，理由是延长他的生命只会延长他的痛苦。所以他不会得到任何治疗和延续生命的措施，连一瓶葡萄糖输液也不会给他注射。他很快就会自然地死去了。

现在，文森特独自坐在窗边的一张红木桌子边上。看着阿依古丽在护理金先生，给他喂一些不知是牛奶还是果汁的液体。文森特注意到，阿依古丽用调羹把汁水喂进他的嘴巴，那些汁水很快又沿着嘴角流了出来。在这个看得见风景的房间里，房间的主人已经命若悬丝奄奄一息，已经无法对屋内的情况产生任何影响。然而文森特觉得金先生强大的生命力并没有消失。这个曾经在埃及亚历山大图书馆学院研修过的老人展示了他那古老的智慧和计谋，在他的身体即将被癌细胞吞噬殆尽之前，成功地把生命延续到了一个年轻美丽的女人身上。文森特有点恶心，觉得金先生好像是一部科教电影片里介绍过的寄生蜂一样。

然后阿依古丽走了过来。坐在他的对面。他们互相对视着，没有说话。阿依古丽的目光平静又清澈，脸上还带着微笑。情况已经发生变化。起初文森特以为她只要陪金先生十个月，现在看来并不是这样。她怀上他的孩子，得抚养孩子长大，她会把母爱倾洒在孩子身上，一直到老。她得为他付出一生了。

现在，事情已经明了，阿依古丽那天反常地主动来仓库找他，让他关上门，到仓库的内部去，给他的暗示，说明她已经知道了金先生的意图。如果那时他抢先一步，让阿依古丽怀上自己的孩子，事情就会是另一种样子。然而，他是那样愚蠢，让一种比较好的可能性丧失了。

"阿依古丽，你都好吗？有什么事情需要我帮助吗？"文森特终于找到了一句话说。

"没有什么事，我很好。"她微笑着说。

"那我就走了，我想回尼亚加拉去。"文森特说。

"你走好，谢谢你来看金先生了。"她说。她的眼睛看着窗外远处，没有转头。在一大片葱葱郁郁的树林的尽头，Credit River 闪着刺眼的亮光。

作者简介

陈河，男，1958 年 11 月生于浙江温州，年少时在部队打过专业篮球，后来在汽车运输企业当过经理，曾担任温州市作家协会副主席。1994 年出国，在阿尔巴尼亚居住 5 年，经营药品生意。1999 年移民加拿大，现定居多伦多。出国停笔十多年后，2005 年重拾写作，近期主要作品有长篇小说《致命的远行》，中短篇小说《西尼罗症》《夜巡》《黑白电影里的城市》，纪实文学《被绑架者说》等。《夜巡》获中国首届咖啡馆短篇小说奖。

这里讲了三个女人的故事，她们的人生境遇各有不同，但共同的是，她们与异性的关系都遇到了困境，她们都在追求各自的幸福生活。生活在这个时代的女性应该如何自处，作者用自己的方式提出了疑问。

拉 魂 腔

雪 静

一

麦浪在六月的艳阳日，矫情地跟赵子梅抛着媚眼，扮着鬼脸……小骚货！赵子梅心里骂道，挥镰就是数刀，只听咔嚓几声响，麦穗一片又一片倒在了田垄里。赵子梅啐了一口说：我再教你显摆，再教你臭美！随后她的镰刀又没完没了地咔嚓起来，下手有力的赵子梅，就像逮住了自己的死对头胖猫一样，那么发狠地揪着麦穗，咔嚓咔嚓斩断了麦穗的身子。麦穗躺在田垄里呻吟，怪罪着赵子梅的凶狠，却又无奈地不得不面对自己的归宿。

不知这样咔嚓了多久，赵子梅才仰脸擦头上的汗，她的汗已经把头发打湿了。她感到口渴，返回地头喝了一口自带的凉开水。这时一阵风吹来，赵子梅身上的汗被风拂得一干二净，她心里忽然生出了惬意，不由得哼起了拉魂腔，边哼边往地里走，去接着割那半垄麦子。当她走到半垄麦子跟前的时候，忽然想起昨晚上做的梦，梦见一个赤身裸体的女人撩起了她家的门帘，她一惊就醒了。早晨出来的时候，路经村口一家杂货摊，上面居然摆了一本破旧的《析梦辞典》。赵子梅翻了翻，按着目录查找到"裸身或光身"几个字，刚扫了一眼，就慌忙把书合上了，书上解释说"梦见女人光身必有奸情"。她的脸忽然红起来，然后什么也没说，像条发蔫的母狗一样贴着墙根走了。

赵子梅边走边琢磨"奸情"两字，这个梦验证了她以往对丈夫的怀疑，也就是说丈夫在外边真有事了，跟别的女人有事了。梦里这个光身的女人究竟是谁呢？胖猫，一定是胖猫。

一个月前，赵子梅曾带着孩子到窑厂看望过丈夫，丈夫韩庆淮当了窑厂的厂长快两年了，几乎天天吃住在窑厂，从没回过家。赵子梅只好带着女儿小粒去窑厂看丈夫，最初是一周来一次，来时总要带上丈夫喜欢吃的咸肉韭菜和肉皮烧黄豆。赵子梅大约住一两天，这一两天等于给丈夫当保姆，洗衣做饭整理房间。韩庆淮在妻子到来的两天里，也享受一下老婆孩子热炕头的天伦之乐，赵子梅根本没发现丈夫有什么特别之处，她只感到他忙，忙得头脚不识闲。

韩庆淮任职的这家窑厂，曾是乡里的镇办企业，烧出的红砖销路不畅，窑厂连年亏损。两年前乡里招标拍卖，韩庆淮居然以几万元的价格买下来了。后来得知是乡长黄大标起了关键性的作用，不久黄大标就把他的女儿黄咪咪安排到窑厂当会计，韩庆淮一下子就明白了，乡长黄大标在自己身边派遣了一个间谍。

赵子梅听丈夫念叨过黄咪咪的事，她根本没上心，等她见了黄咪咪之后就更不上心了。黄咪咪长得简直太丑了，肥胖不说，一笑两只小眼睛眯成了缝，头发又稀又少，总是汪着一层油，年龄也三十大几了，是个尚未出嫁的老姑娘，用赵子梅女儿的话形容就是胖猫。她还有个外号叫"万人愁"。

韩庆淮无论如何也不会跟这类相貌的女人扯在一起。乡长把女儿黄咪咪放在韩庆淮身边，倒使赵子梅的内心颇感安慰。凭她的长相，即便是做了孩子的妈妈，黄咪咪也难敌那份天然的姿色，那真是父母给的，前世修的。韩庆淮当年狂追赵子梅就是看上了她的相貌。那时他们都在窑厂码砖，赵子梅梳一条大辫子，乌黑乌黑的长辫搭在腰上，腰是蜂腰，细得让窑厂的所有男人在背地里议论。最后倒是韩庆淮色胆包天先下手为强，，趁人不备的时候出其不意地强暴了赵子梅，然后又在她面前长跪不起。芳心初萌的赵子梅以为这就是爱情，于是不顾全家人的反对毅然嫁给了韩庆淮。婚后赵子梅一直很依恋这个男人，她觉得自己一生的幸福都寄托给他和这个家了。

赵子梅一直没发现什么异常，丈夫当了窑厂厂长仍然喜欢吃她烧的菜，喜欢在她来窑厂的时候滚在床上没完没了。只是今年年初，赵子梅又跟丈夫滚在窑厂的床上时，无意间发现褥子底下有一个红裤头。赵子梅没有这样的裤头，那么这红裤头是谁的呢？她当时没敢声张，暗自把常驻窑厂的女人在心里大体排列了一遍，最后她断定这裤头是乡长的女儿胖猫的。这个老姑娘最有可能与丈夫韩庆淮发情，丈夫看中的倒不是她的相貌，而是她父亲的权势，他搭上乡长的女儿也就等于攀上了一个可靠的后台。想到这儿，赵子梅浑身出了一层冷汗，她忽然感到她跟丈夫牢不可破的婚姻已处在风雨飘摇之中了。

第二天一早，赵子梅什么也没说就带着孩子走了，从此再也没去窑厂。

麦浪在赵子梅的腰间起伏，又是一垄成熟的麦子在她飞快的镰刀中倒下了。邻居的麦田里不时有人奔来跑去，麦收季节每家每户的人手都扑在了麦子上，趁着晴天把麦子抢收到场院里。唯有赵子梅独自挥镰割麦，大忙季节婆家娘家都腾不出人手来帮她，赵子梅心里希望的是韩庆淮能在这个时候出现在麦田里。如果丈夫在这节骨眼上来帮她，那证明他心里还有她并且心疼她，红裤头事件纯粹是自己的一次多疑，就算她看走眼了吧。

赵子梅割了七天七夜的麦子，也没见韩庆淮的人影。这遭天杀的，她的心一阵一阵起伏着，就像风中的麦浪，一波平了一波又翻腾起来。

二

分管文化的副乡长李凤彩前脚刚迈进办公室的门，区委书记郑文秀后脚就到了。

李凤彩听见院子里的停车声，急忙迎了出来。绿柳乡书记到省委党校学习去了，乡长带部分乡干部去外地参观考察，李凤彩算是在家留守的乡干中最顶事的。见了区委书记郑文秀，李凤彩劈头就叫苦，三句话不离本行，先说文化站形同虚设，再说图书馆几年都没钱购书，最后说到组织花鼓灯演出班子的难度。

郑文秀打断她的话说：李乡长，先别发那么多牢骚了，我今天是专门为花鼓灯班子来的，绿柳乡这批招商引资项目，外企占了百分之八十，农业生态园挂牌剪彩那天一定要热闹热闹，让绿柳乡的拿手好戏花鼓灯显显威风，给那些外国投资者看看咱绿柳乡的文化实力。过去都说文化搭台经济唱戏，现在这话变过来了，叫文化唱戏经济搭台。

李凤彩听区委书记郑文秀这么一说，感到花鼓灯的演出非同寻常。绿柳乡是淮河流域的贫困乡，经济主要靠农业。由于地理环境比较恶劣，一年四季靠天收成，一遇风吹草动，年年失收成了当地百姓认命的依据。两年前，区委书记郑文秀将绿柳乡作为自己的定点扶贫乡，经过七百多个日日夜夜的努力，准备在金秋十月为绿柳乡落实一批招商引资项目。当然还是在农业上做文章，利用绿柳乡的自然资源，打造农业风光生态园，其中包括建三个花卉基地，四个养殖基地，五个果蔬基地，六个苗木基地。招商引资的目的就是让外商把钱砸在绿柳乡这些基地上，郑文秀想在挂牌剪彩那天热闹一下，自然可以理解。作为分管文教的副乡长，李凤彩没有任何理由搪塞和推脱。

郑文秀来之前，李凤彩觉得离十月份还有好几个月呢，并没有特别着急。听了郑书记的话，她感到这事已经迫在眉睫了，如今组织一场花鼓灯演出不是小事，那要人力财力的真实付出。绿柳乡虽被称为花鼓灯之乡，可要把演出班子的人马招集起来，绝非一两声吆喝就能成事的。这年头老百姓的心早就散了，全乡能打工的壮劳力都出去找钱了，没钱没利的买卖纵然你乡干部喊破了喉咙，他们该不理睬还是不理睬，甚至连眼皮都不眨。

郑文秀听完李凤彩的汇报，就到几个基地去察看，这几个基地她最钟情的是花卉基地。三个花卉基地中，有一个专门种植郁金香的基地，品种是从荷兰引进的，投资者也是荷兰人。郑文秀对郁金香的喜欢来自女儿小玉，小玉生在郁金香盛开的月份，在郑文秀的生命中，女儿小玉跟她的事业同等重要。小玉现在外边的一个学校复读，准备明年高考。去年高三的时候，郑文秀每天在外为绿柳乡的几个基地奔波几乎跑断了腿，顾不上小玉的学习，小玉也就在没人督促的状态下疏忽大意起来，平时成绩一向名列前茅的她，高考时居然名落孙山了。郑文秀为此哭了一场，小玉更是哭得死去活来。

郑文秀的丈夫孙炳仁专门跑回来一趟，自从郑文秀当上区委书记，他就与她基本分居了。孙炳仁看不惯郑文秀指手画脚的干部气度，更听不惯她的女干部腔。当年他们两人结婚时，郑文秀只是区农机站一位普通的大学毕业生，而孙炳仁已是历任两年的站长了。他看中的是郑文秀的朴素和女人味。婚后郑文秀很快怀孕生了孩子，孙炳仁的母亲不喜欢郑文秀，也就不给她带小孩。郑文秀产假休满后，便在后背搭了一个背带，把孩子放在背带里每天背着上下班，即便到乡下的田里去检查指导，她的后背也照样背着孩子。有次去乡间指导农户给果树喷农药，她和孩子都中毒住了医院。年底区农机站总结表彰先进，大伙儿异口同声推举郑文秀，弄得孙炳仁进退两难。郑文秀最终戴上了大红花。来年春天，分管农业的副市长祖铭久来区里蹲点，郑文秀仍是背着孩子陪副市长一同下乡，副市长到哪里她陪到哪里，孩子在她身上好像是个无足轻重的玩偶，她已经习惯了后背的重量。

这让副市长祖铭久分外感动，一个区政府机关的年轻女干部，能长年在乡下奔跑就很难能可贵了，背着孩子东奔西走更难能可贵。半个月以后，副市长祖铭久跟郑文秀混熟了，两人难免谈一些比较深的话题，如当下中国农民的出路，农业乡的真正出路……郑文秀积极主张搞生态农业，不主张在农业特色比较明显的地方大呼隆地上马乡镇工业，特别是污染环境的化工厂，这与祖铭久的想法不谋而合。在绿柳乡建农业生态园的动意大概就缘于那次谈话，那次谈话郑文秀给副市长祖铭久留下了颇深的印象，这年轻的女干部有头脑，口才也不错。

三个月的蹲点结束后，副市长祖铭久很快回到市里。年底，市农委就把郑文秀调到了农林科，一年后郑文秀又回到区农机站当站长，丈夫孙炳仁调到市经济开发区管委会当副主任。关于郑文秀的被提拔，孙炳仁听到了很多传说，众说纷纭使他也开始怀疑郑文秀不是靠自己的实干谋到的位置，而是靠副市长祖铭久的提拔。祖铭久为什么要提拔她呢？他们之间没有一定的铁关系，一个堂堂副市长怎么可能提拔一个区农机站的普通干部？孙炳仁越想越感到蹊跷，恰好在他离任赴经济开发区的时候，郑文秀接到了一张贺卡，居然是祖铭久寄给她的。当晚孙炳仁就跟郑文秀扯破脸了，他对她一阵拳打脚踢，把她的眉心打了一个三角形的口子。这以后，孙炳仁就与郑文秀分开过了，孙炳仁住在经济开发区的单身宿舍，郑文秀与孩子住在一起。偶尔孙炳仁会回家一趟，大多在深更半夜，钻进郑文秀的被筒里战斗一场，结束后立即返回经济开发区。这样的生活节奏大约持续了五年，郑文秀从不适应到适应，后来她的注意力全部集中到自己的事业上，先后被选为分管农业的副区长，不到三年又被选为区长，两年后又当了区委书记，官场的风光几乎都让这个女人占尽了。当同行们羡慕她的时候，郑文秀总是忧郁地一笑，笑容后面潜藏着多少不被人知的故事啊，唯有郑文秀自己知道。值得庆幸的是她尚未解体的婚姻，尽管早已名存实亡，但毕竟还让她在人前有一点面子。虽说如今人们的生存方式已经五花八门了，然而官场对干部的要求还是婚姻的稳定。

保住婚姻应该是郑文秀生活战略上的胜利。孙炳仁在郑文秀当了区委书记后，曾始终不渝地跟她闹离婚，他想过正常人的生活，而不像现在这样人不人鬼不鬼。孙炳仁在官场显然没有郑文秀这样如鱼得水，经济开发区说白了是个官商的管理部门，孙炳仁在副职的位子上五年未动一步。俗话说官出一家，那么他的风光全让郑文秀占尽了，难道是他的能力不行吗？他当农机站长的时候，郑文秀只是个黄毛丫头，而多年来他没有天时，现在地利人和也都没有了，他只有眼睁睁地看着老婆郑文秀在人前风光无限，而一个大男人居然与一个女人难试高低，他心里的酸楚可想而知。

孙炳仁有天晚上在开发区闲得无聊看了一张碟片，好像是欧洲电影节上的一部大片，名字他没记住，片中情节尽显男女之欢。看后他忽然感觉自己枉来世上走了一遭，已近不惑之年的他，生命里只有郑文秀这么一个女人，而他是为了什么如此操守呢？他的官场生涯几乎终止了，他犯不上这么委屈自己吧。孙炳仁一夜之间好像把天上人间都想明白了，当晚他就开车出去嫖了一个女孩，女孩刚刚做这个生意不久，孙炳仁完事后心生怜悯多给了她两百元钱，后来这个女孩就不停地给他打电话，还要嫁给他。最初孙炳仁未当回事，他甚至有点害怕，担心女孩不怀好意地讹上他。如今的女孩子在城市谋生大有手段，她们盯上有权有势的男人，一旦得手就会改变一生的命运，报纸上不是报道过一个三陪女因为傍上了县长而当了法官的事吗？

孙炳仁在相当长的一段时间里，不去想这件事情，他回了趟家，晚上把郑文秀折腾得差点呕吐。他走后，郑文秀感到下肢奇痒，悄悄去了一趟医院，自费看了妇科，居然被诊断为性病。郑文秀什么都明白了，她打车去了开发区，自从丈夫孙炳仁调到开发区，她是第一次来这里。她找到丈夫，把自己的诊断病历给他看了。孙炳仁二话没说，就提出了与郑文秀离婚，郑文秀吃惊地看着孙炳仁，这才发现他们之间几乎没有什么共同的东西了。

郑文秀没说同意也没说不同意，她回到家看到女儿小玉已经长成大姑娘了，每天放学回来都跟她不停地说班上的事情，告诉她班里有个同学爸妈离婚了，同学都嘲弄他，动不动就说他没爸没妈。小玉最后问：妈，你跟我爸会不会离婚？郑文秀一惊，立刻说：不会。那你跟我爸为什么不住在一起呢？小玉又问。郑文秀随口说：我们都太忙了，顾不上彼此。但我们的心里有你，你是这个家的稳定剂。郑文秀说完这话，心里就打定了主意，坚决不离婚。孙炳仁再也没回来过。郑文秀没有了丈夫的招惹倒也心安理得，她的精力都投入到了工作上，这桩名存实亡的婚姻让她彻底放弃了对孙炳仁的依赖，忙忙碌碌的她同时也把女儿小玉的学习疏忽了。小玉高考名落孙山，她谁也不怨，只怨自己对工作投入太过疯狂，就像鬼使神差一样，她的脑子里除了工作还是工作。

郁金香长势很好，紫色的花朵如酒杯一样盛着大自然的精华。郑文秀看着满眼的紫色，喜滋滋地对李凤彩说：眼下绿柳乡的花卉基地只能搞批发，大头利润都让城里的花店赚去了。过个一年半载，花卉种植稳定了，绿柳乡也要在城里开个花卉专卖店，大头小头的钱都自家赚。

李凤彩说：那我就去城里当店长，我算账还可以，脑子转得快。

郑文秀戏弄道：大材小用了，李副乡长哪里是当店长的料，是当经理的料。

李凤彩听郑文秀这么夸自己，便得意地说：我这人就是机灵，蠓虫从我眼前过我都知道公母。

郑文秀笑笑，随之话题一转道：李乡长，眼下当务之急是组织花鼓灯班子，这可是绿柳乡在外商面前出彩的事，一定要重视，高度重视啊。

李凤彩挠着头说：重视肯定是重视，就是人难找。那个跳"风摆柳"跳得最好的赵子梅，眼下正跟丈夫闹离婚呢，女人遇上这样的事还有什么心情跳花鼓灯。

她丈夫是谁呀？郑文秀忍不住问。

就是那个窑厂的厂长韩庆淮。听说第三者是我们乡长的女儿，你看这事麻烦不麻烦？谁敢管这档子闲事？李凤彩在一旁注解。

郑文秀皱皱眉，想说什么却又止住了，她对着太阳打了个喷嚏说：她家的麦子都收了吧。

李凤彩随口道：早该收了。

郑文秀又让李凤彩陪自己到另一块花卉基地，那里种满了康乃馨。

三

天黑后，李凤彩才回到家，给丈夫潘宝玉做了饭，两人吃罢，李凤彩就收拾碗筷，然后简单梳洗了一下准备去见赵子梅。刚要出门，丈夫潘宝玉就把她喊住了。

你到哪儿去？是不是又去幽会黄段子？潘宝玉拉下脸，声音像是在喉咙里卡着。

李凤彩不用回头，就知道潘宝玉现在是什么表情。关于乡长黄大标，不仅是丈夫潘宝玉，连乡里的其他人对李凤彩和黄大标的关系也颇多微辞。李凤彩原是乡文化站站长兼计划生育协理员，她当了副乡长就像"忽如一夜春风来"，连她自己都不大敢相信，可事实却摆在了大伙儿面前。

李凤彩心里很清楚这是怎么回事。乡长黄大标外号"黄段子"，喜欢在开会的时候给台下他认识的干部发手机信息，大多是黄段子，再加上他姓黄，大伙儿私下里就喊他黄段子。李凤彩知道黄大标是个不怎么地道的人，经常不按规矩办事，可又不敢当着他的面讲。她是他推荐上来的，为啥推荐她，李凤彩心里自然有数。那年乡文化站得到上边拨的一笔文化经费，黄大标知道了这笔钱后，就在大会上放风说：区里准备在绿柳乡搞生态农业，让我们好好保护绿柳河，要想把绿柳河保护好，乡干部必须到外边考察长见识，听说法国的塞纳河保护得不错，我先去看看人家外国是怎么开发保护的。不久，黄大标真到法国观光了一趟，将上级拨给文化站的那笔经费用得精光。李凤彩自然明白这笔钱的去处，于是选副乡长的时候区里要求选拔女干部，黄大标就把李凤彩推荐上去了，年龄和实践经验都符合条件，李凤彩当选。结果外边就有了不三不四的传言，好像女干部的提拔都是靠跟关键性的人物睡了一觉。

偏偏李凤彩的丈夫潘宝玉身有残疾，性功能出现了障碍。六年前，潘宝玉曾是区建筑工程队的一名质检员，有次去工地验收，脚手架上突然掉下一根钢钎，不偏不倚正好砸在了他的小腿上，并伤及了脚趾。伤愈后他的性功能出现了障碍，不勃起，勃起了脚又使不上劲。李凤彩饱满的身体一直处在哑巴吃黄连有苦讲不出的状态，而面对丈夫的种种怀疑她又难以解释清楚，只好把丈夫当成孩子一样哄，他说什么她都当成了耳旁风。尤其现在，身为副乡长，她决不能让后院失火，一旦后院失了火，人前她真就难以挺直腰板了。

李凤彩定定神，回头望了潘宝玉一眼，她发现他的眼睛充满了惊惧，那是一种怕失去自己女人的惊惧，怕家庭解体的惊惧。丈夫潘宝玉受伤那年，李凤彩刚跟他结婚不久，后来就一直没有机会怀孕，丈夫潘宝玉内心应该知道斤两。他时不时拿乡长黄大标折磨李凤彩，其实是担心李凤彩离开自己。这一点，李凤彩早就看出来了，她往往站在潘宝玉的角度考虑问题，因而他对她使性子她也就不怨怪了。

李凤彩反问道：你整天怀疑我跟黄段子幽会，那我为什么没怀上孩子？为你怀上他的孩子？瞎猜瞎想的，想把你老婆往唾沫坑里推呀。我真被你气跑了，看谁给你做饭洗衣。你也不设身处地为我想想，如今这乡干部是好当的吗？你有两下子，群众跟你要心计，你没两下子，群众看不起你，不听你吆喝。潘宝玉，你我是自由恋爱结婚的，现在你身体有病，我知道你需要我，同时也请你理解我一下好不好？

潘宝玉听妻子这样说，自知理亏地低下头，见李凤彩又往外走，便忍不住继续问：那你告诉我，黑灯瞎火的，你到底干啥去？

李凤彩停住步子，不得不把自己的去向说了一遍：区委郑书记今天来了，要咱乡里组织花鼓灯，赵子梅是主演，缺了她这戏就唱不成。我不亲自找她一趟行吗？

潘宝玉讥笑了一声说：敢情还是跟黄段子有关。赵子梅的丈夫在窑厂当厂长，黄段子的女儿在窑厂当财务会计，曲线救国，一回事。

李凤彩立刻压低声音说：你嘴上别没把门的啊，小心招惹是非出来。

潘宝玉嘻嘻笑着，似在为自己刚才的见解而得意。

李凤彩出了门，直奔赵子梅家。绿柳村是绿柳乡的中心村，村子大，人员居住分散，李凤彩到赵子梅家几乎是从东到西穿越了大半个村子，她出了一身汗，站在赵子梅家的大门口喊她的时候，嗓音都哑了。

院里没人应，只有狗在激烈地狂吠着。李凤彩不相信大黑天的家里没人，麦收时节兴许人还在地里忙活。李凤彩又觉得赵子梅家的那几块麦地早该忙活完了，赵子梅比别人开镰早，李凤彩偶尔会在地头碰见她，还帮她搬过秸秆。韩庆淮在麦收期间始终没有回家，对特别需要人手的赵子梅来说实在有点不像话。村里人私下都在议论他与乡长黄大标的女儿黄咪咪的事，李凤彩早已风言风语地听说了，她还为此观察过赵子梅，没发现赵子梅的脸上有什么异样。

李凤彩在赵子梅的门口叫喊了一阵，手在门上拍得发麻，里面仍没人应，她就有点心急地奔了赵子梅的麦地，今晚无论如何要找到赵子梅，花鼓灯班子的落实离了赵子梅绝对不行，而绿柳乡被誉为花鼓灯乡的大部分功劳应该归功于赵子梅。两年前在云南参加民间舞蹈比赛一下子拿了个金奖，着实让绿柳乡风光了一场。作为女主角的赵子梅在接受四面八方的媒体采访时，特别提到了她爷爷，应该说赵子梅的爷爷是绿柳乡花鼓灯的创始人。花鼓灯俗称拉魂腔，又称要饭花子调，早年靠天收成的绿柳乡，十年要有九年荒，遇上洪涝灾害，全乡人就出去乞讨，唱着拉魂腔接受四方乡亲的施舍。经过几代人的演绎，拉魂腔就成了花鼓灯，如今又被称为汉族舞蹈，属技艺高超的一种民间舞。赵子梅从小就跟爷爷跳花鼓灯，摆腰扭胯的技巧超乎寻常，堪称童子功。郑文秀书记要让外商在绿柳乡投资的同时一饱文化的眼福，一旦外商喜欢上了花鼓灯，说不定邀请到国外演出呢。现在不是提倡文化产业吗？花鼓灯到国外演出赚外汇就是文化产业。

李凤彩为自己突如其来的想法激动着，如果说郑文秀书记还没想到把花鼓灯变成文化产业这一步，那么李凤彩已经想到了，她是突然来了灵感想到的，应该说是被郑文秀书记触发的灵感。按这样的思路想下去，李凤彩一定要把花鼓灯班子打造好，乘着招商引资开幕式的东风，让绿柳乡的民间文化走出国门。

李凤彩踏着夜路走出村子，走向麦田。麦田上飘着雾霭，朦朦胧胧，远望看不清田里的情景。李凤彩又往麦田里走了走，她想发现麦田里晃动的人影。可她看了半天，仍没看到人影的晃动，赵子梅的影子更是无踪无迹，唯有横七竖八的麦草疲惫地躺在潮湿的麦田之中，像是被人抽去了精华的皮囊，无奈地面对空中飘浮的雾霭。

四

赵子梅正在去窑厂的路上，她领着女儿小粒。本来她想骑自行车，可通往窑厂的路正在翻修。她和女儿搭了一段拖拉机，下了拖拉机就步行。十几里路走了四五个小时，赵子梅到了窑厂门口累得直喘，她背着袋子，里面是韩庆淮喜欢吃的咸肉，咸肉炒韭菜，佐些香干，韩庆淮喝酒的时候喜欢吃这口。赵子梅有次开玩笑说：五黄六月臭韭菜，谁还喜欢吃这玩意儿？韩庆淮一边吧嗒嘴一边说：这才证明我的与众不同呢，咸肉腌到这时算是真正地腌透了，韭菜长到这时也不让人喜欢了，两种东西炒在一块，正好合我的胃口。

赵子梅临来之时，特意把咸肉装在一个罐头瓶里，又到自家的菜地割了一捆韭菜。天热，韭菜在袋子里捂了一会儿就散出味来，弄得赵子梅浑身一股韭菜味。她把袋子放在地上，拍打着散发着韭菜味的衣襟，不时地往窑厂里望，她很希望看见韩庆淮。如果韩庆淮也看见了她，并热情地把她娘儿俩迎到厂里去，她会感到此行特别光彩。可她望了一会儿，却没望见韩庆淮，不知是身上的韭菜味还是内心的气馁，赵子梅一下子失去了去见丈夫韩庆淮的勇气。这时她望了望女儿小粒，小粒的额头上正一滴一滴淌汗。六月的日头跟后娘的拳头一样毒，想到韩庆淮被子里的裤头，赵子梅对婚姻的忧虑猛然剧增，而一旦夫妻婚姻解体，第一个受伤害的肯定是孩子。她伸手给小粒擦着额上的汗，悄声跟她说：小粒，你先到厂里看看你爸在不在，如果办公室没有，你就到他的宿舍去，看他在吃饭还是在睡觉，一个人还是两个人？

小粒睁眼看着妈妈，不知妈妈这样安排的用意。以往都是妈妈跟她一块走进厂里见爸爸，爸爸见到她的时候总要在她的脸上亲两下，今天妈妈怎么让她一个人去见爸爸呢？许是妈妈身上的韭菜味太浓了，怕爸爸嫌弃吧。小粒二话没说，转身就跑进窑厂，先到爸爸的办公室，门锁着，显然爸爸下班了。小粒又到爸爸的宿舍，在门口她特意把自己的鞋子蹭了蹭，刚刚走路的时候沾了不少泥，她怕把泥巴带进爸爸的宿舍。门虚掩着，里面有说话的声音，好像是个女的。小粒悄悄走近门口，将眼睛贴在虚掩的门缝上，她看到一个又白又胖的年轻阿姨正跟爸爸一块吃饭，爸爸搛了一块肉放进阿姨的嘴里，阿姨随后也搛了一块肉放进爸爸的嘴里，肉香从门缝里飘出来，小粒咽了口唾沫。她没有敲门进屋，而是悄悄地转身跑了，她跑出厂，在厂门口看到浑身散发着韭菜味的妈妈，妈妈也正望她。

妈妈一把拉住小粒，急急地问：你爸爸在不在？

小粒哇一声哭了起来，她哭得很伤心，觉得自己就要失去爸爸了，那个给爸爸搛肉的年轻阿姨把爸爸的爱全部夺走了。小粒哭得泣不成声。

赵子梅从女儿的哭声里知道女儿看到了什么，她急得跺着脚说：你这窝囊孩子，有话快说，哭什么呀？

小粒仰起满是泪水的脸，绝望地看着妈妈说：爸爸不要我们了，爸爸跟一个年轻的胖阿姨好了，爸爸正给那个年轻的胖阿姨往嘴里搛肉呢。

真的？你刚刚看到的？一切都在赵子梅的预料之中了，她想起了那个红裤头，想起了黄咪咪，想起了黄段子乡长，想起了……赵子梅忽然趔趄了一下，她感到头有点眩晕，身上的韭菜味强烈地刺激着她的鼻子。她笑起来，心想又是咸肉又是韭菜，十几里路程背给谁呢？丈夫韩庆淮有比咸肉更香的肉吃啊。赵子梅的泪水从眼睛里涌了出来，像止不住的小溪顷刻流满了脸颊。她拎起了地上的袋子，在半空中掂了掂，然后使劲扔了出去，她看到袋子在空中像抛物线一样画了个半弧，落在不远处的荒地里了。然后，赵子梅牵起女儿小粒的手，她们要原路走回去，回到自己的家中，那个不再有韩庆淮身影的家中。

小粒不走，赵子梅拉了她几次，小粒都不动弹。小粒的脚底像是钉了钉子，当赵子梅再次用力拉她时，小粒突然高声嚷道：我就不回家，他是我爸爸，我要把爸爸要回来，不能给别人。

赵子梅愣了，她无论如何想不到女儿小粒会说出这样的话，她刚刚七岁，还没上学，却比她这个三十几岁的女人有了一种坚韧。对，她不能就这么悄悄地走了，她要为女儿索回爸爸，倘若论个先来后到，她应该是韩庆淮的第一个女人，她凭什么要拱手把自己的丈夫轻易送给别人？十几年了，他们的身上都已浸过各自的体香，并用这体香孕育了共同的血肉，就是她想把丈夫送给别人，她的孩子还不允许呢。赵子梅一下子把小粒搂在了怀里，好像是女儿给了她挣扎的勇气，她牵着女儿的手，从远处的荒地里捡回刚刚抛出去的袋子，满怀自信地走进窑厂，奔向丈夫的宿舍。

韩庆淮想不到赵子梅会带着女儿突然而至，他和黄咪咪刚吃完饭，两人正坐在床上亲昵。

赵子梅裹挟着一股韭菜味冲了进来，韩庆淮没有关门，这更证明了他们的明铺夜盖。

当韩庆淮确信眼前的真实情景时，他忽然后悔自己忘记关门的疏忽大意，毕竟他与黄咪咪不是正儿八经的夫妻。

黄咪咪溜下床直奔门口。

赵子梅一把拉住了她，笑着说：怎么，光陪厂长吃饭啊？厂长夫人大老远的来了，你就不陪一陪？

黄咪咪低着头，嗅着赵子梅身上的韭菜味，恶心得直皱眉，暗想：你就是手机短信上奚落的傻女人，哪个男人面对浑身散发臭韭菜味的女人会发情啊。她使劲挣脱了赵子梅的手，乘其不备蹿出屋门。

赵子梅随手把门关好，她坐在门口的沙发上，把自己背了一路的袋子打开，韭菜的臭味充满了屋子。小粒立刻拉开门。赵子梅说：别关，让这臭韭菜味把香风香气熏走。

韭菜全烂了，捂了一路，又抛出去捡回来，连捂带摔，地里刚割下的新韭菜成了臭货。赵子梅统统把韭菜扔进垃圾桶里，然后她掏出罐头瓶里的腊肉，摆在茶几上，看着韩庆淮说：忙死人的麦收，田里家里只有我一个人，还以为窑厂也让你忙得手脚不识闲呢，哪承想是被香风香气迷住了。韩庆淮你说，我哪里配不上你？

韩庆淮不吭声，房间的空气紧张地抖动。小粒见状大声叫喊要吃饭，韩庆淮这才像是想起了什么似的拨了电话。不一会儿来了一个伙房的师傅，韩庆淮指着小粒说：娘儿俩刚到，都没吃饭呢，带到伙房弄点吃的吧。小粒听话地跟伙房师傅走了。

赵子梅没动地方，小粒走后，她将垃圾桶拎到门外，反身就把房间的门关上了。臭韭菜味随着韭菜的离去开始淡化，赵子梅又关上窗子，拉好窗帘，然后她面对韩庆淮一件一件脱衣服，她先脱了外衣，又脱内衣，她的内衣是一件白色的背心，浆洗得有点黄了，内裤是平脚裤头，俗称大裤衩子，看不出是黄色还是灰色，再加上路上行走出了几身汗，在空调房间里，赵子梅身上的人肉味让韩庆淮不敢深呼吸。当赵子梅脱得全身一丝不挂时，韩庆淮下意识地往后退了几步，赵子梅这时突然像一头母豹一样扑了上去，她全力以赴地扑在了韩庆淮身上，她扑倒了猝不及防的韩庆淮，用力地解着他的裤子，边解边说：今天我要让你尝尝是我香还是黄咪咪香，黄咪咪究竟比我好在哪里……

韩庆淮被赵子梅强暴了，这让韩庆淮感到女人的不可思议，同样赵子梅也感到女人的不可思议，特别是自己，居然能干出这样的事情来。她索性在窑厂住了几天，几乎天天要着韩庆淮，她想起早年学过的语录：无产阶级不去占领，资产阶级必然去占领。反正她要的是自己的老公，她要把老公的精髓吸尽，让他再没有精神面对黄咪咪。

一周以后，赵子梅才带着女儿小粒离开窑厂，路上她看着一片一片燎荒的麦地，忽然想起收在场院里还未来得及脱粒的麦子，该不会发霉生虫吧。

五

郑文秀在省城开了两天会，会后专门去看望了前任副市长祖铭久，他现在是省人大副主任，分管农业科技。

祖铭久显然老了，与十年前相比，简直判若两人。犹如"千树万树梨花开"的两鬓，证明着岁月的痕迹。郑文秀有点心酸，毕竟是自己事业上的恩人，按祖铭久的能力，当年他的仕途正顺，一致被看好是市长的人选。谁知风云突变，就在市政府换班子时，他的家里出了大事。祖铭久的女儿跟男朋友未婚同居，被她老婆堵在了被窝里，母女俩顶撞起来，女儿气势汹汹地吼道：有本事你把我勒死？女儿的脖子上系了一条红丝带，祖铭久的老婆感觉女儿不学好，正一步一步走向深渊，这样下去不但败坏了家风，更败坏了祖铭久的荣誉，她一怒之下拉紧了女儿脖子上的红丝带，几分钟的时间就把她勒死了。祖铭久的老婆盛怒之中没考虑坐牢的后果，她被判死刑缓期执行。祖铭久的仕途也随之一落千丈，他被调到省农业厅当了几年副厅长，后来就到了省人大。世事沧桑，人生的巨变有时真令人难以预料。

祖铭久的办公室里挂满了他自己写的书法，郑文秀不知道祖铭久会写字，惊喜地一幅一幅欣赏，边欣赏边说：祖副市长（她仍是这样称呼他），您不光会写隶书，楷书，狂草也很不错，您看这一幅字很像毛体。

祖铭久笑笑说：我这是业余，涂鸦玩呢。不过这幅狂草是有点模仿毛体，我对毛泽东一向崇拜，你看这是他童年时的《咏蛙》诗："独坐池塘如虎踞，绿荫树下养精神，春来我不先开口，哪个虫儿敢作声？"伟人气魄啊，我敢说政界的男士们没有哪个不佩服毛泽东的。

郑文秀应道：是啊是啊，祖副市长，您目前的书法在市场上有价位吗？多少钱一米？

祖铭久摆摆手说：我这是闹着玩呢，哪里能卖上钱啊。如今的文场不是能轻易进入的，官场的人写得再好，文场的人也会认为你不是他们的同道，不入他们的流。

也不见得，还是要看字内功和字外功，功夫深，神也得承认。我现在正准备为绿柳乡在城里开一个直销花店，到时候我把您的字制成匾挂在门楣上，再把您写的长短轴悬挂在花店的四壁，如果当地人知道是前任副市长祖铭久写的字，一定会蜂拥而至挤破店门观赏的。

祖铭久哈哈笑起来，感叹道：小郑啊，为官为政的人都知道这行当人情淡漠，在位时前呼后拥，不在位时门可罗雀。你还能在这个时候来看我，证明当年我没白举荐你啊。

郑文秀发现祖铭久的眼睛潮湿了，她不敢再直视他的脸，淡淡地说：做官一张纸，做人一辈子。一个人的身上如果丢失了传统美德，做官也好，做人也罢，还有什么价值和意义呢？

祖铭久再也没说什么。他欣赏地看着郑文秀，今生他能举荐这样一个人，也算无愧于自己的为政生涯了。

郑文秀急着要赶回市里，想问问祖铭久爱人的情况，心里掂量了一会儿仍是不好开口。临出门时还是忍不住问了，祖铭久平静地说：在里边关了六年，就取保候审了，现在乡下老家养病，人几乎废了，整日神思恍惚，精神出了障碍。

真是不幸。郑文秀感叹着。出了门，跟祖铭久握手的时候说：您自己要调理好生活，多多保重。

祖铭久紧握着郑文秀的手说：这么多年我已经习惯了，白天基本吃食堂，业余时间练书法，也很悠闲自在。

郑文秀感到祖铭久手上的力量，自从他们相识还从没这样较真地握过手，这是把多年的牵挂都倾注到手上了。

郑文秀抽回自己的手，转身下楼，她走得很慢，她知道祖铭久在身后注视着自己，毕竟曾经是上下级的关系，且又多年没见的老领导。这时，一个十分熟悉的身影与她在楼梯上擦肩而过，她定了定神，竟是丈夫孙炳仁。这么巧，怎么会这么巧，天下真是无巧不成书呢。

孙炳仁显然看到了祖铭久，他认识他，这个老婆的恩人并没给自己带来什么好运气，相反倒使他走了背运。后来祖铭久家道的不幸他全部听说了，他认为这是天灾，内心曾为此解气不已。他跟老婆郑文秀名存实亡的婚姻不能不说与祖铭久有关。郑文秀官场的一路顺风挫败了孙炳仁作为男性的浩气，他的内心卑微起来，与老婆真刀实枪地计较，继而就有了彼此长时间的冷战，他们大概有几年没在一起了。而郑文秀在这个时候来看望祖铭久，显然是想重温情感的残梦，当年那些对他们之间的传说莫非是真的？孙炳仁的脑袋轰地炸了，一股醋意酸溜溜地涌上脑门，他突然冷言道：事实胜于雄辩。

这是一句没头没脑的话，郑文秀自然理解这话的意思，要是祖铭久听见了，也会理解这话的意思。幸而祖铭久没听见。郑文秀回头发现祖铭久已经回到办公室了，他可能没看见孙炳仁，要是看见了，一时也会认不出，毕竟数年的沧桑了。只要祖铭久没听见孙炳仁的醋话，郑文秀内心就不会太介意，她不能因为自己使恩人受到伤害。而对丈夫孙炳仁，她早就麻木多年了，她甚至从未在心里想过这个人。

郑文秀一直没有停步，她下了楼梯，快步出了人大办公楼。下午三点市委还有一个重要会议，她必须赶回去。

会议一直开到晚上，郑文秀回到家已是十点多钟了。开灯后她吓了一跳，孙炳仁正坐在沙发上，这太出乎她的意料了，他们之间已多年不来往，他是怎样拿到的钥匙？

孙炳仁站起身，脸上讪笑着说：我从省城回来，到女儿小玉的学校看看她，钥匙是从她那里取到的。

小玉好么？郑文秀面无表情地问，她弄不清孙炳仁回来的真正目的，白天在省城见到他时的那副嘴脸仍然刻在她的记忆深处。

孙炳仁急忙说：小玉挺不错的，考试成绩一直属于全年级的前十名。她今天见了我挺亲热，毕竟是我的亲生骨肉。

郑文秀听罢，看了孙炳仁一眼道：说吧，今晚回来找我干什么？

孙炳仁往郑文秀的跟前凑了凑，突然抱住她说：文秀，以前都是我不好，作为男人，我太小心眼了。今天我去省人大办事，有好几个主任都夸你能干。如果只有一两个人夸你也就罢了，大伙儿都夸你，就证明我的不是了。今后我还是回来跟你好好过日子。我想了一路，当年我正是看中了你的朴素和敬业精神才跟你结婚的，婚后你吃了不少苦，背着孩子下农村，这些都是一般女人无法做到的。你靠自己的实干熬到了今天的位置上，我如果把你拱手送给别人那真是大傻瓜了。

郑文秀一下子明白了，孙炳仁对她今天去看望祖铭久起疑心了，吃醋了，忽然想明白了，变得现实起来了。如果说孙炳仁对她还有爱，那也是世俗的爱，她想起一句话：夫妻之间也是相互利用的关系。孙炳仁一定需要她的帮助了，否则他不可能回来求她。

郑文秀不说话，脱掉外衣，准备去浴室洗澡。可孙炳仁在客厅坐着，她又不好把自己脱得太彻底，毕竟几年没在一起了，夫妻之间应尽的义务也显得遥远和陌生。

孙炳仁仿佛猜透了郑文秀的心思，他快刀斩乱麻般把她的衣服全部扒掉了，随后又将浴衣披在她的身上说：洗干净点，今晚老公要让老婆快活快活。

郑文秀是被丈夫孙炳仁抱出浴室的，多年的分居使她一时难以适应孙炳仁疯狂的热情，她不时躲闪着他的吻，他却在她的躲闪中吻遍了她的全身，然后他占有了属于自己的高地。经过一场激烈的战斗，孙炳仁才依依不舍地从战场上退了下来，摸着弹痕累累的郑文秀说：老婆，能帮我一个忙吗？

什么忙？郑文秀问。

开发区来了个外商，想搞块地投资一个化工园，这项目一本万利，市里不允许在城区搞，我专门跑了省环保厅及省人大都没用，你看放到绿柳乡怎么样？绿柳乡光靠农业恐怕难以使经济腾飞，如果引进一个化工企业，上马后很快就会见效益，你这个区委书记也会脸上有光。孙炳仁说。

郑文秀心里一笑想：果然夜猫子来了。她立刻拒绝道：绿柳乡未来十年的发展目标是生态农业，化工企业根本不在考虑之内。停了一下，又说：你今晚回来就为了这个？你以为跟我在床上滚一滚，我就会放弃原则帮你开后门吗？你真把我看错了，难怪你我总是弄不到一块去，我们的思想意识相差太远了。

孙炳仁沉下脸说：不行拉倒，上纲上线太损了吧？说罢转身，给郑文秀一个后背。

房间里沉默起来，彼此的呼吸声都很大。

郑文秀索性起身去了卫生间，拧开水龙头，她要把孙炳仁留在自己身上的痕迹彻底冲洗干净。

六

李凤彩见到赵子梅，两手一拍说：你可把我找死了，麦收这么忙，你扔下麦田就走了，也不怕那麦子沤烂在地里。

赵子梅眼一翻说：他韩庆淮都不怕，我怕什么？大不了我带孩子要饭去，喝西北风倒也清凉。

李凤彩凑近赵子梅，用手戳点了一下她的额头说：你呀，就是个犟眼子，韩庆淮他现在是窑厂厂长，乡里三分之一的经济要靠他呢。你这个时候攀他就没道理了，是麦收事大，还是烧窑事大？听说市里有个三十多层高的大楼，要靠他窑厂的砖盖呢，这可是大生意。

难道乡里为了生意就允许他韩庆淮姘女人吗？赵子梅本来想把事情闷在心里，可临走那天，韩庆淮丢给她一句话：以后你别再来窑厂了，对我没好处。赵子梅当时什么也没说，回到家里耳畔总是回响这句话，连家都要散了，我还管你什么好处不好处的。她知道韩庆淮不敢得罪乡长黄大标，他与黄咪咪相好，多半是惧于她父亲的权势。可赵子梅不能因为乡长的权势连自己的丈夫也保不住吧。

李凤彩故意问：韩庆淮莫非在外边真的有事了？

赵子梅呜一声哭起来，边哭边说：李乡长啊，你可得为我做个主啊，乡长的女儿黄咪咪把我丈夫抢去了。

李凤彩的心咯噔一下，坏了，这事敢情是真的了。她镇定了一下，劝说道：这事不太可能吧，乡长黄大标的女儿外号"万人愁"，是个奇丑无比的老姑娘，肥胖不说，五官也不端正，眼睛小得像嵌了两粒黑豆，又长了一张翻船嘴，她除了有个乡长爸爸，哪样也比不了你赵子梅。韩庆淮是乡里一表人才的男子汉，他怎么可能看上黄咪咪这样的"万人愁"呢？李凤彩见赵子梅没反应，又说：你当年与韩庆淮恋爱结婚，那是咱绿柳乡的金童玉女，全乡人没一个不羡慕的。你说韩庆淮跟别人好，多少还贴点谱，跟"万人愁"黄咪咪好不大可能，他跟她在一起不能闭着眼吧？

赵子梅纠正道：一般人可能都会这么想，但我是亲眼看见了他们两人腻在床上。黄咪咪虽说丑得"万人愁"，连我女儿都喊她胖猫，可她爸爸有权势，谁能说当年黄大标把窑厂给了韩庆淮不是为了他的女儿，不然怎么很快就把黄咪咪派去当会计呢？韩庆淮是中了黄大标的奸计了，早知道这样，我死活不让他去当这个厂长，把个家折腾散了，有钱有势又有什么用呢？

李凤彩感觉赵子梅分析得在理，黄大标的为人她是再清楚不过了，可这事究竟应该怎么处理呢？李凤彩一时不好表态，便急转话题说：子梅，个人的事情容后考虑，今天我找你是为乡里的大事。区委书记郑文秀给咱乡招商引资了一批项目，咱乡要搞生态农业的示范基地，准备金秋十月挂牌剪彩。郑书记说花鼓灯是咱乡的拿手好戏，想在剪彩那天给外商们展示展示。你是花鼓灯的主演，没你这花鼓灯出不了戏呀。

赵子梅脸一沉说：我这样子哪有心情去跳花鼓灯啊，我哭着去唱拉魂腔呀？

李凤彩一笑说：你要真想把韩庆淮拉回你身边，你就不能太把他当回事。你该吃吃，该喝喝，该唱戏唱戏，烫个摩登头，穿几件名牌衣服，今天区委书记来看你，明天市委书记来看你，你看他韩庆淮着急不着急，那个黄咪咪就是皇帝的女儿也改不了容貌吧。你把花鼓灯跳好了，外商看了欢喜，说不定介绍到欧洲去演出呢，现在不是时兴文化产业吗？花鼓灯是中国的民间艺术，它就可以成为文化产业。要是你赚了美元和欧元，那你就有身价了，他韩庆淮不过是个窑厂厂长，烧砖的，到时候你兴许还看不上他呢。我说的可都是实话，如今中国的女人能干有钱，好多外国男人都追到中国来了，咱绿柳乡也盼着洋女婿上门呢。

赵子梅扑哧一声笑了，说：李乡长，咱绿柳乡出你这样一位女干部也真对了，能说会道，死人也给说活呢。

李凤彩摆摆手说：我今天能把你的心说动了，就算我没白跑一趟。你就照我刚才的话去做吧，对男人，特别是对韩庆淮这样的男人，女人一定要摆个姿态，这叫欲擒故纵，让他自动入你的圈套。他跟我那口子不能比，潘宝玉是个废人，我时刻要哄他逗他，把他当孩子待，否则日子就过不消停。

赵子梅知道李凤彩的丈夫潘宝玉，小肚鸡肠神经兮兮，不像个男人，老怀疑乡长黄大标与李凤彩有染。可赵子梅感觉黄大标无论哪里都配不上李凤彩，尽管众说纷纭，她还是相信李凤彩跟黄大标没有什么特殊关系。首先他们不是一路人，媒体早就介绍男女相爱是一种化学反应，彼此的气味相投才能走到一块，黄大标与李凤彩根本是两路人，搭不上边的。赵子梅叹了口气说：李乡长，你说咱们女人为什么要比男人多吃这么多的苦呢？不光体力受煎熬，精神也要受煎熬。

李凤彩拍拍赵子梅的肩说：吃苦是增福呢，苦尽才能甘来。好了，今天算我没白做工作，花鼓灯的事你应下了，有你出场，这戏才能演得起来。你家里还有什么活，明天我找几个人来帮你，我到你的地里看了看，麦子都割完了，明后天把场上的活干干，趁着天晴，把麦粒脱了，然后咱就准备花鼓灯。这是大事，你必须全力以赴，让我也在区里露露脸。

赵子梅没表态，没说行也没说不行，但李凤彩从她的脸上看出了许诺。

李凤彩回到家已是后半晌了，从赵子梅家出来，她又到乡里去了一趟，吩咐文化站站长组织几个人，明一早去赵子梅家帮工。如今最不好找的就是劳力，青壮年都在城市务工，返乡麦收的也都来去匆匆，义务帮工等于是空话，商品经济，劳动力的务工丁是丁卯是卯。文化站长流露了为难情绪，李凤彩便下死任务说：行也得行，不行也得行，这是死任务。否则花鼓灯演出就别想有戏。文化站长最后只好回家把小舅子小姨子还有三叔二大爷全召集到一起，开了个动员大会，让全家人帮他完成这项政治任务。

第二天一早，赵子梅家的打麦场就欢歌笑语闹腾起来了，来帮工的人一边唱着拉魂腔一边干活，三天的工夫就把赵子梅家的农活干完了。要散伙的时候，赵子梅一个都没让走，她跟文化站长建议说：都留下跳花鼓灯吧，多么难得的演员，老老少少，证明咱绿柳乡民间艺术的普及。

花鼓灯演出队就这样拉开了架势，从此绿柳乡的每个夜晚都有一群花鼓灯艺人的喧闹响彻云霄。

七

　　还有一个月的时间，绿柳乡农业生态园的开幕揭牌仪式就要举行了。郑文秀忙得团团转，首先方方面面的人要请到，重要的人物她必须亲自去请，市委书记、市长、省农业厅的领导及老上级祖铭久。跑了几趟，方方面面的人都打过招呼了，参加开幕式的外商也都一一落实了，郑文秀细数了一下，开幕式那天可能要有百把号人的饭局，干脆就安排在绿柳乡吃农家饭，草鸡咸肉豆腐玉米红芋及地里的时令蔬菜，不用八盘七碗地讲究，只要饭菜可口卫生就行。郑文秀越想这个方案越稳妥，一来让外商尝个新鲜，二来减免了铺张，顺便也让方方面面的领导和外商看看绿柳乡真正的农民生活。如果这次搞得成功，以后说不定就演变为农家乐之旅了。已经有很多农村搞旅游经济了，郑文秀每参观一个地方，内心就颇多感触，眼下她的种种设想总算有一小部分即将变为现实了。

　　郑文秀一大早就赶到了绿柳乡，她想看看花鼓灯的排练情况，顺便把农家饭的事安排一下。书记和乡长仍在外地学习考察，李凤彩当下该管的事和不该管的事都必须往自己的头上揽。郑文秀就喜欢她的爽气，这也使她有了一种政令畅通的得意。如今政界的官员们大都有一种感受，行政意图往往贯彻不下去，下边的人经常拖着不办，或者好歹应付一下。郑文秀最讨厌这样的官油子，他们往往把政府的形象都给败坏了。同时也深深感到商品社会光靠简单的行政命令已经说服不了人了，必须通过政府的实干精神来征服人心。

　　郑文秀把所有想做的事情一一交办完，李凤彩就诉苦了，这几天为花鼓灯彩排的事她早已急得上树爬墙。昨天她在乡文化站的橱柜里翻找演出服，两年前参加民间艺术节的服装居然一件都不能穿了，发霉褪色，绿的成了灰的，粉的成了白的。文化站是两间平房，房顶下雨漏水，橱柜成了接水的容器，橱门的锁两年都没打开过。李凤彩把衣服掏出来的时候，一股霉味刺得她睁不开眼睛，她当即就把文化站长训了一通。文化站长梗着脖子说：李乡长你训我没道理，有本事你让乡文化站搬到不漏雨的房子里去。乡里盖了那么高的大楼，就是没有文化站的办公室。领导嘴上讲重视文化，落实到行动上就虚晃一枪了。

　　李凤彩听站长发牢骚，觉得这牢骚发得也有理。她分管文化这一块，自然知道苦经，乡里什么工作都重要，唯有文化工作经常被打折，嘴上说百，落实到行动上只有十，甚至还有把文化站经费挪用的情况。乡长黄大标就用文化站的经费出国考察过，四万块钱一个月就花精光。尽管事后她因此当了副乡长，可心里总记挂着这件事。

郑文秀听完李凤彩的汇报一筹莫展，如今政府也是谈钱色变，搞项目可以，跟政府要钱就比较难。不过这次活动属于特例，郑文秀可以在区里为绿柳乡争取一些经费，数额不会太大，大概只够吃农家饭的，服装钱还是要绿柳乡政府想办法。郑文秀最后问了一句：区里年年拨给绿柳乡文化经费，乡里应该还有部分资金周转吧？

李凤彩的脸腾地红了，她知道郑文秀指的经费是什么，显然包括被乡长黄大标用掉的那笔钱，可这事她无论如何不能说出去，这就是为官的准则，不能说的话至死也不能说。但郑文秀的话倒也提醒了她，她应该以定做花鼓灯演出服的理由跟乡长黄大标申请经费，把他花文化站的那笔钱再巧妙地要回来。

郑文秀走后，李凤彩跟乡长黄大标通了电话，把申请花鼓灯演出服经费的事详细地说了一遍，最后又强调说：这是乡里的头等大事，郑文秀书记亲自抓呢。黄大标有点不耐烦地说：好了好了，等我回去再说，手机快没电了。

两天以后，黄大标带着乡里的考察团从外地回来了，像以往一样召开了全乡干部大会，把在外边的所见所闻天花乱坠地描述了一遍，最后慷慨激昂地说：我们当干部的就像行走一座桥一样，为官一任一定要给桥两边留下美丽的风景……

散会后，李凤彩截住黄大标说：黄乡长，眼下最好的风景就是花鼓灯演出服，就等你批钱了。

黄大标一边看着李凤彩递来的申请报告一边往办公室走，开了门，坐下后又把报告看了一遍，忽然说：四万块钱可是一笔不小的经费，我得跟书记通个话，商量一下。

李凤彩知道黄大标是托辞，便直截了当地说：咱乡书记在省委党校学习呢，将在外军令有所不受。再说花鼓灯演出是为绿柳乡农业生态园挂牌剪彩准备的，区委郑书记亲自抓的，你不在家这段时间，郑书记已经来过好几趟了，你出去考察有经费，给花鼓灯制买演出服就没经费了，你不怕郑书记因此摘了你的乌纱帽吗？

黄大标一怔，立刻领会李凤彩话里的意思了，前两年他出国考察曾挪用过文化站的经费，为此他还推荐李凤彩当了副乡长。不明真相的人私下风传他与李凤彩有染，这样得理不饶人的女人，谁敢跟她有染。

黄大标想了想，不答复李凤彩显然不行，答复她财政上又拿不出这笔钱，他们出去考察的费用还不知从哪里报销呢。沉默了一会儿，见李凤彩一副不达目的不罢休的表情，黄大标就拿起了电话，对着接电话的人喊：韩厂长，我这里急需四万块钱，乡里农业生态园挂牌剪彩想搞得隆重一点，区委郑书记方方面面请了不少人，还要组织花鼓灯演出，经费开支太大，乡里没钱支撑，你先赞助一点吧。

对方在电话里又说了一些什么。

黄大标说：就这样定吧，李凤彩乡长亲自抓这事，你如果犹豫，她会亲自找上门的。李乡长的厉害你应该知道吧，女干部都不太好缠。黄大标后一句话是故意说给李凤彩听的，他在敲打李凤彩。

李凤彩索性将计就计，第二天一早就奔了窑厂，一是拿钱，二是顺便看看韩庆淮与黄咪咪究竟腻到什么程度了。想到四万元的出处，李凤彩猛然悟到当年黄大标拍卖窑厂的用心良苦。赵子梅说得不错，黄大标把女儿黄咪咪安排到窑厂等于给自己精心设计了一个实用银行，他可以随意调遣那里的银两。这或许就是政治吧。

八

李凤彩从窑厂回来，对赵子梅与韩庆淮的婚姻基本有数了，韩庆淮笃定会与赵子梅离婚，黄咪咪已经怀孕了，妊娠反应还不轻，给李凤彩开转账支票的时候竟跑出去呕吐了三次。

回来的路上，李凤彩心里颇不是滋味，虽说身上带了四万元的支票，可想到等待赵子梅的是家庭的破裂，她心里像压了块石头沉甸甸的。这事她不能告诉赵子梅，再坚强的女人也会挺不住劲，而这场花鼓灯离了主演赵子梅简直就没戏可唱了，她跳的"风摆柳"没人能跳。昨天赵子梅还跟她商量唱词呢，她把唱词改了一段，改得恰到好处：都说绿柳乡好风光，生态农业春意旺，科学发展和谐曲，共同富裕奔小康……李凤彩只记住了后几句，还真挺有文采，她相信郑文秀都得说好。

李凤彩当年在乡计生站工作，同时兼管民政方面的琐碎事情，韩庆淮与赵子梅的结婚登记证就是她给办的，当时她还吃了赵子梅送的喜糖。回忆起当年的赵子梅与韩庆淮，那真是风华正茂的一对，村里人称他俩是金童玉女。时光一晃十年，十年后这对金童玉女居然要各奔东西了。李凤彩突然停下来，回头往窑厂望了望，她想如果这会儿韩庆淮能出来，并能跟她走上一程，她一定会好好劝劝他，黄咪咪哪一点都比不上赵子梅，黄大标虽说眼下是乡长，但乡长也不能当一辈子，凭他的素质，再往上升恐怕难了。李凤彩望了一会儿，连个韩庆淮的人影也没有，她又继续往前走，眼前不时晃动起赵子梅的身影，她的思维又跟着赵子梅跑了。

绿柳乡农业生态园挂牌剪彩仪式过后，花鼓灯演出队基本就散伙了，等待赵子梅的将是家庭破碎的痛苦。李凤彩想想没人可以代替或减轻她的痛苦，黄咪咪有乡长的靠山，韩庆淮是凭这靠山起家的。窑厂这几年经济效益不错，韩庆淮把方方面面的关系都打点过了，吃他的人嘴短，拿他的人手软，谁还会站在赵子梅的角度说话？纵便她是受害者，面对利益也不会有人为她讨说公道。就是李凤彩也会缄默其口，黄大标属于自己的上级领导，官大一级压死人，为赵子梅而得罪乡长黄大标真是划不来。可李凤彩又不忍心这样看着赵子梅饱受痛苦而袖手旁观，她准备把这事跟郑文秀书记透露一下，看郑书记是什么态度。

李凤彩特意进了一趟城，一是定做花鼓灯的演出服装，二是跟郑书记汇报花鼓灯的排练进程，顺便也把赵子梅的事情跟她说说，也许郑书记能给拿个主意。

郑文秀又在开会，李凤彩等到一点钟才见到她，两人都没吃饭，区机关食堂此时也没饭可卖了。李凤彩就要请郑书记吃饭，郑文秀说：到了区里我就是东道主，哪有让你请客的份呀。这样吧，我请你吃个便餐，每人一碗牛肉拉面，办公楼下就有拉面馆，我经常吃，味道很不错。说着两人一道下楼，出了大院，在一个僻静的拐角果然有一家牛肉面馆，味道很浓，锅里沸腾着牛肉汤。店主是个中年妇女，认识郑文秀，热情地将两个女人引到屋里，拣了个干净的座位，又擦了桌子，不一会儿两碗牛肉拉面就端上来了，碗里撒了一层香菜，与牛肉相佐，喷喷香。

李凤彩真是饿了，边吃边夸牛肉拉面做得纯正地道。快吃完的时候，又跟郑文秀汇报起定做花鼓灯演出服的事，顺便说到赵子梅修改的一段唱词，把记在脑子里的四句唱词学说了一遍。郑书记听后说：好，唱词改得有思想高度，显出了绿柳乡农民的政治觉悟，这个赵子梅还挺有头脑的。

李凤彩觉得自己为赵子梅说话的机会到了，便接着郑书记的话茬说：想当年她是绿柳乡唯一读高中的女生，可惜毕业那年跟韩庆淮谈了恋爱，就是现在的绿柳乡窑厂厂长，放弃了考大学的机会，跟着韩庆淮到窑厂码砖去了，一场冲动的爱情把自己的才华糟蹋了。

那他们现在过得好么？郑文秀问。

好什么呀，马上快离婚了，韩庆淮跟乡长黄大标的女儿睡出孩子来了，韩庆淮不跟赵子梅离婚乡长能饶他吗？李凤彩直率地说。

是这样……郑文秀皱皱眉，将碗里的最后一口面吃尽。

李凤彩也将碗里的面吃尽，放下碗筷，忍不住又说：我估计赵子梅不会轻易离婚的，他们的事乡里肯定不会管，一旦闹到区里，会怎么定性呢？

郑文秀想想说：区妇联每天都会接到来自女方的控告，诸如第三者插足、家庭暴力离婚再婚……有些矛盾浮在表面可以调解好，有些深层次的矛盾靠调解是不起作用的。我一直以为，女人最终的幸福不是靠婚姻和丈夫，而是靠自我奋斗。当代女性之所以有地位，是因为经济独立了，有了自己的话语权。听说过香港"饺子大王"的故事吧，那个饺子大王就是曾经被丈夫抛弃的女人，她带着两个孩子在香港湾仔码头以卖水饺为生，创出了"湾仔码头"的水饺品牌。远的就不多说了，咱说眼前的，这个牛肉拉面馆的女老板，刚才进来时你见过了吧。十年前也是一个弃妇，丈夫跟一个小女人跑了，去年丈夫回来找她，她宁死不肯复婚。当今社会，生活方式五花八门，离婚再婚都很正常，你劝劝赵子梅，不要太把这事挂在心上而伤了自己。风物长宜放眼量，条条大路通罗马。只要奋斗，女人完全可以靠自己的聪明才智养活自己。

李凤彩连忙点头说：郑书记的一番话很有道理，关键是赵子梅这样的人会不会想通，思维会不会跟这些道理接轨？

郑书记一笑说：等把生态园揭牌仪式搞完了，我在市里寻个店铺作为绿柳乡花卉的批发点，到时候让赵子梅来经营，你看怎么样？

李凤彩欣喜地说：好主意，她准能干好。

郑文秀叹口气，沉思一会儿说：女人一忙起来就什么都忘了。郑文秀的话里带着哀婉和凄楚，唯有她自己能体会内心的那一份苍凉。

两人说话之间出了面馆，李凤彩跟郑文秀分手的时候说：郑书记，您经常跑到这样的小面馆吃饭，不怕失了官威吗？

郑文秀笑笑说：官威是靠官员的清廉政绩赢得的，不是靠自己的架子摆出来的，我最怕群众说我官不大僚不小。

一个月后，绿柳乡生态园挂牌剪彩仪式举办得相当成功，花鼓灯的演出博得了外商的阵阵喝彩，赵子梅自然功劳不小。后来，真有外商邀请花鼓灯到国外演出了一个月。

一年后，郑文秀在市里为绿柳乡花卉基地落实了一个批发点，店铺不大，布置得井然有序，赵子梅成了花店的总经理。店铺的门匾是前任副市长祖铭久题写的，借了花鼓灯的别称，名为"拉魂腔鲜花店"。

作者简介

雪静，女，生于北方，满族，南京市文联签约作家。中国作家协会会员，鲁迅文学院第四届全国少数民族中青年作家高研班学员。著有《从白天到夜晚》《旗袍》《夫人们》等多部长篇小说，多篇作品被国内权威性选刊转载。

王良的理想是娶个贤惠的媳妇好好过日子，他真的娶到了媳妇，而且还是漂亮媳妇。但是他的媳妇缺乏他所想像的贤惠，她要考大学，考不上大学她也要进城，总之，她并不甘心做他的媳妇，她要用各种方法摆脱这样的命运。问题是，王良仍然坚持着他的理想，于是悲剧产生了……

王良的理想

王雪梅

一

王良是南方那个山村里的一个忠厚老实的年轻人，他的父母也都是老实本分的农民，每日里守着几亩耕地日出而作，日落而息，就像千百年来他的祖辈们过的那样。

这是一个很美丽的山村，不过王良并不知道这里有多美丽。王良从来就没学会去感受山村的美丽。

王良小时候一直是个很乖的孩子。他很早就会下地干活，他会做一个南方山村的孩子应该做的所有活计。王良只读过初中，成绩很糟糕，初中还没毕业就回到了村里，所以基本上也算是没什么文化。

村里劳力富余，年轻人都出去打工了。王良无所事事一段时间以后，就去山下离家大约30公里的一个比较繁华的小镇旁边的一个砖窑当了一名工人。王良的工作就是摔砖坯子，一个月辛苦下来，也能挣个三五百块钱，不少了，足够吃馄饨了。

砖窑上几个要好的小青年喝酒聊天时，大家说起了理想。王良好歹上过几年学，也认识一些字，多少知道"理想"这个词的意思。

王良说，他的"理想"就是让共产主义在全人类早日实现。

大家就笑，说，你吹啥牛逼呢。

王良就很不好意思，说，刚才说的理想是最大理想，他的第二大的理想就是娶个贤惠的媳妇，好好伺候两老。

大家又笑，都说王良没出息。但王良觉得自己的理想很伟大。他真是这么想的。

王良真是已经到了该成家的年龄了。而实际上，家里也已经开始给王良张罗对象了。

一天，王良放工回家休息。一个邻家大婶上门来，要给王良介绍对象，说邻村有个姑娘叫李俏，高中毕业，大学没考上，现在待在家里。姑娘白白净净，柳眉杏眼，模样俊着哩！

王良听了心里就很高兴，不过，他还是有些担心，跟邻居的大婶说，我文化不高，怕不成吧？

大婶听了呵呵一笑，说，她没考上大学现在还不一样是农民，天天跟黄土泥巴打交道，文化不文化顶啥用？就怕到时候你还嫌人家是个花瓶不会下地干活呢！

王良父母赶紧搭腔，穷人家哪敢挑剔，只要人家不嫌弃我们，我们没啥说的！

就这样，王良跟着这位大婶到邻村与那个姑娘见了面。果然，这位叫李俏的姑娘长得细皮嫩肉，亭亭玉立，而且说话也温文尔雅，一看就是有知识。王良就更有顾虑了。眼尖的大婶看透了王良的心思，小声对他说：没事，李家人早说过了，李俏找婆家就图个人忠厚实在，你们俩挺般配呢！

第一次见面，双方都没啥意见。李家人这么不嫌贫爱富，让王良充满了敬意。

邻家大婶在王良去相亲前给了王良一张李俏的照片。现在，这张相片成了王良的宝贝了。王良怀里揣着李俏的照片，心里蜜糖一样的甜。王良觉得自己很幸福，没事的时候就开始设想将来的美好生活。

回到砖窑上，王良时不时就拿出李俏的照片在几个工友面前吹。工友想看看照片，王良又舍不得了。工友们嘴上都表示很不屑，私下还是羡慕王良找了个好媳妇。

王良很知足，从此干活更卖力了，他觉得自己的第二大理想快要实现了。

二

俗话说得好，高山出俊鸟，平原兔子多。李俏就属于俊鸟一类，可惜身在山中，按李俏母亲客气的说法，俊归俊，却百无一用。

李俏发育早，上学晚。上学晚的原因是当兵回来的哥哥李新莫名其妙地成了花痴，只要见到穿花衣裳的，不管老少，上前去就要扒人家衣裳。李俏家里为了给哥哥李新看病，差点连老屋都卖了。金华杭州上海看了一大圈，病轻了些，女人的衣服是不去扒了，却改成了唱歌，一天到晚扛着个扫把在村口空场上走正步，嘴里还不停歇地唱"咱当兵的人，就是不一样"！李俏父母原本指望儿子当兵回来，好歹谋个公职，不料想却成了个疯癫的货，为了给他看病把本来就薄得可怜的家底都掏空了。而李俏上学的事就这么被耽误了。

李俏12岁来初潮。和大部分乡间孩子一样，李俏已经从大人们戏谑的话语和行为中知道了男女之间的性事，所以来初潮的时候也不是很惊慌，她明白自己已经具备生儿育女的能力了。自那以后，李俏仿佛变成一个气球，见风就长，长得还很是地方，胸是胸腰是腰的，转眼就长成了个大姑娘。

俏姑娘李俏并非像她妈说的百无一用，别的不说，读书就很能。从小学到高中，成绩一直在班里数一数二。17岁那年，李俏考入了县一中。进入了县一中，等于一只脚已经跨进大学的校门了。

李俏学习好，还爱看书，也随书里的故事想些心事。书看多了，李俏就开始想自己的男人也就是书上写的什么白马王子会是什么样的。李俏想了很久，想不出来。

李俏开始想男人的时候，学校组织大家到胜利影剧院看电影。和李俏邻座的是一个秀气的男孩，戴个眼镜，很斯文的样子。电影开演不到十分钟，邻座男孩的手就伸过来悄悄握住了李俏的手。李俏如坐针毡，暗中推了几下，没推开，就任他抓了。李俏想，所谓衣冠禽兽大约都是这副模样的吧，装模作样戴个眼镜，暗地里什么肮脏事都做得出。想归想，李俏觉得被男孩抓着手很受用。男孩的手并没有再过分，一直就那么轻轻地握着。后来李俏的手就麻了，手心出了很多汗。很久以后，李俏经常会去想，那天的电影究竟讲的是什么故事，已经全然不记得了，她只记得手麻了，手心出汗了。

那个男孩叫王飞，隔壁班的。那天电影结束之后，王飞拉着李俏来到小城的廊桥，狠狠地亲了她一回，亲得她全身发烫。李俏这是第一次被男人亲，有了这一亲，她觉得自己就是王飞的人了。

王飞比李俏小一岁，学习成绩也不错，是班上的物理课代表。王飞的理想是当一个物理学家，大家普遍认为王飞的理想早晚肯定能实现。

每个周末，王飞都会悄悄拉李俏到廊桥上走一回，然后两人发狠亲一回。慢慢的，老师同学都知道他们俩的事了。大家都觉得他们仿佛金童玉女，很般配，于是闲话也没有，明里暗里都成全他们。

第二年开春的时候，王飞又拉着李俏来到廊桥。那天晚上，王飞按捺不住，摸了李俏的下面。李俏觉得自己的下面很不争气，湿漉漉的。王飞却几乎醉倒了。于是俩人就像书上写的电影里演的那样山盟海誓了一回，发誓要一起考上同一所大学，发誓要一辈子守在一起。那天，王飞很想把自己的那个玩意儿塞到李俏里面，但李俏很坚决地拒绝了，李俏说，等他考上了大学，自己一定会给他的。

转眼就到了高考。王飞发挥得很好，李俏却在考场上晕倒了。王飞考上了杭州一所著名的大学，李俏则连提档分数线都不够。王飞临去上学前，李俏履行了诺言，把自己给了他。那天夜里他们就在廊桥的回廊里站着，提心吊胆地脱下半截裤子。王飞手忙脚乱地还没落到实处就完事了。李俏紧张半天的心一下就释然了，原来男人女人之间就这么点事，觉得真是可笑。

王飞到杭州上大学去了。李俏回家借了一笔钱，找了个补习班复习，准备来年再考。王飞的信基本是三天两封，每封信都是厚厚一沓，他是有空就往信纸上写字，写得十来页就寄出，无非都是亲爱的永不变心之类。

李俏相信，王飞是不会变心的。她就很安心地复习。

又一年高考，李俏又一次晕倒。王飞的信就没有了。

父亲受了风寒，卧床不起。家里已经再没有能力让李俏去读补习班，李俏就灰溜溜地回到了村里。认识李俏的人都为她惋惜，因为她平时成绩都是相当的好，偏偏每次都是上场晕。

那一年，李俏 21 岁。

和李俏同年的姐妹都出嫁了。既然不去读书，李俏也就该找个婆家了。

一天，母亲把李俏叫到父亲的病床前，对她说：别想什么大学不大学的了，你就认命吧……你哥也就是半个人，你也不小了，就找个老实人过日子吧！这不，有人给提了一个，那后生又忠厚又孝顺，我和你爸都没什么意见……

李俏说，总得容我想想啊。

李俏悄悄给王飞写了封信，还是挂号的。

一个多月过去了，那封信如石沉大海，王飞没有回信。

李俏躲在自个儿屋里悄没声流了三天眼泪，心一横，就答应和王良见面，见了面也没什么意见，就算应了这门亲事。

应了亲事的那一刻，李俏觉得自己以后的路突然暗淡下去，没有任何光泽了。

三

相亲回来，王良很幸福，觉得自己以后的路铺满了阳光。看什么都是亮的，吃什么都是甜的。

王良摔了一天的砖坯子，回到四处漏风的宿舍，累得像一摊泥。只要拿出李俏的照片来，他就不觉着累了。看着李俏的照片，王良就开始想将来的美好日子，很美。

王良时不时地手拿李俏的照片，把玩心事畅想未来，时间一久就被工友们笑话了。工友笑他情痴，媳妇还没过门呢，就美上了。大家抢了李俏的照片一看，也一致同意王良是应该美，这姑娘明眉皓齿，真的比画片的女人漂亮呢，看来王良真没吹牛。于是大家就鼓动王良把李俏带过来玩。

王良美归美，心里还是隐约觉得自己拿不住李俏。他总觉得自己文化低，矮人一头。李俏会不会来玩，王良心里没数。

大家见王良犹疑，就取笑他媳妇还没过门呢，就先惧内了。

王良说，人家是文化人呢。

大家就笑，文化人怎么了？文化人就不要生孩子了啊？再说，她现在还不是和我们一样山上山下挖黄泥吗？

王良脸色就有些挂不住了。

众人赶紧改口，说，玩笑玩笑，不要介意！我们不也是着急想看看弟媳吗！

王良经不住大家的撺掇，决定邀约李俏过来玩，好让大家看看。

王良托人带了信去，约李俏到镇街上来玩。几天后，李俏托人带话回来了，说是父亲身体不好，需要照顾，一时离不开。

李俏捎过来的口信工友们都听见了，王良觉得好没面子。工友们这回没再开玩笑，都故意回避不去说这件事。弄得王良愈发脸上挂不住，就请了个假，跑李俏家去了。

的样子，李俏根本就没打算和这个已经令她产生恶感的男人同床共枕。她独自爬上床掀开被子和衣躺下。

一旁的王良抑制不住心中的想望，也随之靠到床前来，撩开了红绸面的被子。被子底下，赫然铺着一块洁白的贞洁布。

看到贞洁布，李俏的火就蹿上来了。王良没有察觉到李俏的不快，觍着脸上前来，伸手就去抱李俏，李俏一闪身，就把王良闪了一个跟头。

王良吃了一惊，从地上爬起来，不解地看着李俏。

王良是个老实家伙，不知道漂亮的妻子怎么就不高兴了，小心翼翼地问：你，不愿意？

李俏没有回答，扯过贞洁布扔到一边，泪水在眼窝里转了转，掉了下来。

李俏低着头，不说话。

王良的酒差不多就醒了，拾起那块贞洁布，抖一抖，苦笑道，这是老人的意思，咱们不要这个，留着以后给我做个褂子吧。

说罢，顺手把贞洁布搁到了一边，又向床边走来。

李俏急了，说，你别过来！

王良吃了一惊，问道，你是害怕？

李俏不说话。

王良就笑了，哪家的夫妻不得过这事？不用怕，一会你就知道这事的妙了。

王良说罢，就在床边坐下，要脱自己的衣裤。

李俏赶紧侧身按住了王良的手，说：你等等！

王良诧异地停了手。

李俏支吾道，你知道，我考大学考了几次，都是只差几分没考上……我，我成绩一向很好的，不甘心哪！我想再考一次……要是怀了孕，怕就不让考了……

王良听了，愣了半天。他一下子发蒙了。或许是大学的高深莫测让王良心存敬畏，他稀里糊涂就同意了李俏的想法，他觉得自家这个有文化的媳妇的想法很对。尽管心里欲火烧着，王良还是决定成全媳妇这个崇高的想法。

王良拾起贞洁布悄悄收好，然后乖乖地找出一床旧被子，打了个地铺，准备凑合一夜。躺在地上的王良很难受，翻来覆去地折腾了好久才睡着，呼噜声震天。

一旁的李俏听着这个已经成为自己老公的男人没完没了的呼噜声，心里更加绝望，独坐在婚床上，又怨又艾地流泪到天明。

天快亮的时候，李俏依旧是心乱如麻，一会想，要赶紧了断这段婚姻，一会又想，事已至此，还是认命吧。

窗外鸟雀闹晨的时候，李俏迷迷糊糊睡着了，她梦见了王飞。在梦里，她和王飞在一个飘满鲜花的溪涧里沐浴，阳光温暖地洒着，鸟雀在溪涧边的林子里欢叫。

李俏在梦里笑了。

五

洞房花烛夜，新郎打地铺。这在王良多半是缘于对新娘李俏的敬畏。

接下来的第二天、第三天……一连几个晚上，李俏都没有让王良上床的意思。在结婚前王良所有关于新婚的美好想法现在已然成为泡影。老实的王良不知道如何扭转这个局面，尽管下身胀得发疼，王良还是不知道怎么才能爬上床去，靠近他那理论上的老婆。

前几天还好说，虽然不再摆婚宴了，每日里酒还是不断的，王良心里有郁结，白天的酒也就多喝了些，夜里回到新房，打个地铺倒头就睡。白天李俏也像个乖媳妇似的，在公婆面前做得很周到，没丝毫的破绽，夜里酒后沉睡的老公倒也相安无事。李俏开始放心地睡了。心里一放松，睡姿渐渐地放肆起来。

时间一久，王良就睡不着了。王良睡不着的时候就会看着床上的李俏发呆。终于有一天夜里，王良经不住煎熬，爬到床上去，压住了自己的老婆。

李俏惊醒了，先是尖叫了一声，然后一侧身就从枕头底下抽出一把剪刀，对准了自己的胸口。

王良以为李俏是开玩笑，笑道，你是电视剧看多了吧？怎么也拿出这个家伙来？

李俏却丝毫没有玩笑的意思，说，你不要过来！你再过来我就死给你看！

王良呆在那里。

李俏喃喃说，你自己说过，按牛喝水是办不到的。

王良只好怏怏下床来，回到自己的地铺上。

那天，李俏手握剪刀在他们的婚床上坐了一夜。王良在地铺上睁着双眼躺了一夜。

一夜无话。

结婚前，王良什么甜美的想法都想过了，就是没想到自己结了婚之后还要睡地铺。王良想，这有文化可能也不全是好事，看来文化人对生孩子真的不是很有兴趣。

日子一久，李俏渐渐地又松弛下来了，晚上睡觉不再握着那把剪刀，睡姿再次放肆起来。

一天夜里，月色撩人。和衣而眠的李俏不经意一转身，把丰腴的胸部亮给了王良。月色下，李俏半露不露的身子，勾得王良的火又烧上来了。王良想上床去又不敢，按捺不住，不由得把玩起自己的"小弟弟"，眼睛盯着李俏半露不露的身子，自己把自己狠狠地日了一回。

王良越来越大的动静终于把李俏吵醒了，她很惊讶地转过身来，望着地铺上的王良。

王良手握着自己的下体，一时觉得羞愧难当。

李俏问：你在做什么？

王良无言以对，犹豫片刻，爬起身来，穿衣离去。

王良在自家小院里坐到天明，一直到圆月西沉红日东升。

天明时分，起来解手的老父亲看见王良，就问他怎么了？

王良掩饰着，说，睡不着呢。

说罢，苦笑着走出家门。老父亲感觉有些许的不对，但也没多想，很舒畅地尿了一泡，接着回去睡他的回笼觉。

六

李俏回了娘家。

回娘家本来只是行个姑娘出嫁后的礼数，可李俏一回到娘家，整个人就变了。李俏一反原来读书时的常态，开始很卖力地干活，灶前灶后帮着母亲烧火做饭，田头田尾也干些粗活细活。尽管她多年在外读书，基本成了个文化人，四体不勤，五谷也几乎分不清了。

乡亲都说李俏成了家，人就变了一个，变得顾家了。邻舍八家都拿李俏做例子来教导自家孩子，你看看人家李俏，去读书，就成绩好，不读书了，就顾家，你们有李俏的一半就好了。

乡亲夸奖归夸奖，日子久了，大家心里就犯嘀咕了，顾家也不是这么个顾法，顾娘家不顾婆家了？

李俏父母有些按捺不住了。那天，父亲把李俏叫到了自己的床前，一边咳嗽一边劝导，不要这么成天待在娘家不走，要不婆家该有意见了。

李俏就说，家里是这么个情况，就母亲一个人忙前忙后，自己实在是舍不得母亲。

父亲说，嫁出去的女儿泼出去的水，以后你就是王家的人了，平安的日子才叫日子，你再这么下去，婆家要较起真来，大家的脸面都不好看呢。

母亲也在一旁说，你要孝顺，你就回婆家去，好好过日子就是最大的孝顺。

李俏就哭。看见李俏哭，做父母的也就不好再轰女儿走了。

又过了几天，王良来了。王良来叫李俏回家。王良说，你回娘家一待就是这么些天，邻舍八家都有闲话了。

李俏就开始推托，说，我家里这么个状况，你是晓得的，都是我妈一个人忙前忙后，我不帮衬她，日子就没法过了。我也不是不回去，你容我帮我妈把一些事打理好嘛。

李俏一推托，王良也没办法，只好悻悻转回头。

这种状况是瞒不过过来人的。王良的父母岂能全无察觉？一问儿子，王良就把事情说了。父亲心中很憋气，再加上连日的劳累就病倒了。

王良用手推车推着父亲来到乡卫生院找大夫看病。

大夫把了一回脉，又拿听诊器听了半天，说，没什么大碍，心气不顺而已，好好调理一下心气就可以了。

大夫开了些中药，王良推着父亲就回家了。虽然父亲嘴里没说啥，王良知道老爷子肯定是为自己的事操心病倒的。伺候父亲吃完药，王良又匆匆跑到丈母娘家，央求李俏回家。

这次王良说话有些着急有点难听了。李俏想想自己实在是有些说不过去，就跟着王良回了家。

李俏回了婆家，还真做出个孝顺儿媳妇的样子，好好伺候公公。

到了天擦黑的时候，李俏又犯难了。白天里王良一声不吭，李俏不免有些害怕，不知道王良夜里会做出什么来。

李俏的担心是多余的。到了夜里,王良又主动打了个地铺,独自睡了。那天晚上,李俏失眠了,她不知道自己这么对待王良是不是太狠,有几次李俏都差点下床去叫醒王良,最后李俏还是忍住了。李俏很清楚,一旦她把王良叫到床上来,她的日子就可以看到老看到死了。她将和这一带山村里的妇女们一样,生儿养女,种地喂猪,就此终老一生。李俏不甘心,她相信她一定能上大学的。以前想上大学,还包含着让王飞回心转意或者让王飞后悔的意图,现在,李俏很明确地是为了逃离这份让她感到无望的生活。可以看到老看到死的日子对李俏而言,生不如死,活着也没滋味了。就这么前后想了一夜,李俏终于没有把王良叫到床上来。

看见儿媳妇回来了,小两口尽管言语不多,倒也相安无事,王良父亲的心气就顺了,病也不治自愈。

七

日子就这么过下去了。

王良的父母把儿媳妇当宝一样供着,无论轻活累活都不让李俏上手。李俏就像以前在学校时一样,每天给自己好好安排了时间,一心一意地看书复习。王良回到砖窑继续做工挣他的辛苦钱。

第二年初夏,李俏悄悄跑到县上,报名参加高考。

和以前一样,李俏复习得好好的,进考场前还踌躇满志,胸有成竹,但试卷一打开,就晕了,试卷纸上的文字渐渐模糊起来,怎么使劲还是看不清。心怦怦直跳,浑身滚烫的,本来神志还是清晰的,但一着急,血就往上涌,最后,李俏和往年一样,晕倒在了考场上。

那天镇上逢集,村里来赶集的乡亲见到王良,说了李俏考试晕倒的事。王良听了,心里不免暗喜,他到砖窑老板那里支了这个月的工钱,到镇上给李俏买了一件衣裳一双皮鞋,然后满怀欢喜地请假回家去了。王良想,自己的好日子真的该来了。

回到家,媳妇李俏正躲在房里哭呢。王良就好言好语劝了一回。王良拿出新衣裳新皮鞋,让李俏试穿,倒也合身合脚。

劝了半天,李俏总算是吃了一点饭。那时侯,夜已经深了。李俏的心情好像好了很多。王良一看时机成熟了,就脱衣解带准备往被窝里钻。

一看王良的架势,李俏突然急了,问道,你想干什么?

王良愣了一下，说，没干什么，睡觉啊！

李俏就往后面躲，说，我不能和你睡觉！

王良就笑了，不和我睡觉，你和谁睡啊？

李俏就有些着急了，说，这样不行的！

王良笑道，什么行不行的，你是我老婆！这大半年了，你想怎样，我都依了你，活不用你干，你想考大学，也没拦你。大学没考上就没考上，日子还是要过的啊。

李俏就不言声，泪珠儿扑簌簌往下滚。

王良心里就有些不落忍，上前去扶李俏，李俏却躲开了。

李俏说，你自己说过的，按牛喝水办不到，你要再乱来，我一样可以告你强奸！

李俏的这番言语让王良不免有些心寒。

王良说，你也说过，嫁鸡随鸡，嫁狗随狗，嫁狐狸满山走，嫁丐头绕门口，你现在怎么变卦了？

王良说着说着，就要动粗，李俏跳下床，闪开了。

王良急了，说，今天我就强奸一回！我不信还要坐牢了我！

王良跳下床去追李俏，李俏打开房门，跑了出去。

王良赶紧穿好衣服追出去的时候，已经不见了李俏的踪影。

王良一直追到村外，没看见李俏。

月光淡淡的，田野罩在一片夜雾里。王良想，李俏大约是跑回娘家去了，心里又恼又怒，想追到丈母娘家去，走到半道又折回来了。这大半夜的，闹起来大家都不好看，王良就在村外野地里坐等到天亮。

王良赶到丈母娘家的时候，丈母娘正在老丈人的床前哭呢。丈母娘告诉她，李俏走了，到城里做工去了，他们想拦，没拦住。又说，李俏走前让一个本家去给王良带个话儿去，说是要离婚。

王良整个人都傻了。他不知道老丈人丈母娘是不是李俏的合谋，他现在只有一个念头，赶紧把自己的老婆拦回来。

王良转身就往县城赶。来到县城的汽车站，找到汽车站卖馄饨的熟人打听，熟人说，他老婆李俏中午时分坐长途车到杭州去了。

王良摸了摸衣袋，知道钱还带在身上。这是他这一个月辛辛苦苦摔砖头坏子摔出来的钱，给李俏买衣裳皮鞋花去了 100 多块，剩下这 300 来块钱本来是要用来过日子的，现在竟成了寻妻的盘缠了。

王良赶紧向汽车站售票处奔去，买了车票，胡乱挤上了一辆开往杭州的客车。

随着汽车的开动，王良心里的怨气渐渐就淡了下去。车子里有电视看，放着香港的铺满音乐和台词的电影，车上的各色人等也吸引了王良的目光，王良觉得自己不经意间倒是开了眼界见了世面了。

王良想，找到李俏之后，他要带老婆好好在杭州西湖游览游览，兜里还有买车票余下的 200 来块钱，除了两人回程的车费，还能剩好几十呢，这好几十就给李俏买些东西。

王良怪自己昨天夜里太着急，不能那么毛毛糙糙地上前就想和她做那事。王良觉得李俏提出离婚，一定是话赶话说的气话。好端端的离什么婚啊，真是的，那都是考大学不顺意给气的，等到了杭州，带她好好散散心就一切都好了。

王良靠在车窗上，有一搭没一搭地想着这些，自我检讨了一回，又筹划了一回，迷迷糊糊就睡着了。

王良睡得很香，流出的口水挂在脸颊上。梦里的王良很幸福。

八

这是李俏第一次来到大城市，她被眼前的景象吸引住了，林立的高楼，车水马龙的街道，满眼时髦的红男绿女。发了一会呆，李俏又回到自己的心事里了，她是来找王飞的。

坐了半天公车，李俏终于来到王飞所在的大学。

看着气派的学校大门，李俏又一次流泪了。大学就是大学，连校门都那么阔气。校门口不断有朝气蓬勃得自以为是的大学生们走过，看着他们，李俏不免有些自惭形秽。

李俏就这么在学校大门外等了半天，不断飘来的细雨渐渐地把她的全身淋了个透。李俏朴素地以为她只有在校门口才能等到王飞。

学校一个善良的门卫观察李俏很长时间了，最后，走过来把李俏让进了传达室躲雨。门卫问她，在这里等谁？

李俏说，她有个同学在这里读大学，不知道他什么时候下课放学呢。

门卫就问，你们约好在这里等吗？

李俏说，他不知道我来的。

门卫就笑了，你这么等，到天黑也等不到，学校这么大，有好几千学生呢，你同学下了课也不见得就往这里来啊。你登记一下，自己进去找好了。

李俏也笑自己傻，这是大学啊，又不是中学。

李俏记得王飞是学物理的。在门卫的指点下，李俏找到了王飞的宿舍。

看见李俏站在自己宿舍门外，王飞吃惊不小，说，你不是结婚了吗？怎么跑这里来了？

看见王飞，李俏想起一个成语，就是"百感交集"。尽管心里翻起"千重浪"，她还是就那么静静地看着王飞，仿佛从他的脸上可以看出变心的缘由来。

李俏看着看着，眼泪就不争气起流了下来，原本她打算见了王飞决不能流眼泪的。

王飞被李俏看得心里直发毛。王飞问她要不要喝水，问她饿不饿要不要吃点东西。李俏没有回答，王飞把李俏的包袱接过去，在自己的床上放好，拉着李俏就往外走。王飞已经有了女朋友了，他不想被女朋友看见。

王飞打着雨伞，带着李俏来到学校草坪上，两人在雨中走了一回。看着身旁的王飞，李俏心里觉得很甜美。上学的时候，她就一直幻想着将来和王飞在大学校园里漫步，现在，这一幕终于到来了。李俏觉得自己来对了，她不由自主地抓住了王飞的手。本来想问问王飞为何变心的念头也没了。

王飞还是有些顾忌的，怕被熟人撞上。但他又实在不好推开李俏的手，只好把李俏带到一个偏僻的所在。那时候，天已经黑了，雨也停了。

李俏拉着王飞的手，不免心旌摇荡起来，她扑到王飞的怀里。两人仿佛回到了当初热恋的状态，一番温存抚摩之后，两人就在学校草坪的角落里做了一回。这回，王飞不再像当初那么稚嫩了，而是轻车熟路，搞得李俏几次差点喊出声来。李俏想，原来男女之间的事真的是很美妙，现在才知道书上说的那些事真不是编的，的确是销魂啊。李俏心里就醉了。她希望这一刻就这么凝固了该有多好，或者干脆就这么死了得了。

那天晚上，王飞把李俏安排在一个女同学那里住。王飞谎称李俏是他的乡下表姐，来杭州玩的。躺在女大学生宿舍的床上，李俏觉得无比新奇，她又一次暗暗发誓，一定要考上大学。

第二天，王飞早早就来找她了，他把李俏的包袱也带来了。王飞把李俏带到学校附近的一个小饭馆，请她吃了一碗面。

王飞看看李俏，支吾了半天，说，你都结婚了，就不要到处瞎跑了。

李俏说，我打算离婚。

王飞愣了一下。

李俏说，我身子是干净的，我和他没有同过床。

王飞笑了，同床？我和你也没同过床啊！再说，我现在已经有女朋友了。

李俏就愣了一会，心想，王飞不应该这么说话的，真的好没良心！既然这样，那就没什么可说的了。李俏静静地吃面，不再开腔说话。

王飞掏出五十块钱，塞到李俏手里。李俏把钱推回去了，然后，她自己付了那碗面的钱，站起身来，又细细地看了王飞一回，转身走了。

这次，李俏的眼里没有泪流出。她发誓，一定要考进这个大学，她要让王飞瞧瞧，我李俏也可以堂堂正正地走进来。

李俏不知道该往哪里去，但她还是头也不回地走了。

雨珠又开始滴了下来。

九

王良乘坐的汽车到了杭州的汽车东站停下。王良下了车，顿时傻眼了。尽管天已经黑了，雨还在下，车站的里里外外依旧是人头攒动，按王良读初中时学到的一个成语，就是"人声鼎沸"。

王良随人流走出车站，杭州城在他眼前肆意地喧哗着，人来人往，哪里有李俏的影子？偌大一个杭州城，王良不知道该往哪里去找他的老婆李俏。

王良开始在街上漫无目的瞎走。杭州城的繁华是王良始料未及的，天可怜见，王良真有些眼晕得走不了道了。王良想，这街上的景致真和电视上放的差不多呢。

王良不知道该怎么着手寻找他的妻子李俏，就这么在街上晃荡到了半夜。后来，王良实在是困了，就找了个街边的长椅，摆了个舒适的姿势躺下去。脑袋一沾长椅，王良就睡着了。

这是一个美好的雨后初晴的夜晚，夜空难得的清澈，有星在闪，一夜无梦。

天亮的时候，城市热闹起来了。红男绿女白领蓝领从王良躺着的长椅边上川流而过。

小雨又淅淅沥沥飘了下来，雨珠落在王良的脸上，王良被冰冷的雨珠激醒了。

王良从长椅上坐起来，看见街上已经满是汽车和人群。王良想，城里人真好，出门不是骑自行车就是坐汽车。王良被眼前的人们吸引住了，又发了半天呆，终于想起自己是来寻找妻子的。

王良站起身，却发现自己依旧是无从下手。抬眼望去，城市的高楼一幢接一幢，高楼上的玻璃窗映射着清晨雨线的辉光。王良想，今天看来不是个好天气，可是，天气再好又有什么鸟用，那么多人，那么多房子，那么多的玻璃窗，谁知道自己的老婆李俏会在哪个角落里呢？

王良觉出了饿。天大地大，肚子最大。王良就到街边的一家小吃店里要了一碗"片儿川"。小店已经没客人了，人们都上班去了，店堂里只有王良一个人坐在那里吃着面条发呆。

可怜的王良还在想，怎么去寻找他的老婆。他想起昨天晚上在车站看到过接站的人举着牌子，上面写着要接的人的名字。他就想，自己也可以做这样一块牌子的。

王良就向老板要了个废弃的纸盒子，拆了做成一个大纸牌，又央老板要了点笔墨，很认真地在纸牌上写上："有谁看见过我老婆？"

小老板在一旁笑，问道，来找老婆？

王良不吱声。

小老板又说，你这么写，别人怎么知道你老婆的样子？好歹你要写上你老婆的名字啊什么的，还有穿什么衣服，头发长短，胖还是瘦……身高体重……

王良说，大哥你开玩笑呢，写那么多有什么用？我这牌子是写给我老婆看的，她要是看不见，写再多别人看了也没用，别人又不认识我老婆。

王良付了面条钱，谢了老板，就举着牌子走了。小老板叹息着摇摇头，继续看自己手上的武侠书。

王良扛着纸牌在大街上走了一天，也饿了一天，渴了一天，天近黄昏的时候，王良扛着大纸牌，鬼使神差又回到了早晨的那家小吃店。

小老板看见王良举着牌子走进店堂来就乐了，说道，你看你看，我说没用吧？不写名字模样怎么行，听我的，明天你就写上你老婆的名字身高体重籍贯什么的，那个管用。

王良已经饿得不成样子，把纸牌往桌上一扔，说，来一碗那个那个片儿川。

小老板把面条给王良端来，说，你还是听我的，写上你老婆的名字，最好贴上张照片。

旁边嗑着瓜子的老板娘扑哧乐了，说，直接印个寻人启事不就结了。

王良一听也对，就打听哪里能印寻人启事。

小老板说，隔壁就有复印打字店啊。

王良匆匆吃完了面条，小老板帮他草拟了一篇寻人启事的稿子。

小老板说，你一贴出去，保不齐三两天你老婆就看见了，就知道你在找她了。

老板娘在旁边笑，说，知道找她有什么用？到时候反过来她找你又找不着了！你呀，还是把咱们店的地址电话都写上去吧。

小老板一想也对，又添上联系地址和电话，然后带着王良来到隔壁的复印打字店。

打字店的女孩很快帮王良打出了文稿，王良从怀里掏出珍藏的李俏的照片，贴到了启事上。

小女孩问王良，要复印多少张。

王良不知道到底要多少张才够。

小老板说，怎么着也得印个 500 张。

打字店的小女孩说，复印 500 张要 200 块，加上刚才打字的 6 块，总共是 206 块。看你印的数多，那 6 块打字费就免了。

王良犹疑了，来的时候车费花了 80 块，三碗片儿川花去 15 块，兜里就剩 200 来块钱，印了寻人启事，不要说回家，吃饭的钱都没了。转念又想，找不到老婆反正自己也回不了家，兴许贴了这 500 张启事，就找着李俏了呢。

王良一咬牙，把兜里的钱都掏出来了。

晚上，热心肠的小老板给王良熬了一塑料桶的糨糊。王良按小老板特意嘱咐的，隔个百八十米路贴一张。

十

王飞掏出 50 块钱塞到自己手里的时刻，李俏彻底死心了。李俏有些想不明白，这人文化越高，怎么还就越浑了呢！自己有女朋友了还跟别人搞，还非得等搞完了才说自己有女朋友了。有就有吧，搞就搞吧，还塞钱，把我当什么了！这个狗日狗生的，提上裤子就不认人，这些年的书都白读了。

李俏发誓，回去一定要好好用功，来年一定要考上大学，等上了大学，自己才不会像王飞这么没良心呢。

李俏想着王飞的无情无义，觉得自己委屈的时候，她已经彻底忘记了自己是个有老公的人，心里已了无王良的印记了。

李俏在大街上漫无目的地走了一圈，想想自己好不容易来一趟杭州，西湖是一定要去转转的，就向人打听了公车路线，坐公车来到了西湖边，绕着西湖一圈走下来，天就黑了。

李俏走了一天，也琢磨了一天，看西湖景致这么美丽，李俏就不想回乡下了。想起乡下，李俏忽地想起了王良。从婚礼那天始，李俏就觉得和王良走到一起是一个错误。既然是错误，就不能再继续犯错了，那就在杭州待下去吧。

李俏终于有了决定，人也精神了，于是她感到饿了。李俏的兜里也没几个钱，进了一家小饭馆，犹豫半天还是只要了一碗"片儿川"。吃面的时候，李俏想，要在城里待下去，首要的是找个工作。李俏就从吃面的小饭馆问起，挨个小饭馆小店问下去，问老板要不要服务员。老板都告诉她，现在不缺服务员。好不容易有一家饭馆的老板有收留她的意思，最终还是被一旁的老板娘回绝了。李俏失望地往外走的时候，听见老板娘在背后嘀咕，你看她那骚眉骚脸的模样，留下她不给你招事才怪。

已经很晚了。李俏觉得自己这样找活的方式可能不对头。她决定先找个地方住下，好好筹划一下，明天再作打算。

李俏到两家小旅馆一问，住宿费贵得惊人，最便宜住通铺一晚也要30块，跟抢劫差不多。

李俏想，不行就露宿街头算了。正走着呢，前头出现了一家录像厅，通宵的门票是5块。5块就5块吧，总比在街上走一夜好一些。

李俏买了张通宵门票，蜷缩进昏暗的录像厅的一个角落里，抱着包袱看着录像等待天亮。

昏暗的投影屏幕上，正放映着一部粗俗的片子，男人女人在屏幕上做着见不得人的事。李俏想，城里真是开放，这样的片子也会放，还那么多人一起看呢。李俏不知道，其实老家的小镇上也每天放这样的片子。

李俏看得不免有些脸红，身子也热烫起来。幸好这里这么昏暗，要不还真不好意思呢。

不远处一个男人显然已经暗中观察李俏好一会了，这时偷偷摸了过来，在李俏身边坐下，抬手就搂住李俏的头，问道，快餐多少钱？

李俏吓了一跳，赶紧把男人的手推开，说，什么快餐？我不卖快餐！

男人借着屏幕反射过来的光线，细细打量了李俏一回，说，我说呢！像你这模样的，做快餐可惜了，那包夜是什么价？

李俏明白了什么，低声喝道，我不是那种人！你走开！

男人有些不高兴了，说，大半夜到这地方来，什么货色自己不清楚啊？还装处女！

男人说罢，手脚并用，上下不老实起来。李俏就拼命躲闪，显然有些无能为力。

这时有人在男人的肩膀上重重拍了一下，男人停了手，回头一看，只见一个胖女人正笑吟吟地看着他呢。

男人赶紧欠身向胖女人打招呼，红姐。

叫红姐的女人在他们身边坐下，说，怎么着？老毛病又犯了？找人给你治治？

男人赶紧站起身，神情有些谦卑，说，哪里哪里，红姐你坐你坐。

男人转身仓皇离去。

红姐看看李俏，说，小妹，家是哪的？

李俏对眼前的这个女人生出许多钦佩和感激来，说，我从金华那边来的。

红姐就显得有些惊诧的样子，说，金华？金华都那么发达了，那里到处都是钱啊，你不在家待着，跑杭州来做什么？

李俏说，来找朋友。

红姐笑了，找朋友？找朋友怎么找到这里来了？

红姐虽然胖，笑起来的时候还是挺好看的。

李俏就想起了薄情寡义的王飞，说，朋友死了！我不想回家，想在这找个活做，没找着。

李俏说着，眼泪跟着就下来了。

红姐就拿出面巾纸给李俏擦眼泪，安慰说，不要哭了，出门在外，哪有事事顺心的。得了，谁叫我是热心肠的人呢。你就做我的干妹子吧，你的工作呢，就包我身上了，有我吃的就会有你喝的。走，小妹妹，跟我去吃饭吧，吃饱肚子再说。吃完饭，带你去我姐妹的发廊当服务员。

十一

王良贴完 500 张寻妻启事，天已经亮了，满怀希望地回到了那家小吃店。王良想，说不定李俏已经看到了寻人启事，现在已经在那家小吃店等他了。

王良一路想着，逶迤走回了小吃店。小吃店里还真有人在等着他，但不是李俏，而是几个穿着制服的城管队员。

城管被王良满身满手糨糊的样子逗笑了，说，看来你真是想媳妇想疯了……贴了多少张啊？

在一旁的小老板说，没多少张！没贴多少张！也就三五十张吧。

王良说，哪里是三五十啊！拢共有 500 张呢！

城管就拿出了发票本，说，500 张，嗯，500 张，交一下罚款吧，贴一张罚一块，拢共是 500 块钱。

王良觉得自己整个人都凉了，他连下顿饭在哪里都不知道，哪里还交得起这罚款。

王良说，我实在是没钱了，连吃饭的钱都没有了，交不起这钱啊！

王良还把自己的各个兜都翻了个底朝天，只翻出了几张毛票。

城管的确很同情眼前的小伙子，可犯了错，该罚还是得罚的，最后，城管让小吃店的小老板先交了这 500 块罚款。

小老板一时觉得有些冤屈，站在一旁的老板娘白了自家男人一眼，就把钱柜的钥匙扔了过来。小老板打开钱柜，很不情愿地交了罚款。

城管走了以后，王良半天才省过闷来。王良往前跨了两步，就要给小老板跪下。旁边的老板娘把王良拦住了。

老板娘说，罚都罚了，还跪什么。

王良说，我欠下你们了！我一定要还的。

老板娘让厨上做一碗"片儿川"，说，你连饭都没得吃了，拿什么还啊。

王良说，我去找份活做，等挣了钱，一定还上。

厨子把片儿川端来了，满满的一碗面，冒着腾腾热气。小老板又特意给加了几块牛肉，说，先吃面吧，吃完了再说。

王良的眼泪就止不住了，一边吃面，一边说，我不会什么手艺，还是去砖窑干吧！别的不会，摔砖坯子我是个能手。

小老板笑了，说，这是杭州！可是省城啊！哪里有什么砖窑！

王良傻眼了，耷拉下头，没了一点心劲，面也吃不下了。

小老板看看自家媳妇，老板娘眼睛也不抬，又把钱柜的钥匙扔了过来。

小老板又拿出200块钱，说，今天我帮你就帮到底了！这里是200块钱，吃完面就去车站，买张车票回家去吧。

王良说，大哥，我回不去啊！找不着媳妇我实在是回不去啊！

大家就一时静默在那里，都没话了。老板娘在一边嗑着瓜子，声音脆脆的。

最后，老板娘把手上瓜子壳往边上一扔，说，我看你找不着媳妇是不死心的，这样吧，这钱你还是拿着，回头买辆二手三轮车，平日里给我这儿拉拉菜啊什么的，得闲了，你自己到外面去帮人拉拉活，饿了就到我这来，别的没有，这片儿川还是有得你吃的。

当天，王良就去买了辆二手三轮车，开始给人拉活过日子。小老板又帮他找了个住处，一间很小的出租屋，好歹不要露宿街头了。

王良开始卖命拉活。一天下来，也能挣个十几块，多的时候还能挣到几十块。

就这样，王良在杭州城逗留下来了，觉得日子又有了盼头。他一边蹬三轮车拉活打工，一边到处寻访妻子的下落。

王良现在最大的理想就是找到他的妻子李俏，然后带她回家。他想好好过日子。

王良现在最低的理想就是尽快挣够700块，好还给小吃店的老板。

十二

到了中午，李俏终于知道红姐的朋友蓝姐开的发廊是个什么样的发廊了，她终于明白自己原来被红姐给卖了。

中午时分，发廊里进来了一个四十左右的男人。男人围着小姐妹们转了转，拉着蓝姐到一边耳语一番，然后起身走到后面去了。

蓝姐就走过来告诉李俏，说是刚才的客人点她出台。

李俏一时有些糊涂，问蓝姐什么是"出台"。

蓝姐有些不相信地上下看了李俏一回，说，出台都不懂？就是陪客人睡觉呗！

李俏愣住了，说，不是来做服务员吗？

蓝姐笑了，说，陪客人睡觉难道就不是服务吗？红姐还说你是个文化人呢！这个道理你都捯不过来？

李俏说，我不做这种事的。

蓝姐就变脸了，说，怎么？还害臊啊？我花钱买了你不是让你来白吃白住的。自己是什么货色别人不清楚你还不清楚啊？

说罢，就上前来推李俏。李俏刚想躲闪，蓝姐就狠狠给了她一耳光。

李俏只觉得脸上热辣辣的，一句话也说不出来。旁边的小姐妹也不说话，一个个笑着在一旁看热闹。

蓝姐一挥手，一直在里屋看电视的两个男人就走过来，架着李俏就往后面走。

李俏被推进了后面那排房子的一个包间里，那个40岁左右的男人让她脱衣服，她就乖乖地脱了。那个男人身上有股很难闻的味道，趴到李俏身上一通折腾。那一刻，李俏觉得自己的整个身子都不属于自己了，她的眼睛直直地看着天花板。那一瞬间，她看见了天花板上有一对苍蝇在那里交配。

男人很快就完事走了。李俏觉得自己很脏，打来了一大桶水，没完没了洗刷自己。眼泪也一个劲地流。

后来，蓝姐来了，给了她50元钱，说是她的出台费。李俏接过钱，撕得粉碎，扔在地上。

李俏哭了一夜。蓝姐就在房间里守了她一夜。

蓝姐一直在开导她，说在发廊里做小姐，名声尽管不好，毕竟有不少的收入。只要不说出去，又没人知道。

哭了一夜之后，李俏想通了。想通之后，她就认命了。李俏一认命，很快就融入了发廊的生活。

李俏重新给自己制定了计划，她要尽快多挣一些钱，然后回家去退婚，好好复习一年，明年再考一次大学。

十三

王良觉得城市还是不错，只要肯下力气，日子总能过下去。不过，这样

233

的日子也不是什么好日子，媳妇李俏还不知道在哪里呢。夜深人静的时候，王良就会发呆，会想他的媳妇李俏，连下雨的时候都会想李俏会不会被雨淋着。

狠命辛苦了一些日子，王良终于挣了差不多五百来块钱了，他决定先还给小吃店的小两口一部分钱。

老板娘说，我们又不差你这几百块钱，你还是等找着媳妇再说吧。

一天晚上，王良回到小吃店，一边吃着片儿川，一边和老板两口子一起看着电视。

电视里正在播出晚间新闻。有一则新闻说，警方接到群众举报，抓住了一批卖淫嫖娼分子。电视画面上，出现了一批警察，正从一个发廊里带出几个女子和几个男人来。女子们一个个拿手拿衣服挡着脸。发廊的门玻璃上，贴着"菊花发廊"几个用不干胶纸刻成的字。

老板娘说，这年头的人都是怎么了？挣钱的路有万千条，非要去做婊子。

小老板说，你没听说笑贫不笑娼啊。

小老板看着电视，突然感觉有些不对，回头看看王良，却发现王良嘴里含着面条，死死盯着电视画面。

小老板推了王良一下，王良省过神来，结结巴巴地说，是，是……她！

小老板有些莫名其妙，说，什么是她啊？你犯癔症了？

王良说，是她！

老板娘已经猜到个八九分了，就打了自己老公一下，然后把王良拉到一边，问道，你没看错？你看她们一个个遮了脸面，你能看出谁是谁啊？

王良说，我自己的媳妇啊！我怎么会看错！

王良说完，人就傻了，发了一回呆，然后就泣不成声了，转身就出了小店，老板小两口想拦没拦住。王良蹬上三轮车，转眼就消失在城市的夜色里。

那天晚上，王良没有回到自己的小屋，而是蹬上三轮车发疯一般找菊花发廊去了。大街小巷跑了一溜够，愣是没有找到那个"菊花发廊"。

天快亮的时候，王良总算打听到了菊花发廊的位置。

等王良好不容易找到菊花发廊，却发现菊花发廊早已经被封了，门玻璃上挂着锁，还贴上了封条，里面早没了一个人影。

到周边的几个小店询问，都没人理会王良。王良坐在发廊前，觉得心里前所未有的空，一筹莫展。

中午时分，小老板找来了。小老板过来拉起王良就走，说，你光傻坐在这里有什么用？人不是被警察带走了吗？咱们到派出所找去啊！

王良想想也是，还是城里人聪明，就蹬了三轮车，一溜烟地驮着小老板赶往派出所去。

警察很和善地接待了他们。问清原委之后，当事的警察告诉王良，那个叫李俏的是初犯，大清早就有人来缴了5000元罚款担保领走了。

王良心里满是绝望，看着大街上幸福的人们，说，哥，你看他们都那么开心，为啥我就这么命苦呢？

小老板也不知道该怎么回答王良，他唯一能做的就是让已是浑身瘫软的王良坐到后面的车板上，自己蹬车把王良驮回去。

小老板想，自己见过那么多倒霉蛋，但真没见过比王良更倒霉的。

十四

李俏是蓝姐安排人领走的。

那天晚上，"菊花发廊"因为生意特别好，安全套不够了，蓝姐便出去买。竟"天不灭曹"般地逃过了警方的查抄。别的小姐倒也罢了，可她舍不得李俏这样的摇钱树，就让人出面保了出来。

蓝姐找了个地方，把李俏等几个小姐先安顿下来，准备重新开张。这次蓝姐决定搞得更隐秘一些，前头的店堂还真找了几个会做头发的姑娘来装点门面，后头的房子开了暗门，通到另一条巷子里去。不几天，蓝姐又新招来了几个姑娘，发廊的名字还没起呢，发廊就慢慢火起来了。

蓝姐决定去买点家具，无非是席梦思床垫之类。人多了，家具就有些不够用。蓝姐刚走出自己的房门，抬头见李俏的小窗开着，窗内，李俏正在看书呢。蓝姐不免有些心动，就走进李俏的房里去。

看见蓝姐走进来，李俏有些不好意思地合上书。蓝姐拿过书一看，是高中课本。

蓝姐说，哪里弄来的书啊？

李俏说，刚刚出去买早点，从巷口收破烂的手里买的。

蓝姐说，你还挺用功！

李俏脸有些红了，说，明年我还想试试，我一定要考上大学。

蓝姐说，我第一次看见你，就觉着你不是一般的姑娘，文绉绉的，看着就有文化。你得闲了就看书吧，别跟她们似的，就认得钱，就知道骚！

李俏说，多谢蓝姐了。

蓝姐扭着屁股走了。

李俏合上书本，抬头望窗外，天空瓦蓝瓦蓝的，有飞鸟掠过。

十五

王良一直相信，一个人不会永远走背字的。他觉得自己走背字走得够长久的了，老天该让自己转转运气了。

王良盘算着自己转运的时候，他正蹲在旧家具城的围墙外趴活儿。王良想不出自己转了运该是什么样子，不过有一点是肯定的，如果自己转运了，老婆就该找着了，他就可以带着老婆回家过安生日子了。除此之外，王良想不出再美的日子会是什么样的。

王良已经在旧家具城的围墙外蹲了一上午了，还是没碰上一个活儿，王良想，看来自己的背字还没走完，要不怎么连个活都拉不到呢。周围几个蹬三轮的伙计大都拉活儿走了，剩下的也蹬着车吃中饭去了，就剩下王良一个人望着天空发呆。

天瓦蓝瓦蓝的，有鸟在天上飞，老高老高的。王良第一次在城里看见飞鸟，心里就开始想乡下老家了，想到老家自然就会想到自己的老婆李俏，也不知道李俏这会在哪里。

王良正胡乱想着心思，蓝姐走到他面前，问他拉不拉活。

王良忙站起来，堆上一脸的笑，连声说，拉，拉，拉……

蓝姐把一张纸条递到王良面前，说，你按这个地址，把那几个床垫给我送过去。我先走了，东西送到，我会给钱的。说完，顾自打辆的士走了。

王良蹬着三轮车一路打听着来到地方儿，见是一家发廊，心里就不由得紧了一下。

王良看着发廊门前两个女人穿着紧身的衣服，撅着屁股在那里贴即时贴。

王良停好车，就向眼前的女人打听，8号门牌是这里吗？

蓝姐回头一看是王良，就说，你怎么那么慢啊？半天才过来！

王良说，路不熟，耽误了！对不住啊！

听到王良的声音，李俏整个身子都震了一下，不由自主地回过头来，正好与王良来了个眼对眼。

王良顿时就惊在了原地。这么多天来，王良曾经设想过一万种与李俏重逢的情形，就没想到会是眼前这样的方式。

李俏也惊讶得张大了口，半天说不出话来。李俏几乎不相信自己的眼睛，可是再细细一看，站在她眼前的确实是自己名义上的老公王良。

终于还是李俏先开口说话了。李俏问王良，你怎么跑到杭州来了？

王良支吾道，我，我是来找你回家的，我不知道你在哪里，一直找啊找啊，找你好久了。

蓝姐说，原来你们是老熟人啊？

王良说，我是她老公。

蓝姐吃了一惊，扭头看李俏。李俏没有否认。

蓝姐立马脸上堆上笑来，说，原来是妹夫！来来，快进屋坐，进屋坐。

蓝姐一边给王良倒茶，一边招呼店里的其他人去搬床垫，她不好意思再支使王良了。

李俏打量了王良一回，说，你走吧，不要再来找我了，我们之间从此一刀两断。

李俏说罢，就往后院走，王良上前去拉她，被李俏狠狠甩开了，王良再拉时，李俏就给了他一耳光，径自走了，把王良晾在那里。

王良急忙跟进后院，见李俏进了一间屋子，就赶上去推门砸门，里面的李俏就是不开。

蓝姐走过来，往王良手里塞了刚才拉活的工钱，说，大兄弟，我说你还是先回去吧，她铁心不见你，就是不见你了，你再敲门也没用的。

王良还是不甘心，甩开蓝姐，继续敲李俏的门。王良在门外流着泪说，我知道你在这里都做些什么，我也不嫌弃你，你跟我回家吧，咱们好好过日子。

李俏猛地把门打开了，冷冷地说，你既然知道我在这里做什么了，还来找我做什么？你不嫌弃我我还嫌弃你呢！

看见李俏开了门，王良惊喜万分，突地站起来，说，你跟我回家吧，咱们好好过日子。

蓝姐已知晓了李俏的态度，口气硬硬地说，怎么着？你这就想让你媳妇上岸啊？要让她上岸也简单，先把她欠我的 5000 块钱还了，立马可以走人。

这回王良也凶起来了，说，你以为是旧社会啊，还要拿钱来赎人！我上辈子又不欠你什么！

蓝姐冷笑道，你是不欠我什么，我也不是让你拿钱赎人，是你老婆欠我钱！你不是她老公吗？你得还清她欠我的钱再把人领走！你问问你老婆，要不是我给她交了这 5000 块罚款，她现在早去坐班房了！

王良看看李俏，李俏不说话。

王良问李俏，是不是还了蓝姐的钱就洗手上岸，一起回家？

李俏显然是不相信王良能变出 5000 块钱来，便不耐烦地敷衍说，明天你要能还清，我就跟你回家。

正说话的当间，雨开始下起来了。今天的雨不小，大家都往屋里躲雨。

王良站在院子当中，雨很快就把他淋得差不多了。王良抹一把落在脸上的雨水，说，好，明天我就带钱来还清！

十六

雨一直下，下到黄昏了都没个要歇的意思。

蓝姐在门口望了一回，说，真是的！都什么节气了，还这么淅淅沥沥女人撒尿似的，都赶上梅天了！

蓝姐转身回到店堂里，找出盒老磁带，把录音机开得很大声，姑娘们就有一搭没一搭地跟着唱：

千年等一回

等你回来啊

……

是谁在耳边

说，爱我永不变！

为这一句话

哈——啊

……

唱到"西湖的水，我的泪"时，姑娘们都突然很齐声，把蓝姐吓了一跳。

蓝姐笑了，说，明天就让你们到西湖边逛逛去。

姑娘们正唱着呢，发廊外悄悄停了一辆车，从车上下来一个男人，大黑天还戴副墨镜，做贼似的看看左右，转身闪进了发廊。

蓝姐看在眼里，笑在心里。她已经大概知道来人是什么货色了，属于钱不多不少的那种人，偶尔出来打野食，花钱却不会太吝啬。

蓝姐把墨镜迎了进来，说，先生，理发还是按摩？

墨镜有些不好意思，说，按摩按摩！干了一天活，累得个腰酸背疼的。

蓝姐看他装模作样，有些想笑。她把墨镜拉到一旁坐下，趴到他耳边说，先生，你不来点特色服务吗？我们这里的小姐手法都不错，包你满意。

墨镜支吾道，可以带走吗？

蓝姐笑了，当然可以！

蓝姐赶紧给小姐们使个眼色，小姐们就在墨镜面前站成了一排。

那一刻，李俏正在走神呢，被小姐们挤在后面。

墨镜看了几个来回之后，招手让蓝姐过来，耳语了几句。

蓝姐笑了，行了，姑娘们，你们都歇着吧，俏，你过来。

蓝姐说，先生你真有眼光，把我们这里最好的小姐挑走了。

墨镜就有些不好意思地笑笑，脸带羞涩，一副彬彬有礼的样子。

李俏跟着男人走的时候，小姐们个个脸上都露出嫉妒又装作不屑，说，有什么了不起的！不就是有个车嘛！

蓝姐看出了她们的嫉妒，说，谁叫你们平时不长进的？人家李俏得空就看书，书看多了，就有文化，有文化了就有气质，有了气质，当然就招人喜欢了！

第二天早晨雨还在下，墨镜用车把李俏送回到发廊门前，约好下次见面的时间，就走了。

这次出台，李俏很兴奋。墨镜除给了500元外，还说以后每个礼拜找她两次，一个月总共给她3000元。问李俏同意不同意。

李俏当然同意了。一个月三千，一年就快四万了，除了学费，生活费都够了。李俏顿时觉得自己已经走到了大学的门口。

天黑的时候，姐妹们又聚集到了发廊的前厅里，没有客人来，大家只好在那里听歌。蓝姐的心情很不好，大家的心情就跟着不好。只有李俏一个人总是面带喜色。大家就开李俏的玩笑，李俏也不介意。

都 12 点了，还是没有客人，蓝姐决定关门了。这时候，一个浑身湿透的男人跑了进来，把一个塑料袋往蓝姐面前一扔，说，5000 块，都在这里了。

王良抹了一把脸上的雨水，说，现在，我可以带我媳妇回家了吧？

伶牙俐齿的蓝姐第一次感到了无所适从，不知道如何应对。她没有想到王良真的拿着 5000 块钱来了。蓝姐回头看看李俏。

李俏头也不抬地说，不是说好一天之内拿钱来吗？现在晚了，已经过 12 点了，该算又一天了。

王良顿时傻了，呆呆地站在那里，湿透的衣服慢慢渗出许多水来，在他的脚下积成了一个水洼。

十七

王良不能不傻。这 5000 块钱，他来得不容易呀！

这 5000 块钱，有 500 块是他这些日子里辛辛苦苦的血汗；有 1300 块是他对父母撒的谎——他说李俏在杭州得了重病，母亲为了儿媳而卖掉了家里唯一值钱的金戒指；有 3500 块是从砖窑主那里借的，而为了能借到钱，他瞒着父母擅自抵押出去自家唯一的房子。

王良原以为有了 5000 块钱，李俏就会跟自己回家，就会跟自己过日子了。多的 300 块除了两张车票，还能给李俏买件好看的衣服。谁知却遭到李俏的拒绝。

王良呆呆地站在身上的滴水汇成的水洼里，拿眼去看蓝姐，希望蓝姐能帮他说句话。

蓝姐上前来，拿过装钱的塑料袋，说，你现在送钱来是晚了，过了时限了。不过你也别着急，我去和她说说看。

蓝姐拿了钱就往后院走，王良赶紧跟了上去。蓝姐摆摆手，示意他不要跟进来。

片刻后蓝姐走了出来，手里捏着一张纸条。

蓝姐说，李俏说了，这 5000 块钱她先还我了，我呢，把她写的欠条撕了。

蓝姐拿出当初李俏写的那张欠条，扬了扬撕了，说，你们都看好了啊，这是李俏当初写给我的欠条，我撕了，算是两讫了。其他的事，你们两口子自己说去吧，我是外人，就不好说话了。

李俏从小屋里走出来，对着蓝姐说，让他走吧，我和他的事情没什么好说的。

王良说，你得跟我回家！我们说好的啊，我凑足5000块还了你的债，你就跟我回家啊！你不能说变卦就变卦！

李俏笑了，说，我跟你回去？好啊，我跟你回去。我跟你回去吃什么穿什么？

王良说，有我吃的，就有你喝的！

李俏哼了一声，转身就回了自己的小屋，还狠狠地关上了小屋的门。

王良早已经泪流满面，痛哭失声，央求李俏跟他回家，但屋门紧紧关着，任王良如何说，里面一声不应。

蓝姐招呼了周围几个小姐妹，好说歹说总算是把王良劝离了。

这么一折腾，都快凌晨两点了。蓝姐总算是松了一口气。

后半夜的时候，蓝姐起夜出来，出门一抬头，吓了一跳，她看见了一直在雨中等着的王良。

蓝姐赶紧招呼王良过来，哎呀，你怎么这么实诚啊！就这么让雨淋着！……你呀，赶紧回去换身衣服，有什么话明天再说！

王良说，她说话不算话！她说话不算话！

蓝姐心里不免也同情起这个小伙了，说，你还是先回去吧，现在她的心思没在你这里，你再等下去也没用啊！就这么让雨淋着，小心落下病！

王良突然问道，睡一次要多少钱？

蓝姐显然没听明白，问道，什么睡一次？

王良大声说道，睡李俏一次要多少钱？

蓝姐看看王良，笑道，她是你媳妇，你睡她还不是天经地义！

王良现在目光有些凶狠了，一字一顿地说，我再问你一遍，睡李俏一次要多少钱？

蓝姐心里惊了一下，说，大兄弟，别开玩笑了。

王良说道，我没开玩笑！

蓝姐也被王良追问得有些急了，说，睡一次100块，你要带走过夜200块。

王良从兜里掏出所有的钱来，也就刚刚够200块，拍到蓝姐面前，说，那好，你让她跟我走。

李俏一听王良要出钱嫖她，不由得哈哈大笑，她竟满口答应了跟王良走。出门前，她和往常出台一样，给自己简单化了一下妆。

一路上，王良蹬着三轮车，李俏坐在后面，还打着伞为王良遮风挡雨。两人相依着，穿过雨中的杭州街道，那情形在别人看来，竟也很温馨。

一进王良狭小的出租屋，李俏就脱光了自己的衣服，移身上了王良的床。王良一时间傻在了原地。

李俏尽管脱光了衣服，口气依然是冷冰冰的，眼也不抬地说，你不是想吗？来吧。

王良几乎是在求李俏，说，你跟我回家吧，咱们好好过日子。

李俏看看王良，说，你到底上不上来啊？不上来我可要走了！

王良说，跟我回家吧，咱们回去好好过日子。

李俏转过身，说，可以啊，我可以跟你回家，不过我想问问你，你拿什么养活我？

王良说，我养活你！只要有一碗粥，大半碗就是你的！

李俏笑了，王良，你以为我真的会跟你回家喝粥去啊？

王良说，咱们不是说好的吗，我凑足5000块钱，替你还了债，你就跟我回家！

李俏笑笑，说，是啊，债是还清了，可是我还要考大学，你给我出学费啊？……我啊，还是自己挣够了钱再回去吧。

王良有些起急了，说，你说话不算话！

李俏也有些急了，说，你他妈少磨蹭！你不是出钱嫖我吗？现在我让你嫖，有本事你上来啊！

李俏说罢，上前就去扯王良的衣服。王良下意识地四处躲闪着，一边护着自己的裤腰带。

李俏哈哈大笑，说，瞧瞧你，就这么点出息，还口口声声养活我！你要还不干，我可走了。

李俏抄过自己的衣服就往身上套。

王良上前去，一把按住了李俏穿衣服的手，说，我最后问你一句，你跟不跟我回家？

李俏头也不抬地冷笑道，你听清楚了，我就是死在杭州，也不会跟你回去。

王良看见做了小姐的妻子这么失信于自己，不禁万分绝望，怒火中烧。他顺手将李俏的衣服反卷过来，蒙住了她的头部，然后从床边抄起一块砖块，狠命地砸下去，一边砸，一边骂道，那你就死吧！你死吧！你去死吧！

也不知道砸了多少下，李俏先是硬挺着不躲，接着是极力地挣扎，后来就不再动弹了。

王良看了看手中沾着血迹的砖块，才突然醒悟到事情闹大了。

那一刻，躺在床上的李俏还有一些气息，头被衣服裹着，衣服上已经渗出了许多血，双乳以下光溜溜一片，身子蜷缩着已经动弹不得，满是血污的嘴无力地翕动着。王良把耳朵凑近去，听出她在说：我只是想上大学，怎么就落到了这个田地。

王良手握着砖头，麻木地站在了那里。王良想，一日夫妻百日恩，不承想自己今天和妻子竟以这样一种方式了结。尽管做了几年夫妻，自己并没有操过她，她尽被别人操了，但她好歹是自己名义上的媳妇啊。

王良想着这些，眼泪就流了出来，手里握着的砖头慢慢地滑落到地上，然后一反常态地哈哈大笑起来。

王良抬手试了一下李俏的鼻息，已经没有了。王良就打来热水，细心地给自己的妻子擦洗身子。他终于第一次真切地看到自己媳妇的身子了。擦洗完了，王良又给李俏换上昨晚新买来的衣服。

那一刻，天亮了，窗户外有阳光洒进来。

天已放晴，城市已经醒了。

王良锁了门，蹬上三轮车离去。

王良决定先到小吃店去跟小老板两口子说一声，他没办法还他们的钱了，下辈子再还吧。然后去趟邮局，给老母亲写封信，告诉她卖戒指的钱没能换回媳妇，家里的房子也抵给砖窑的窑主了，如果人家来要钱，就把房子给人家好了。

王良觉得自己真的好没出息，真是败到家了。原本只想娶个媳妇好好伺奉两老，没想到会是这样收场，到头来非但媳妇没了，也没能好好孝顺两老，最后连房子都抵押给了别人。

王良想好了，等办完这些事就到派出所去自首。

外面的阳光很好。王良的眼睛被阳光刺得有些睁不开。看着满街幸福的人们，王良想，下辈子一定要把理想定得低一些，低一些的理想说不定就容易实现了。

王良想着这些又笑了，操！如果理想容易实现的话，那还叫什么狗屁理想。

作者简介

王雪梅，女，北京人。从事影视方面的工作。曾参与和出演多部电影作品。《王良的理想》是作者发表的第一篇小说。